唐宋八大家散文选

[唐]韩愈等 著

裴梦苏 校注

江苏凤凰文艺出版社

图书在版编目（CIP）数据

唐宋八大家散文选 /（唐）韩愈等著. — 南京：江苏凤凰文艺出版社，2019.1（2023.12重印）
（国粹必读丛书）
ISBN 978-7-5594-0074-1

Ⅰ.①唐… Ⅱ.①韩… Ⅲ.①唐宋八大家－古典散文－散文集 Ⅳ.①I264.2

中国版本图书馆CIP数据核字(2017)第058959号

书　　名	唐宋八大家散文选
著　　者	（唐）韩愈等
出 版 人	张在健
责任编辑	查品才
出版发行	江苏凤凰文艺出版社
出版社地址	南京市中央路165号，邮编：210009
出版社网址	http://www.jswenyi.com
印　　刷	苏州市越洋印刷有限公司
开　　本	880毫米×1230毫米 1/32
印　　张	8.75
字　　数	172千字
版　　次	2019年1月第1版
印　　次	2023年12月第3次印刷
标准书号	ISBN 978-7-5594-0074-1
定　　价	29.00元

江苏凤凰文艺版图书凡印刷、装订错误，可向出版社调换，联系电话025-83280257

目录

韩愈

原道 …… 2

原毁 …… 6

师说 …… 8

论佛骨表 …… 10

祭鳄鱼文 …… 14

祭十二郎文 …… 16

祭柳子厚文 …… 20

龙说 …… 21

马说 …… 22

答李翊书 …… 23

进学解 …… 25

获麟解 …… 29

讳辩 …… 30

圬者王承福传 …… 31

送孟东野序 …… 33

送董邵南序 …… 36

送李愿归盘谷序 …… 37

柳宗元

封建论 …… 41

捕蛇者说 …… 47

观八骏图说 …… 49

吊屈原文 …… 50

箕子碑 …… 53

牛赋 …… 55

瓶赋 …… 56

敌戒 …… 57

钴鉧潭记 …… 58

小石城山记 …… 59

石渠记 …… 60

石涧记 …… 61

蝜蝂传 …… 62

梓人传 …… 63

种树郭橐驼传 …… 66

桐叶封弟辨 …… 68

愚溪诗序 …… 69

送僧浩初序 …… 71

欧阳修

醉翁亭记 …… 74

丰乐亭记 …… 75

岘山亭记 …… 77

有美堂记 …… 79

画舫斋记 …… 80

1

吉州学记 …… 82
菱溪石记 …… 83
真州东园记 …… 85
养鱼记 …… 87
非非堂记 …… 88
读李翱文 …… 89
朋党论 …… 90
纵囚论 …… 92
秋声赋 …… 93
述梦赋 …… 95
卖油翁 …… 96
六一居士传 …… 97
送杨寘序 …… 98
苏氏文集序 …… 100

苏洵

心术 …… 103
六国论 …… 105
明论 …… 106
辨奸论 …… 108
管仲论 …… 110
项籍 …… 112
高祖 …… 114
上韩枢密书 …… 116

上欧阳内翰第一书 …… 120
上韩舍人书 …… 123
与梅圣俞书 …… 124
张益州画像记 …… 125
彭州圆觉禅院记 …… 128
木假山记 …… 130
名二子说 …… 131
仲兄字文甫说 …… 132
送石昌言使北引 …… 133
族谱后录 …… 135

苏轼

放鹤亭记 …… 142
凌虚台记 …… 144
喜雨亭记 …… 145
孟轲论 …… 147
贾谊论 …… 149
前赤壁赋 …… 151
后赤壁赋 …… 153
韩文公庙碑 …… 154
亡妻王氏墓志铭 …… 157
石钟山记 …… 158
文与可画筼筜谷偃竹记 …… 160
方山子传 …… 162

日喻 …… 163
答谢民师书 …… 165
游白水书付过 …… 167
记承天寺夜游 …… 168
记游松风亭 …… 168
游沙湖 …… 169

苏辙

墨竹赋 …… 171
黄楼赋 …… 172
上枢密韩太尉书 …… 175
答黄庭坚书 …… 177
武昌九曲亭记 …… 178
杭州龙井院讷斋记 …… 180
东轩记 …… 181
黄州快哉亭记 …… 183
为兄轼下狱上书 …… 185
六国论 …… 186
三国论 …… 188
孟德传 …… 190
《古今家戒》叙 …… 192
待月轩记 …… 193
历代论引 …… 195
汉文帝 …… 196

子瞻和陶渊明诗集引 …… 197
巢谷传 …… 199

曾巩

寄欧阳舍人书 …… 203
墨池记 …… 205
醒心亭记 …… 206
南轩记 …… 207
拟岘台记 …… 209
筠州学记 …… 210
宜黄县县学记 …… 213
道山亭记 …… 216
学舍记 …… 218
越州赵公救灾记 …… 220
秃秃记 …… 223
祭亡妻晁氏文 …… 224
赠黎安二生序 …… 226
《李白诗集》后序 …… 227
《战国策》目录序 …… 229
《列女传》目录序 …… 231
《南齐书》目录序 …… 233

王安石

本朝百年无事札子 …… 238

伤仲永 …… 241
材论 …… 242
上人书 …… 244
答曾子固书 …… 245
答司马谏议书 …… 247
答钱公辅学士书 …… 248
答段缝书 …… 249
繁昌县学记 …… 251
芝阁记 …… 253

游褒禅山记 …… 254
祭欧阳文忠公文 …… 256
王逢原墓志铭 …… 257
周礼义序 …… 259
张刑部诗序 …… 260
书李文公集后 …… 261
读《孟尝君传》 …… 263
读《孔子世家》 …… 263

韩愈

韩愈(768—824),字退之,河南河阳(今河南省孟州市)人,自称"郡望昌黎",世称"韩昌黎""昌黎先生"。唐代杰出的文学家、思想家、哲学家、政治家。贞元八年(792年),韩愈登进士第,两任节度推官,累官监察御史。贞元十九年(803年),因论事而被贬阳山,后历都官员外郎、史馆修撰、中书舍人等职。元和十二年(817年),出任宰相裴度的行军司马,参与讨平"淮西之乱"。元和十四年(819年),又因谏迎佛骨一事被贬至潮州。晚年官至吏部侍郎,人称"韩吏部"。长庆四年(824年),韩愈病逝,年五十七,追赠礼部尚书,谥号"文",故称"韩文公"。元丰元年(1078年),追封昌黎伯,并从祀孔庙。韩愈是唐代古文运动的倡导者,被后人尊为"唐宋八大家"之首,与柳宗元并称"韩柳",有"文章巨公"和"百代文宗"之名。后人将其与柳宗元、欧阳修和苏轼合称"千古文章四大家"。他提出的"文道合一""气盛言宜""务去陈言""文从字顺"等散文的写作理论,对后代学人多有启发。著有《韩昌黎集》四十卷、《外集》十卷等。

原　道①

　　博爱之谓仁②，行而宜之之谓义，由是而之焉之谓道，足乎己而无待于外之谓德。仁与义为定名③，道与德为虚位④，故道有君子小人，而德有凶有吉。老子之小仁义⑤，非毁之也，其见者小也。坐井而观天，曰天小者，非天小也。彼以煦煦为仁⑥，孑孑为义⑦，其小之也则宜。其所谓道，道其所道⑧，非吾所谓道也。其所谓德，德其所德，非吾所谓德也。凡吾所谓道德云者，合仁与义言之也，天下之公言⑨也。老子之所谓道德云者，去仁与义言之也，一人之私言也。

　　周道衰，孔子没，火于秦⑩，黄老于汉⑪，佛于晋、魏、梁、隋之间。

---

① 《原道》是《韩昌黎文集》的首篇，内容主要是探究儒家仁义之道，该文所写作的时代正处于唐王朝由盛转衰的中唐时期，内忧外患的时局致使当时很多人摒弃儒道改奉佛、老，该文正是针对当时这样的一种社会现实而作，全文气势浑弘，文笔诡谲，清人沈德潜曾评价该文："本布帛菽粟之理，发曰星河岳之文。振笔直书，忽擒忽纵，熏之醇粹，运以贾之雄奇，为《孟子》七篇后第一篇大文字。"原，指古代一种论说问题。原，本也，探寻本原，推究本原之意。

② 博爱，泛爱众人。

③ 定名，具有确定不变的名称或概念。

④ 虚位，抽象的概念，与定名相反。

⑤ 老子，李耳，字聃，道家始祖，著有《道德经》，也称《老子》，曾云："大道废有仁义。"又云："失道而后德，失德而后仁，失仁而后义，失义而后礼。"此种做法割裂了仁义与道德二者的关系，因此韩愈称老子为"小仁义"。

⑥ 煦煦，言语和顺温和的样子。

⑦ 孑孑，细小。

⑧ 此处"道其所道"第一个"道"作动词，意思是谈论道，后文"德其所德"同理。

⑨ 公言，天下公认的说法。

⑩ 火于秦，指秦始皇焚书坑儒。

⑪ 指黄帝、老子的学说在汉朝兴盛。

其言道德仁义者,不入于杨①,则归于墨②;不入于老,则归于佛。入于彼,必出于此。入者主之,出者奴之;入者附之,出者污之。噫!后之人其欲闻仁义道德之说,孰从而听之?老者曰:"孔子,吾师之弟子也。"佛者曰:"孔子,吾师之弟子也。"为孔子者③,习闻其说,乐其诞而自小也④,亦曰"吾师亦尝师之"云尔。不惟举之于口,而又笔之于其书。噫!后之人虽欲闻仁义道德之说,其孰从而求之?

甚矣,人之好怪也,不求其端,不讯其末⑤,惟怪之欲闻。古之为民者四,今之为民者六⑥。古之教者处其一,今之教者处其三⑦。农之家一,而食粟之家六。工之家一,而用器之家六。贾之家一,而资焉之家六⑧。奈之何民不穷且盗也?

古之时,人之害多矣。⑨ 有圣人者立,然后教之以相生相养之道。为之君,为之师。驱其虫蛇禽兽,而处之中土⑩。寒然后为之衣,饥然后为之食⑪。木处而颠,土处而病也⑫,然后为之宫室。为之工以赡

----

① 杨,指杨朱,战国时期思想家,主张贵生重己,曾言:"拔一毛以利天下而不为也。"
② 墨,指墨子,名翟,主张"兼爱""非攻""节用""非乐"。
③ 为孔子者,信奉孔子学说之人。
④ 自小,自我贬低。
⑤ 端,源起。末,结果。讯,问。
⑥ 民者四,指四类民:士民、商民、农民、工民。民者六指四民之外加佛、老共六民。
⑦ 教者,从事教化的人。处其一,指儒教。处其三指儒、佛、道三教。
⑧ 资,取资。
⑨ 害,自然灾害。
⑩ 中土,适宜生养的中原地区。
⑪ 为之衣,为之食,指教化其制衣,教化其谋食。后为之宫室,亦可理解作教化其盖造宫室。
⑫ 住在树木上容易摔落,住在土穴山洞容易生病。

3

其器用,为之贾以通其有无,为之医药以济其夭死,为之葬埋祭祀以长其恩爱,为之礼以次其先后,为之乐以宣其湮郁,为之政以率其怠倦,为之刑以锄其强梗①。相欺也,为之符、玺、斗斛、权衡以信之②。相夺也,为之城郭甲兵以守之。害至而为之备,患生而为之防。今其言曰:"圣人不死,大盗不止。剖斗折衡,而民不争。"③呜呼!其亦不思而已矣。如古之无圣人,人之类灭久矣。何也？无羽毛鳞介以居寒热也,无爪牙以争食也。

是故君者,出令者也;臣者,行君之令而致之民者也;民者,出粟米麻丝,作器皿,通货财,以事其上者也。君不出令,则失其所以为君;臣不行君之令而致之民,则失其所以为臣;民不出粟米麻丝,作器皿,通货财,以事其上,则诛。今其法曰④:"必弃而君臣,去而父子,禁而相生相养之道。"以求其所谓"清净"、"寂灭"者。呜呼!其亦幸而出于三代之后,不见黜于禹、汤、文、武、周公、孔子也。其亦不幸而不出于三代之前,不见正于禹、汤、文、武、周公、孔子也⑤。

帝之与王,其号虽殊,其所以为圣一也。夏葛而冬裘⑥,渴饮而饥

---

① 赡,供给。次,布列陈次。长,使长久。宣,宣泄。湮郁,抑郁的情绪。率,约束。强梗,蛮横。
② 因为有欺骗,就为他们制定符节、印玺、斗斛、秤尺作为凭信。符,古代凭证信物,分成两半,合以取信。玺,玉制印章。斗斛,两种量具,十升为斗,十斗为斛。权,秤砣。衡,秤杆。
③ "圣人不死,大盗不止。剖斗折衡,而民不争"出自《庄子·胠箧》,体现了庄子"弃圣绝智"的思想。
④ 法,为佛法。
⑤ 黜,罢黜,贬谪。正,教化,教导。
⑥ 夏着葛衣,冬着裘衣。

4

食,其事虽殊,其所以为智一也①。今其言曰:"曷不为太古之无事?"②是亦责冬之裘者曰:"曷不为葛之之易也?"责饥之食者曰:"曷不为饮之之易也?"传曰③:"古之欲明明德于天下者,先治其国;欲治其国者,先齐其家;欲齐其家者,先修其身;欲修其身者,先正其心;欲正其心者,先诚其意。"然则古之所谓正心而诚意者,将以有为也。今也欲治其心而外天下国家④,灭其天常,子焉而不父其父,臣焉而不君其君,民焉而不事其事。孔子之作《春秋》也,诸侯用夷礼则夷之,进于中国则中国之。经曰:"夷狄之有君,不如诸夏之亡。"⑤《诗》曰:"戎狄是膺,荆舒是惩。"⑥今也举夷狄之法,而加之先王之教之上,几何其不胥而为夷也⑦?

夫所谓先王之教者,何也?博爱之谓仁,行而宜之之谓义。由是而之焉之谓道。足乎己无待于外之谓德。其文:《诗》《书》《易》《春秋》⑧;其法:礼、乐、刑、政;其民:士、农、工、贾;其位:君臣、父子、师友、宾主、昆弟、夫妇;其服:麻、丝;其居:宫、室;其食:粟米、果蔬、鱼肉。其为道易明,而其为教易行也。是故以之为己⑨,则顺而祥;以之

----

① 殊,不同。一,一致。
② 无事,无所事事,无为而治。
③ 传,注释解释经义的文字,此处指《礼记》,下文引自《礼记·大学》。
④ 外,不顾,舍弃。
⑤ "夷狄之有君,不如诸夏之亡。"此处引自《论语》,意思是:夷狄有君主没有礼仪,还不如中原国家没有君主却礼仪不废。
⑥ 《诗》指《诗经》。"戎狄是膺,荆舒是惩"意思是:要抵抗蛮夷,要惩罚荆舒。荆舒,指春秋时楚国、舒国,中原人把楚国、舒国也看作是蛮夷。
⑦ 几何,相差不远。胥,相。
⑧ 文,教化之文。《诗》《书》《易》分别为《诗经》《尚书》《易经》的简称。
⑨ 为己,指治理自身。

为人,则爱而公;以之为心,则和而平;以之为天下国家,无所处而不当。是故生则得其情,死则尽其常①。效焉而天神假②,庙焉而人鬼飨③。曰:"斯道也,何道也?"曰:"斯吾所谓道也,非向所谓老与佛之道也。尧以是传之舜,舜以是传之禹,禹以是传之汤,汤以是传之文、武、周公,文、武、周公传之孔子,孔子传之孟轲,轲之死,不得其传焉。荀与扬也,择焉而不精,语焉而不详。由周公而上,上而为君,故其事行。由周公而下,下而为臣,故其说长。然则如之何而可也?曰:"不塞不流,不止不行④。人其人,火其书,庐其居⑤。明先王之道以道之,鳏寡孤独废疾者有养也⑥。其亦庶乎其可也!"

原　毁⑦

古之君子,其责⑧己也重以周,其待人也轻以约⑨。重以周,故不怠;轻以约,故人乐为善。

---

① 得其情,能够合乎情理。尽其常,能够详述天年丧葬的常礼。
② 效,指祭天。假(gé),通"格",至、到。
③ 人鬼,指去世的祖先。
④ 不塞不流,不止不行,意思是:不堵塞佛老之道,儒家就不能流行;不禁止佛老之道,儒家就不能推行。
⑤ 人其人,第一个人为动词,做俗人,还俗之义。火其书,烧掉他们的书。庐其居,将其庙宇变为民房。
⑥ 鳏,老而无妻。寡,老而无夫。孤,幼而无父。独,老而无字。
⑦ 《原毁》与《原道》同为韩愈"五原"(《原道》《原性》《原毁》《原人》《原鬼》)系列文章。该文主要探讨毁谤产生的原因,作者不仅对士大夫之间互相毁谤风气予以否定,同时指出这种社会风气的根源在于"怠"与"忌",并提出了自己对于君子应该如何律己待人的一系列看法。
⑧ 责,要求。
⑨ 重以周,严格而全面。轻以约,宽松而又简约。

闻古之人有舜者,其为人也,仁义人也。求其所以为舜者,责于己曰:"彼,人也;予,人也。彼能是,而我乃不能是!"①早夜以思,去其不如舜者,就其如舜者②。闻古之人有周公者,其为人也,多才与艺人也。求其所以为周公者,责于己曰:"彼,人也;予,人也。彼能是,而我乃不能是!"早夜以思,去其不如周公者,就其如周公者。舜,大圣人也,后世无及焉;周公,大圣人也,后世无及焉。是人也③,乃曰:"不如舜,不如周公,吾之病也。"是不亦责于身者重以周乎!其于人也,曰:"彼人也,能有是,是足为良人矣④;能善是,是足为艺人矣。"取其一,不责其二;即其新,不究其旧:恐恐然惟惧其人之不得为善之利。一善易修也,一艺易能也,其于人也,乃曰:"能有是,是亦足矣。"曰:"能善是,是亦足矣。"不亦待于人者轻以约乎?

今之君子则不然。其责人也详,其待己也廉⑤。详,故人难于为善;廉,故自取也少。己未有善,曰:"我善是,是亦足矣。"己未有能,曰:"我能是,是亦足矣。"外以欺于人,内以欺于心,未少有得而止矣,不亦待其身者已廉乎? 其于人也,曰:"彼虽能是,其人不足称也;彼虽善是,其用不足称也⑥。"举其一,不计其十;究其旧,不图其新:恐恐然惟惧其人之有闻也。是不亦责于人者已详乎? 夫是之谓不以众人待其身,而以圣人望于人,吾未见其尊己也。

虽然,为是者,有本有原,怠与忌之谓也。怠者不能修,而忌者畏

---

① 彼,指舜。予,我。乃,难道。
② 去,改正,去除。就,从也。
③ 是人,古之君子。
④ 良人,良善的人。
⑤ 详,周详,全面。廉,少。
⑥ 用,指才能。

人修。吾尝试之矣,尝试语于众曰:"某良士,某良士。"其应者,必其人之与也①;不然,则其所疏远不与同其利者也;不然,则其畏也。不若是,强者必怒于言,懦者必怒于色矣。又尝语于众曰:"某非良士,某非良士。"其不应者,必其人之与也,不然,则其所疏远不与同其利者也,不然,则其畏也。不若是,强者必说于言,懦者必说于色矣。

是故事修而谤兴②,德高而毁来。呜呼!士之处此世,而望名誉之光,道德之行③,难已!将有作于上者④,得吾说而存之⑤,其国家可几而理欤⑥!

师　说⑦

古之学者必有师。师者,所以传道受业解惑也⑧。人非生而知之者,孰能无惑?惑而不从师,其为惑也,终不解矣。生乎吾前,其闻道也固先乎吾⑨,吾从而师之⑩;生乎吾后,其闻道也亦先乎吾,吾从而

---

① 应,回答,回应。其人之与,那个人的党羽或朋友。
② 事修,事情办好。
③ 光,光大。行,推行。
④ 有作,有所作为。
⑤ 存之,记住。
⑥ 几,庶几,差不多。理,治,唐高宗李治,唐人避讳,改"治"为"理"。
⑦ 此文为韩愈名作,柳宗元曾在《答韦中立论师道书》中叙述了韩愈该文创作的缘由:"今之世不闻有师,有,辄哗笑之,以为狂人。独韩愈奋不顾流俗,犯笑侮,收召后学,作《师说》,因抗颜而为师。"韩愈此文正是对当时不正常的这种社会风气的批评与讽刺,全文篇幅不长,但有破有立,很多观点至今仍为世人所学习借鉴。说,一种辩论性文体。
⑧ 传道,传授道理。受通"授",教授,授予。授业,泛指古代教授经史子集及古文写作等内容。
⑨ 闻道,语出《论语·里仁》"朝闻道,夕死可矣"。闻,听到,引申作懂得。
⑩ 师之,拜师,从师。

师之。吾师道也,夫庸知其年之先后生于吾乎①?是故无贵无贱,无长无少,道之所存,师之所存也。

嗟乎!师道之不传也久矣!欲人之无惑也难矣!古之圣人,其出人也远矣②,犹且从师而问焉;今之众人,其下圣人也亦远矣③,而耻学于师。是故圣益圣,愚益愚。圣人之所以为圣,愚人之所以为愚,其皆出于此乎?爱其子,择师而教之;于其身也,则耻师焉,惑矣。彼童子之师,授之书而习其句读者④,非吾所谓传其道解其惑者也。句读之不知,惑之不解,或师焉,或不焉,小学而大遗,吾未见其明也。巫医乐师百工之人,不耻相师。士大夫之族,曰师曰弟子云者,则群聚而笑之。问之,则曰:"彼与彼年相若也,道相似也。位卑则足羞,官盛则近谀⑤。"呜呼!师道之不复可知矣。巫医乐师百工之人,君子不齿,今其智乃反不能及,其可怪也欤!

圣人无常师⑥。孔子师郯子、苌弘、师襄、老聃⑦。郯子之徒,其贤不及孔子。孔子曰:三人行,则必有我师⑧。是故弟子不必不如师,师不必贤于弟子,闻道有先后,术业有专攻,如是而已。

---

① 庸,岂,表示反问。
② 出人,天资过人。
③ 下,不如,不及。
④ 句读(dòu),为古文加标点。
⑤ 谀,奉承,谄媚。
⑥ 常,固定。
⑦ 郯(tán)子,春秋是郯国国君,相传孔子向他请教过"以鸟名官"的问题;苌(cháng)弘,周敬王时代大夫,孔子曾向他请教过古乐问题;师襄,春秋时鲁国乐官,孔子曾跟他学过琴;老聃,老子,春秋时楚国人,孔子曾向他请教过礼仪问题。
⑧ 语出自《论语·述而》:"子曰:'三人行,必有我师。择其善者而从之,其不善者而改之。'"

李氏子蟠①,年十七,好古文,六艺经传皆通习之②,不拘于时③,学于余。余嘉其能行古道④,作师说以贻之⑤。

论佛骨表⑥

臣某言⑦:伏以佛者,夷狄之一法耳⑧,自后汉时流入中国⑨,上古

---

① 李蟠,贞元十九年(803年)进士。
② 六艺,指六经,指《诗》《书》《礼》《乐》《易》《春秋》六部儒家经典。经,六经本文。传,注解经典的著作。
③ 不拘于时,不受时代风气的影响。
④ 余,我。嘉,嘉奖,赞赏。
⑤ 贻,赠送。
⑥ 该文写于元和十四年(819年)正月,韩愈五十二岁。本文是韩愈写给唐宪宗的进谏表。表是古代的一种文体,是臣下写给皇帝的奏章。事情的起因是凤翔府法门寺有一座护国真身塔,内藏有释迦牟尼的一根佛指骨。据《资治通鉴》记载,此塔"三十年一开,开则岁丰人安"。元和十四年(819年)正值三十年之数,唐宪宗举行隆重的仪式来迎佛骨入宫,王公士庶也纷纷奔走施舍,唯恐不及。韩愈对这种现象十分厌恶,不顾个人得失写此表进谏。劝唐宪宗抵制迎佛骨这种迷信的行为。唐宪宗读了韩愈的文章后大怒,差点处死韩愈,幸而有宰相裴度与当朝重臣崔群等的极力营救,韩愈才免除死罪,但是被贬到边远的潮州去当刺史。韩愈的《左迁至蓝关示侄孙湘》:"一封朝奏九重天,夕贬潮州路八千。欲为圣明除弊事,肯将衰朽惜残年。"说的就是此事。
⑦ 臣某言,表开头的一种格式,某是上表者的代词。
⑧ 伏,俯伏,下对上的敬词。佛,此处指佛教。夷狄,古代对少数民族的称呼,此处指天竺(今印度)。法,法度,这里指宗教。
⑨ 自后汉时流入中国,据范晔《后汉书》载,后汉明帝刘庄派遣蔡倍到天竺去求佛法,得《四十二章经》和佛像,与僧人摄摩腾、竺法兰同回,用白马载佛经,永平十一年(68年)在洛阳建寺,以"白马"名之,佛法从此流入中国。此为传统说法,据今人考证,佛教传入中国的时间要比这更早。

未尝有也。昔者黄帝在位百年,年百一十岁①;少昊在位八十年,年百岁②;颛顼在位七十九年③,年九十八岁;帝喾在位七十年,年百五岁④;帝尧在位九十八年,年百一十八岁⑤;帝舜及禹,年皆百岁⑥。此时天下太平,百姓安乐寿考⑦,然而中国未有佛也。其后殷汤亦年百岁⑧,汤孙太戊在位七十五年⑨,武丁在位五十九年⑩,书史不言其年寿所极,推其年数,盖亦俱不减百岁。周文王年九十七岁⑪,武王年九

---

① 黄帝,黄帝与下文的少昊、颛顼、帝喾、尧、舜、禹,皆为传说中上古时代部落联盟的首领。黄帝,姓公孙,名轩辕。相传他先后战胜炎帝和蚩尤,为汉族始祖。裴骃《史记集解》引皇甫谧《帝王世纪》:"在位百年而崩,年百一十一岁。"《太平御览·皇王部·黄帝轩辕氏》引皇甫谧《帝王世纪》:"年百一十岁。"

② 少昊,姓己,一说姓嬴,名挚,号穷桑帝。孔颖达《周易正义》引皇甫谧《帝王世纪》:"在位八十四年而崩。"

③ 颛顼,相传是黄帝之子昌意的后裔,号高阳氏。《史记集解》引皇甫谧《帝王世纪》:"在位七十八年,年九十八。"

④ 帝喾,相传是黄帝之子玄嚣的后裔,号高辛氏。《史记集解》引皇甫谧《帝王世纪》:"在位七十年,年百五岁。"

⑤ 帝尧,相传是帝喾之子,号陶唐氏。《史记集解》引徐广曰:"尧在位凡九十八年。"《太平御览·皇王部·帝尧陶唐氏》引皇甫谧《帝王世纪》:"年百一十八岁。"

⑥ 帝舜,相传是颛顼的七世孙,号有虞氏。《史记集解》引徐广曰:"皇甫谧云:'舜……百岁癸卯崩。'"禹,姓姒,以治理洪水被人称颂,后建立夏朝。《史记集解》引皇甫谧《帝王世纪》:"年百岁也。"

⑦ 寿考,寿命长。考,老。

⑧ 殷汤,又称商汤、汤,详见《赴江陵途中寄赠王二十补阙、李十一拾遗、李二十六员外翰林三学士》《史记集解》引皇甫谧曰:"为天子十三年,年百岁而崩。"

⑨ 太戊,殷汤第四代孙,殷中宗。《尚书·无逸》:"肆中宗之享国,七十有五年。"

⑩ 武丁,殷汤第十代孙,殷高宗。徐宗元《帝王世纪辑存》:"武丁……享国五十九年,年百岁而崩。"

⑪ 周文王,姓姬,名昌,商末周族领袖,为后来灭商建周奠定基础。《史记集解》引徐广曰:"文王九十七乃崩。"

11

十三岁①,穆王在位百年②。此时佛法亦未入中国,非因事佛而致然也。

汉明帝时③,始有佛法,明帝在位,才十八年耳④。其后乱亡相继,运祚不长⑤。宋、齐、梁、陈、元魏已下⑥,事佛渐谨,年代尤促,惟梁武帝在位四十八年⑦,前后三度舍身施佛⑧,宗庙之祭,不用牲牢,昼日一食,止于菜果,其后竟为侯景所逼⑨,饿死台城,国亦寻灭。事佛求福,乃更得祸。由此观之,佛不足事,亦可知矣。

高祖始受隋禅,则议除之。当时群臣材识不远,不能深知先王之道,古今之宜,推阐圣明,以救斯弊,其事遂止,臣常恨焉。伏维睿圣文武皇帝陛下,神圣英武,数千百年已来,未有伦比。即位之初,即不

---

① 周文王之子,名发,周王朝的建立者。《礼记·文王世子》:"武王九十三而终。"
② 穆王,文王五世孙,名满。《尚书·吕刑》:"王享国百年。"
③ 汉明帝,光武帝刘秀之子刘庄,东汉(即后汉)第二代皇帝。
④ 十八年,明帝自公元57年至75年在位。
⑤ 运,国运。祚,此指君位。
⑥ "宋、齐"三句:宋(420—479),立国五十九年,经八帝。齐(479—502),立国二十四年,经七帝。梁(502—557),立国五十六年,经四帝。陈(557—589),立国三十三年,经五帝。以上为南朝。元魏,即北魏(386—557),立国一百六十年,经十七帝,此为北朝。故云"年代尤促"。已,同"以"。谨,虔诚。促,短暂。
⑦ 梁武帝,南朝梁的开国皇帝,姓萧,名衍,公元502年至549年在位。
⑧ 前后三度舍身施佛,据《南史·梁本纪》载,梁武帝于大通元年(527)、中大通元年(529)、太清元年(547)三次舍身同泰寺作佛徒,每次皆由他的儿子和大臣用重金赎回。
⑨ 侯景,字万景,怀朔镇(今内蒙包头市东北)人。原为北魏大将,后降梁,不久又叛梁,破建康(今江苏南京市),攻入宫城,梁武帝被囚,后竟饿死。台城,即宫城,宫禁所在之处,当时称朝廷禁省为"台",故名。

许度人为僧尼道士,又不许创立寺观①。臣常以为高祖之志,必行于陛下之手,今纵未能即行,岂可恣之转令盛也?

今闻陛下令群僧迎佛骨于凤翔,御楼以观,舁入大内,又令诸寺递迎供养。臣虽至愚,必知陛下不惑于佛,作此崇奉,以祈福祥也。直以年丰人乐,徇人之心,为京都士庶设诡异之观,戏玩之具耳。安有圣明若此,而肯信此等事哉!然百姓愚冥,易惑难晓,苟见陛下如此,将谓真心事佛,皆云:"天子大圣,犹一心敬信;百姓何人,岂合更惜身命!"焚顶烧指,百十为群,解衣散钱,自朝至暮,转相仿效,惟恐后时,老少奔波,弃其业次。若不即加禁遏,更历诸寺,必有断臂脔身以为供养者。伤风败俗,传笑四方,非细事也。

夫佛,本夷狄之人,与中国言语不通,衣服殊制;口不言先王之法言,身不服先王之法服;不知君臣之义、父子之情。假如其身至今尚在,奉其国命,来朝京师,陛下容而接之,不过宣政一见,礼宾一设,赐衣一袭,卫而出之于境,不令惑众也。况其身死已久,枯朽之骨,凶秽之余,岂宜令入宫禁?

孔子曰:"敬鬼神而远之。"②古之诸侯,行吊于其国,尚令巫祝先以桃茢祓除不祥,然后进吊③。今无故取朽秽之物,亲临观之,巫祝不

---

① 高祖,唐高祖李渊,于公元618年废隋恭帝,受禅让,称帝,建立唐朝,年号武德。据《旧唐书·傅奕传》《新唐书·高祖纪》载,武德九年(626年)太史令傅奕上疏请除释教,高祖从其言,打算裁汰僧、尼、道士、女冠。

② 敬鬼神而远之,谓对鬼神要尊敬,但不要接近,即"敬而远之"之意。语出《论语·雍也》。

③ 尚令巫祝先以桃茢(liè)祓(fú)除不祥,《礼记·檀弓下》:"君临臣丧,以巫祝桃茢执戈,恶之也,所以异于生也。"注:"桃,鬼所恶。茢,苕帚,可扫不祥。"巫祝,官名,巫以舞蹈迎神娱神,祝以言辞向鬼神求福去灾。桃,桃枝,古人迷信,认为鬼怕桃木。茢,苕帚,古人认为可以扫除不祥。祓除,驱除。

先,桃茢不用,群臣不言其非,御史不举其失,臣实耻之。乞以此骨付之有司,投诸水火,永绝根本,断天下之疑,绝后代之惑。使天下之人,知大圣人之所作为,出于寻常万万也。岂不盛哉！岂不快哉！佛如有灵,能作祸祟,凡有殃咎,宜加臣身,上天鉴临,臣不怨悔。无任感激恳悃之至,谨奉表以闻。臣某诚惶诚恐。

祭鳄鱼文①

维年月日②,潮州刺史韩愈使军事衙推秦济③,以羊一、猪一,投恶溪之潭水④,以与鳄鱼食,而告之曰:

昔先王既有天下,列山泽,罔绳擉刃⑤,以除虫蛇恶物为民害者,驱而出之四海之外。及后王德薄,不能远有,则江汉之间,尚皆弃之以与蛮、夷、楚、越;况潮,岭海之间⑥,去京师万里哉！鳄鱼之涵淹卵育于此⑦,亦固其所。今天子嗣唐位,神圣慈武,四海之外,

---

① 此文是韩愈因谏迎佛骨被贬潮州作刺史期间,听闻潮州境内恶溪中鳄鱼危害百姓,于是作了这篇《祭鳄鱼文》,劝解鳄鱼入海。劝诫鳄鱼入海,此事如今读来虽有滑稽之处,但从中我们可以看出韩愈厚生爱民的思想,同时该文又有一定政治讽喻色彩。有人指出该文是韩愈针对当时封建割据政权而写,实际上是对李师道及其藩镇的严厉警告。
② 维,句首语气词。潮州,州名,今广东潮安县。
③ 刺史,州一级行政长官。军事衙推,州刺史的属官,主管狱讼。
④ 恶溪,在潮安境内,又名鳄溪、意溪,韩江经此,河流而南。
⑤ 列,同烈。烈山泽,放火焚烧山林沼泽。罔,同"网"。擉(chuō),同戳,刺。
⑥ 蛮,古代对南方少数民族的贬称。夷,古代对东方少数民族的贬称。楚、越,指东南偏远地区。岭海,岭即越城、都宠、萌渚、骑田、大庾等五岭,地处今湘、赣、桂、粤边境;海,南海。
⑦ 涵淹,潜伏水中。卵育,产卵繁殖。

六合之内,皆抚而有之;况禹迹所揜①,扬州之近地,刺史、县令之所治,出贡赋以供天地宗庙百神之祀之壤者哉?鳄鱼其不可与刺史杂处此土也。

刺史受天子命,守此土,治此民,而鳄鱼睅然不安溪潭②,据处食民畜、熊、豕、鹿、獐,以肥其身,以种其子孙;与刺史亢拒③,争为长雄;刺史虽驽弱④,亦安肯为鳄鱼低首下心,伈伈睍睍⑤,为民吏羞,以偷活于此邪!且承天子命以来为吏,固其势不得不与鳄鱼辨。

鳄鱼有知,其听刺史言:潮之州,大海在其南,鲸、鹏之大,虾、蟹之细,无不归容,以生以食,鳄鱼朝发而夕至也。今与鳄鱼约:尽三日,其率丑类南徙于海,以避天子之命吏;三日不能,至五日;五日不能,至七日;七日不能,是终不肯徙也。是不有刺史、听从其言也;不然,则是鳄鱼冥顽不灵,刺史虽有言,不闻不知也。夫傲天子之命吏,不听其言,不徙以避之,与冥顽不灵而为民物害者,皆可杀。刺史则选材技吏民⑥,操强弓毒矢,以与鳄鱼从事⑦,必尽杀乃止。其无悔!

---

① 禹迹,夏禹治水,足迹遍及九州,故以此称中国的疆域。揜,同"掩"。
② 睅(hàn)然,瞪着眼睛,凶狠貌。
③ 亢拒,即抗拒。
④ 驽弱,指软弱。
⑤ 伈(xǐn)伈,小心恐惧貌。睍(xiàn),眯起眼睛看,比喻胆怯。
⑥ 材技吏民,有才干有技艺(特指武功高强)的官吏和百姓。
⑦ 从事,指战斗,拼杀。

祭十二郎文①

　　年、月、日②，季父愈闻汝丧之七日③，乃能衔哀致诚④，使建中远具时羞之奠⑤，告汝十二郎之灵：

　　呜呼！吾少孤⑥，及长，不省所怙⑦，惟兄嫂是依。中年，兄殁南方，吾与汝俱幼，从嫂归葬河阳⑧。既又与汝就食江南⑨。零丁孤苦，未尝一日相离也。吾上有三兄，皆不幸早世。承先人后者，在孙惟汝，在子惟吾。两世一身⑩，形单影只。嫂尝抚汝指吾而言曰："韩氏两世，惟此而已！"汝时尤小，当不复记忆。吾时虽能记忆，亦未知其言之悲也。

---

① 该文是韩愈于唐德宗贞元十九年（803年），在长安任监察御史时，为去世的侄子所写的一篇祭文。文章通过叙述叔侄二人间的琐事抒怀，情感真挚、自然，一改以往祭文刻版常规的骈文体式。吴楚材、吴调侯在编写《古文观止》时曾评价该文："须想其一面哭一面写，字字是血，字字是泪。"清人沈德潜曾评价该文"是祭文的变体，亦是祭文的绝调。"此文对后代祭文的写法影响甚大。

② 年、月、日，某年某月某日，此为拟稿时原样，应为"某年某月某日"。《文苑英华》作"贞元十九年五月廿六日"，但祭文中曾提及在六月十七日十二郎曾写信给韩愈。"五"字当误。

③ 季父，父辈中排行最小的叔父。

④ 衔哀，心中饱含哀思。致诚，表达赤诚心意。

⑤ 建中，韩愈家仆名字。具，置办，备办。时羞，同"时馐"，当季新鲜佳肴。奠，祭品。

⑥ 孤，年少丧父，韩愈三岁丧父，由兄嫂抚养长大。

⑦ 不省(xǐng)，不知道。怙(hù)，指父亲。

⑧ 河阳，今河南孟县，韩愈老家。

⑨ 就食，谋生。此指唐德宗建中二年（781年），北方藩镇李希烈反叛，中原局势动荡，韩愈随嫂迁居宣州（今安徽宣城）。

⑩ 两世一身，子辈与孙辈各仅剩一男丁。

吾年十九,始来京城。其后四年,而归视汝①。又四年,吾往河阳省坟墓②,遇汝从嫂丧来葬。又二年,吾佐董丞相于汴州,汝来省吾。止一岁③,请归取其孥④。明年,丞相薨⑤。吾去汴州,汝不果来⑥。是年,吾佐戎徐州⑦,使取汝者始行,吾又罢去,汝又不果来。吾念汝从于东⑧,东亦客也,不可以久;图久远者,莫如西归⑨,将成家而致汝⑩。呜呼!孰谓汝遽去吾而殁乎⑪!吾与汝俱少年,以为虽暂相别,终当久相与处。故舍汝而旅食京师⑫,以求斗斛之禄⑬。诚知其如此,虽万乘之公相⑭,吾不以一日辍汝而就也⑮。

　　去年,孟东野往⑯。吾书与汝曰:"吾年未四十,而视茫茫,而发苍苍,而齿牙动摇。念诸父与诸兄,皆康强而早世。如吾之衰者,其能

---

① 视,看望,指上对下。
② 省(xǐng)坟墓,上坟凭悼。
③ 董丞相,董晋,贞元十二年(796年),董晋以检校尚书左仆射、同中书门下章事任宣武军节度使,时韩愈在董晋幕中任节度官。汴州,河南开封。止,住。
④ 孥,指家眷,妻子子女的统称。
⑤ 薨,古代诸侯或二品以上官员去世曰薨。
⑥ 不果,没能够。
⑦ 佐戎,辅助军务。
⑧ 东,指故乡河阳之东的汴州和徐州。
⑨ 西归,指返回河阳。
⑩ 致汝,接你过来。
⑪ 谓,料想。遽,骤然。
⑫ 旅食,外出谋生。
⑬ 斗斛之禄,指微薄的俸禄。唐时十斗为一斛。
⑭ 万乘(shèng)之公相,指高官厚禄。一乘为四匹马拉的兵车。古代封国以兵车计算,万乘之国,指的是地方千里的大国。
⑮ 辍汝,离开你。就,就职上任。
⑯ 孟东野,韩愈朋友孟郊,与贞元十八年(802年)出任溧阳县吏。

久存乎？吾不可去，汝不肯来，恐旦暮死，而汝抱无涯之戚也①！"孰谓少者殁而长者存，彊者夭而病者全乎②！

呜呼！其信然邪？其梦邪？其传之非其真邪？信也，吾兄之盛德而夭其嗣乎？汝之纯明而不克蒙其泽乎③？少者、彊者而夭殁，长者、衰者而存全乎？未可以为信也。梦也，传之非其真也，东野之书，耿兰之报④，何为而在吾侧也？呜呼！其信然矣！吾兄之盛德而夭其嗣矣！汝之纯明宜业其家者⑤，不克蒙其泽矣！所谓天者诚难测，而神者诚难明矣！所谓理者不可推，而寿者不可知矣！

虽然，吾自今年来，苍苍者或化而为白矣，动摇者或脱而落矣⑥。毛血日益衰，志气日益微，几何不从汝而死也⑦。死而有知，其几何离；其无知，悲不几时，而不悲者无穷期矣。

汝之子始十岁，吾之子始五岁。少而强者不可保，如此孩提者，又可冀其成立邪？呜呼哀哉！呜呼哀哉！

汝去年书云："比得软脚病⑧，往往而剧。"吾曰："是疾也，江南之人，常常有之。"未始以为忧也。呜呼！其竟以此而殒其生乎？抑别有疾而至斯极乎？

汝之书，六月十七日也。东野云，汝殁以六月二日；耿兰之报无

---

① 旦暮，早晚。涯，边。戚，忧伤。
② 彊，同"强"。
③ 纯明，纯正聪明。克，能。蒙，承受。
④ 耿兰，生平不可考，或是宣州韩式家业的管家。
⑤ 业，动词，继承家业。
⑥ 动摇者，指晃动不牢固的牙齿。
⑦ 毛血，指体质。志气，指精神。几何，不多久。
⑧ 比(bì)，近来。软脚病，即脚气，因严重时双脚萎缩不能行走。

月日。盖东野之使者,不知问家人以月日;如耿兰之报,不知当言月日。东野与吾书,乃问使者,使者妄称以应之乎。其然乎?其不然乎?

今吾使建中祭汝,吊汝之孤与汝之乳母。彼有食,可守以待终丧,则待终丧而取以来;如不能守以终丧,则遂取以来。其余奴婢,并令守汝丧。吾力能改葬,终葬汝于先人之兆①,然后惟其所愿。

呜呼!汝病吾不知时,汝殁吾不知日,生不能相养于共居,殁不得抚汝以尽哀,敛不凭其棺②,窆不临其穴③。吾行负神明,而使汝夭;不孝不慈,而不能与汝相养以生,相守以死。一在天之涯,一在地之角,生而影不与吾形相依,死而魂不与吾梦相接。吾实为之,其又何尤④!彼苍者天,曷其有极!自今已往,吾其无意于人世矣!当求数顷之田于伊颍之上⑤,以待余年,教吾子与汝子,幸其成⑥;长吾女与汝女⑦,待其嫁,如此而已。

呜呼,言有穷而情不可终,汝其知也邪?其不知也邪?呜呼哀哉!尚飨⑧!

---

① 兆,祖坟,或先人的墓地。
② 敛,同殓,为死者更衣称为小殓,尸体入棺称为大殓。
③ 窆(biǎn),下棺入土。
④ 尤,怨恨。
⑤ 伊、颍,伊水和颍水,今河南境内,代指韩愈故乡。
⑥ 幸,希望。
⑦ 长(zhǎng),养育。
⑧ 尚飨,古代祭文用语,请死者享用祭品。

祭柳子厚文①

维年月日,韩愈谨以清酌庶羞之奠②,祭于亡友柳子厚之灵:

嗟嗟子厚,而至然耶③!自古莫不然④,我又何嗟?人之生世,如梦一觉;其间利害,竟亦何校⑤?当其梦时,有乐有悲;及其既觉⑥,岂足追惟?⑦

凡物之生,不愿为材;牺尊⑧青黄,乃木之灾。子之中弃⑨,天脱馽羁⑩;玉佩琼琚,大放厥词⑪。富贵无能,磨灭谁纪⑫?子之自着,表

---

① 此文是韩愈为好友柳宗元所写的祭文,子厚为柳宗元的字。柳宗元于元和十四年(819年)十月十五日(一说为十一月八日)卒于柳州。柳宗元是中唐时期重要的政治改革家、思想家,但一生坎坷,终不得志。参与王叔文革新失败后,被贬为永州司马,时年三十三岁,一直在荒凉之地度过十年"系囚"生活。元和十年(815年)又迁调柳州,终因身体孱弱,生活艰苦,几年后凄凉寂寞而终,终年四十七岁。韩愈与柳宗元同为中唐古文运动的倡导者和领袖,两人结下了深厚的友谊,他创作此文以及《柳子厚墓志铭》来寄托对昔日好友的哀思。

② 维年月日,某年某月。清酌,清酒。庶羞,多种佳肴。羞,同馐。

③ 嗟嗟,悲叹声。然,如此。

④ 莫不然,指谁能不这样?指谁人无死?

⑤ 校(jiào),计较。

⑥ 既觉,已经醒来。

⑦ 惟,思。追惟,追思。

⑧ 牺尊,指酒器。尊同樽。见《庄子·天地篇》说:"百年之木,破为牺樽,青黄而文之。其断在沟中,比牺樽于沟中之断,则美恶有间矣,其于失性一也。"青黄,涂在酒器上的颜色。

⑨ 中弃,中年离世。

⑩ 馽,即絷,用来拴马前足的绳索。羁,马络头。馽羁,指羁绊。

⑪ 玉佩,比喻文章之贵。琼琚,比喻音节之美。大放厥词,即大展文采。

⑫ 磨灭,消亡。

表愈伟。不善为斫①，血指汗颜；巧匠旁观，缩手袖间。子之文章，而不用世；乃令吾徒，掌帝之制②。子之视人，自以无前③；一斥不复④，群飞刺天⑤。

嗟嗟子厚，今也则亡。临绝之音，一何琅琅？遍告诸友⑥，以寄厥子。不鄙谓余，亦托以死⑦。凡今之交，观势厚薄；余岂可保，能承子托？非我知子，子实命我；犹有鬼神，宁敢遗堕⑧？念子永归，无复来期。设祭棺前，矢心以辞⑨。呜呼哀哉，尚飨。

龙　说⑩

龙嘘气成云⑪，云固弗灵于龙也。然龙乘是气，茫洋穷乎玄间⑫，

---

① 斫、砍、削。
② 制，制诰。韩愈元和元年（806年）冬为考功员外郎知制诰。
③ 自以无前，此谓自后勇于为人。
④ 此指子厚遭遇贬永州，继续柳州，死于外所，不再返回朝廷。
⑤ 飞，同非，非议。刺，责备。
⑥ 诸友，指刘禹锡、李程、韩愈、韩泰、韩晔等。
⑦ 托以死，以死后之事相托。
⑧ 遗堕，遗落，忘记。
⑨ 矢心，自誓。矢同"誓"。
⑩ 此为韩愈所作的四篇杂说中的一篇，亦有人称此文为《龙喻》。宋代人这样评价韩愈这四篇文章："《龙喻》言君不可以为臣，《医喻》言医治不可恃安，《鹤喻》言人不可以貌取，《马喻》言世未尝无遗俗之贤。"曾有人称此文讲述的是君臣之间互相依恃的关系，因为古时候人们往往以龙喻君，云喻臣。然也有人指出韩愈此文不应该狭隘地理解。曾国藩就曾指出："龙以喻其身，云以喻其文章，凭依其所自为，犹曰'文书自传道，不仗史笔垂'。"杂说，一种论辩性文体，常常托物寄意，类似今天杂感、随笔。
⑪ 嘘气，吐气。
⑫ 茫洋，无边际貌。玄间，指太空。

薄日月①,伏光景②,感震电③,神变化,水下土④,汩陵谷,云亦灵怪矣哉!

云,龙之所能使为灵也;若龙之灵,则非云之所能使为灵也。然龙弗得云,无以神其灵矣。失其所凭依,信不可欤⑤!

异哉!其所凭依,乃其所自为也。《易》⑥曰:"云从龙。"既曰:龙,云从之矣。

马 说⑦

世有伯乐⑧,然后有千里马。千里马常有,而伯乐不常有。故虽有名马,祇辱于奴隶人之手⑨,骈死于槽枥之间⑩,不以千里称也。

马之千里者,一食或尽粟一石。食马者不知其能千里而食也⑪。

---

① 薄,接近。
② 伏,遮蔽。景,指日光。
③ 感通撼,震动、动摇。震,雷。
④ 水,指降雨。下土,指人间。
⑤ 信,确实。
⑥ 《易·乾卦》:"云从龙,风从虎。"
⑦ 韩愈该文是《杂说》四文中的第四篇,有人曾指出:此文与前一篇《龙说》均是韩愈急于求仕未果的时期所作,具体时间相差不远。对于该文实际所指,历代学者均有不同理解,孙琮说该文是"借伯乐相马隐喻世无知我";李扶九认为该文是"以千里马自喻,以伯乐喻知己,总言知己之难遇";唐介轩则指出该文是"伯乐喻君,马喻臣,臣待君以展用";林云铭则认为:"此以千里马喻贤士,伯乐喻贤相也。"对于"千里马"与"伯乐"的关系古往今来众说纷纭,总之该文论述的是"人才"与"识才者"二者之间的辨证关系。
⑧ 伯乐,姓孙名阳,春秋时秦穆公时人。伯乐原为天星名,主典天马,孙阳善于相马,故以为名。孙阳曾过虞坂,见骐骥伏盐车下,对其长鸣,孙阳下车而泣。
⑨ 奴隶人,指的是奴仆,文中指车夫(驾驭马车者)、马夫(养马者)一类人。
⑩ 骈死,并头死去。比喻死者甚多。
⑪ 食(sì),同"饲"。食马者,指养马的人。

是马也,虽有千里之能,食不饱,力不足,才美不外见,且欲与常马等不可得,安求其能千里也?

策之不以其道①,食之不能尽其材,鸣之而不能通其意,执策而临之,曰:"天下无马!"呜呼!其真无马邪?其真不知马也!

答李翊书②

六月二十六日,愈白③。李生足下:

生之书辞甚高,而其问何下而恭也④。能如是,谁不欲告生以其道?道德之归也有日矣⑤,况其外之文乎?抑愈所谓望孔子之门墙而不入于其宫者⑥,焉足以知是且非邪?虽然,不可不为生言之。

生所谓"立言"者⑦,是也;生所为者与所期者,甚似而几矣。抑不

---

① 策,马鞭,此处指驱赶。
② 该文写作于贞元十七年(801年),因李翊向韩愈请教写文章"立言"技巧,韩愈则就古人如何立言不朽展开讨论,从而结合个人治学作文的经验功夫向李翊悉心传授。该文虽说是对李翊之前所提问题的回答,但是实则是表达了韩愈的文学观点与主张,是研究韩愈文论的绝佳材料。清人林纾曾这样评价:"昌黎论文数不多见,生平权力所在,尽在李翊一书。"李翊,贞元十八年(802年)进士。该年陆修担任礼部考试主考官权德舆的副手,韩愈写《与祠部陆员外书》向陆伸推荐李翊、侯喜等十人,称他们为"或文或行,皆出群之才",后李翊中第。
③ 白,说。
④ 下,态度谦虚。
⑤ 道德,韩愈所谓的道德,多指的是仁与义。韩愈主张道主内,文主外,要提高文学上的成就,必须从道德修养入手。
⑥ 门墙,见《论语·子张》:"子贡曰:'譬之宫墙……夫子之墙数仞,不得其门而入,不见宗庙之美,百官之富。'"宫,指室内。韩愈此处将孔子的道德学问比喻为一个宫室,外人只能看见巍峨的高墙,却找不到门,入室游览。
⑦ 立言,指著书立说。

23

知生之志:蕲胜于人而取于人邪?①将蕲至于古之立言者邪?蕲胜于人而取于人,则固胜于人而可取于人矣!将蕲至于古之立言者,则无望其速成,无诱于势利,养其根而俟其实,加其膏而希其光。根之茂者其实遂,膏之沃者其光晔②。仁义之人,其言蔼如也③。

抑又有难者。愈之所为,不自知其至犹未也;虽然,学之二十余年矣。始者,非三代两汉之书不敢观④,非圣人之志不敢存。处若忘,行若遗,俨乎其若思,茫乎其若迷。当其取于心而注于手也,惟陈言之务去,戛戛乎其难哉⑤!其观于人,不知其非笑之为非笑也⑥。如是者亦有年,犹不改。然后识古书之正伪,与虽正而不至焉者,昭昭然白黑分矣⑦,而务去之,乃徐有得也。

当其取于心而注于手也,汩汩然来矣⑧。其观于人也,笑之则以为喜,誉之则以为忧,以其犹有人之说者存也⑨。如是者亦有年,然后浩乎其沛然矣。吾又惧其杂也,迎而距之,平心而察之,其皆醇也,然后肆焉⑩。虽然,不可以不养也,行之乎仁义之途,游之乎《诗》《书》之源⑪,无迷其途,无绝其源,终吾身而已矣。

---

① 蕲,通祈。取于人,被人所取,被人学习。
② 遂,成熟。膏,灯油。沃,灯油很多。
③ 蔼如,和蔼,温和。
④ 三代,夏商周。
⑤ 戛(jiá)戛,指困难的样子。
⑥ 非笑,非难讥笑。
⑦ 昭昭,清楚的样子。
⑧ 汩汩,指文笔流畅如水流。
⑨ 说,意见、观点。
⑩ 肆,放任地去写。
⑪ 《诗》《书》,指《诗经》《尚书》。

气①,水也;言,浮物也。水大而物之浮者大小毕浮。气之与言犹是也,气盛则言之短长与声之高下者皆宜②。虽如是,其敢自谓几于成乎?虽几于成,其用于人也奚取焉?虽然,待用于人者,其肖于器邪③?用与舍属诸人。君子则不然。处心有道④,行己有方,用则施诸人,舍则传诸其徒,垂诸文而为后世法⑤。如是者,其亦足乐乎?其无足乐也?

有志乎古者希矣⑥,志乎古必遗乎今。吾诚乐而悲之。亟称其人⑦,所以劝之⑧,非敢褒其可褒而贬其可贬也⑨。问于愈者多矣,念生之言不志乎利,聊相为言之。愈白。

进学解⑩

国子先生晨入太学⑪,招诸生立馆下,诲之曰:"业精于勤,荒于

---

① 气,指抽象的"气",指道德修养,韩愈的养气来自孟子"吾善养吾浩然之气"。
② 高下,指声调抑扬。
③ 肖,像。器,器物、用具。
④ 处心,考虑问题。
⑤ 垂诸文,指写文章。
⑥ 希,同稀,稀少。
⑦ 亟,屡次。
⑧ 劝,劝勉,鼓励。
⑨ 可褒,指写古文。贬,批评。可贬,写习时文(骈文)。
⑩ 《进学解》是韩愈于元和七年(812年)二月由职方员外郎左迁国子博士,元和八年(813年)三月改官比部郎中、史官修撰,而《进学解》中"诸生"之一有谓"弟子事先生于兹有年矣",可见此文作于元和八年二三月间。这一年韩愈仕途不顺,又屡遭人谗害,数次遭贬谪,"作《进学解》以自喻"。当时宰相李吉甫等人阅后,为韩愈的才华称奇,将其改官比部郎中、史馆修撰。
⑪ 国子先生,韩愈自称。当时韩愈任国子博士。唐代国子监主管国家教育,同时也是设立在京城的全国最高学府,内设国子学、太学、广文学、四门学、律学、书学、算学七学,各学均设博士。其中国子学设博士五人,正五品上,掌管三品以上及国公子孙、曾孙为学生者。太学,指国子监,唐时国子监指魏晋太学,故称。

嬉；行成于思，毁于随①。方今圣贤相逢，治具毕张②。拔去凶邪，登崇畯良③。占小善者率以录④，名一艺者无不庸⑤。爬罗剔抉，刮垢磨光。⑥盖有幸而获选，孰云多而不扬⑦？诸生业患不能精，无患有司之不明；行患不能成，无患有司之不公⑧。"

言未既，有笑于列者曰⑨："先生欺余哉！弟子事先生，于兹有年矣。先生口不绝吟于六艺之文⑩，手不停披于百家之编⑪。记事者必提其要⑫，纂言者必钩其玄⑬。贪多务得，细大不捐⑭。焚膏油以继晷⑮，恒兀兀以穷年⑯。先生之业，可谓勤矣。

抵排异端⑰，攘斥佛老。补苴罅漏⑱，张皇幽眇⑲。寻坠绪之茫

---

① 随，随意。
② 治具，治国之具，指法律。张，施、设。
③ 登崇，指进用，推崇。畯良，指人才。畯，通"俊"。
④ 率，一概。
⑤ 庸，用。
⑥ 爬罗，梳爬搜罗。剔抉，剔除挑选。刮垢磨光，刮去污垢，打磨发光。
⑦ 多，指才学广博。扬，指举拔任用。
⑧ 有司，主管的官员。
⑨ 列，队列。
⑩ 六艺，指六经，即《诗》《书》《礼》《易》《春秋》。
⑪ 百家，指诸子百家。
⑫ 记事者，指记事著作、历史著作。
⑬ 纂言，指理论书籍。
⑭ 细大不捐，无论重大还是细小的均不抛弃。
⑮ 焚膏油以继晷，焚膏油，指点亮油灯。晷，日影。
⑯ 兀兀，勤奋的样子。穷年，终年。
⑰ 异端，指非儒家的学说，特指后文佛老。
⑱ 苴，指填塞。罅(xià)，裂缝。
⑲ 皇，大。幽眇，幽深微妙。

茫①,独旁搜而远绍。障百川而东之,回狂澜于既倒。先生之于儒,可谓有劳矣。

沉浸醲郁,含英咀华②,作为文章,其书满家。上规姚姒③,浑浑无涯;周《诰》、殷《盘》,佶屈聱牙④;《春秋》谨严,《左氏》浮夸;《易》奇而法,《诗》正而葩;下逮《庄》《骚》,太史所录;子云,相如,同工异曲。先生之于文,可谓闳其中而肆其外矣⑤。

少始知学,勇于敢为;长通于方,左右具宜。先生之于为人,可谓成矣。

然而公不见信于人,私不见助于友。跋前疐后,动辄得咎。暂为御史,遂窜南夷。三年博士,冗不见治⑥。命与仇谋⑦,取败几时⑧。冬暖而儿号寒,年丰而妻啼饥。头童齿豁⑨,竟死何裨⑩。不知虑此,而反教人为?"

先生曰:"吁,子来前! 夫大木为杗⑪,细木为桷⑫,欂栌、侏儒,椳、闑、扂、楔,各得其宜⑬,施以成室者,匠氏之工也。玉札、丹砂,赤

---

① 坠,坠落,失传。
② 含英咀华,比喻仔细品味儒家经典中的精华。
③ 姚姒,分别指舜、禹的姓氏,代指《尚书》中《虞书》《夏书》。
④ 周《诰》、殷《盘》,指《尚书》中《大诰》《康诰》《酒诰》几篇以及《盘庚》三篇。
⑤ 闳其中,内容宏大广博。肆其外,指文辞肆意奔放。
⑥ 冗,因为博士为闲职,因此为冗。
⑦ 谋,相伴的意思。
⑧ 几时,不时。
⑨ 童,秃发。豁,脱落。
⑩ 竟,到。裨,补益。
⑪ 杗(máng),房梁。
⑫ 桷(jué),屋椽子。
⑬ 此处欂(bó)栌、侏儒,椳(wēi)、闑(niè)、扂(diàn)、楔均指门的部件。

箭、青芝、牛溲、马勃、败鼓之皮①，俱收并蓄，待用无遗者，医师之良也。登明选公②，杂进巧拙③，纡馀为妍④，卓荦为杰，校短量长，惟器是适者，宰相之方也。昔者孟轲好辩，孔道以明，辙环天下⑤，卒老于行⑥。荀卿守正，大论是弘⑦，逃谗于楚，废死兰陵。是二儒者，吐辞为经，举足为法，绝类离伦，优入圣域⑧，其遇于世何如也？今先生学虽勤而不繇其统⑨，言虽多而不要其中⑩，文虽奇而不济于用，行虽修而不显于众。犹且月费俸钱，岁靡廪粟⑪；子不知耕，妇不知织；乘马从徒，安坐而食。踵常途之促促⑫，窥陈编以盗窃。然而圣主不加诛，宰臣不见斥，兹非其幸欤？动而得谤，名亦随之。投闲置散，乃分之宜。若夫商财贿之有亡，计班资之崇庳，忘己量之所称，指前人之瑕疵⑬，是所谓诘匠氏之不以杙为楹⑭，而訾医师以昌阳引年⑮，欲进其

---

① 此处札、丹砂、赤箭、青芝、牛溲、马勃、败鼓之皮均指可以延年益寿的名贵中药。
② 登明选公，指选拔人才机制透明。
③ 杂进巧拙，指聪明的、笨拙的统统引进。
④ 纡馀，屈曲，比喻有涵养。妍，美丽。
⑤ 辙环天下，比喻周游列国。
⑥ 卒老于行，在奔波中终老一生。
⑦ 守正，指恪守儒家学说。大论，指儒家学说。弘，弘扬。
⑧ 优入圣域，指优秀的人进入圣人的境地。
⑨ 繇，同由。不繇其统，不能遵循儒家的道统。
⑩ 中，切中要害。
⑪ 靡，同糜，耗费、浪费。
⑫ 踵，指跟随。促促，拘谨貌。
⑬ 前人，指比自己官位高的人。
⑭ 诘，质问。杙（yì），小木桩。楹，柱子。
⑮ 訾，非议，诋毁。昌阳，又称菖蒲，古人认为服用能够延年益寿。

豨苓也①。

获麟解②

麟之为灵③,昭昭也。咏于《诗》,书于《春秋》,杂出于传记百家之书,虽妇人小子皆知其为祥也。

然麟之为物,不畜于家④,不恒有于天下。其为形也不类⑤,非若马牛犬豕豺狼麋鹿然。然则虽有麟,不可知其为麟也。

角者吾知其为牛,鬣者吾知其为马⑥,犬豕豺狼麋鹿,吾知其为犬豕豺狼麋鹿。惟麟也,不可知。不可知,则其谓之不祥也亦宜⑦。虽然,麟之出,必有圣人在乎位。麟为圣人出也。圣人者,必知麟,麟之果不为不祥也⑧。

又曰:"麟之所以为麟者,以德不以形。"若麟之出不待圣人,则谓之不祥也亦宜。

---

① 进,推荐。豨(xī)苓,指猪苓,泻药,不能延年益寿。此处指自己才小不足大用,怨愤不停之意。

② 该文与《龙说》《马说》一样,均为咏物自喻之文,曲折地表达了自己怀才不遇之感。全文共一百八十余字,然而前后多层转折,"麒麟""圣人""祥瑞"三者之间有着一种奇妙的辩证的因果关系,因其情况的差异,三者的关系亦发生变化。如何论辩三者的关系,如何巧妙运用三者关系暗喻现实体现出韩愈的散文水平与功力。

③ 麟,麒麟,古代传说中一种祥兽。灵,灵性,有灵性之物。

④ 不畜于家,不被家中畜养。畜,畜养。

⑤ 类,同。

⑥ 鬣(liè),动物脖颈上的长毛。

⑦ 也亦宜,也合乎时宜。

⑧ 果,确实。

讳 辩①

愈与李贺书②,劝贺举进士。贺举进士有名③,与贺争名者毁之,曰贺父名晋肃,贺不举进士为是,劝之举者为非。听者不察也,和而唱之④,同然一辞。皇甫湜曰⑤:"若不明白,子与贺且得罪。"愈曰:"然。"

律曰⑥:"二名不偏讳。"释之者曰:"谓若言'征'不称'在',言'在'不称'征'是也。"律曰:"不讳嫌名。"释之者曰:"谓若'禹'与'雨'、'丘'与'蓲'之类是也。"今贺父名晋肃,贺举进士,为犯二名律乎?为犯嫌名律乎?父名晋肃,子不得举进士,若父名仁,子不得为人乎?

夫讳始于何时?作法制以教天下者,非周公孔子欤?周公作诗不讳,孔子不偏讳二名,《春秋》不讥不讳嫌名⑦,康王钊之孙,实为昭王。曾参之父名晳,曾子不讳昔。周之时有骐期,汉之时有杜度,此

---

① 古人作文或讲话时,常常需要避讳尊长或君主的名字。李贺因其父名晋肃,因"晋"与"进士"的"进"同音,因此无法参加进士考试。韩愈欣赏李贺的才华,为其无法参加考试而可惜。此文就是韩愈批评世俗将避讳制度搞得过于苛刻泛滥,鼓励李贺应进士试而作。该文引经据典,显示了韩愈深厚非凡的学术功底,此外该文行文技法上回环往复,多重设问反复应用,一波未平,一波又起,语言辛辣机智,十分具有感染力。

② 李贺,字长吉,唐代著名诗人,被世人称为"诗鬼",因避父亲名讳,一生不能考取进士,抱负不得施展,27岁便英年早逝,著有《昌谷集》。

③ 有名,指榜上有名。

④ 和(hè),唱和。

⑤ 皇甫湜(shí),字持正,元和进士。

⑥ 律,此处指唐代某项法律条文。下文中"二名不偏讳"最早见于《礼记》的《典礼上》以及《檀弓下》,意为二字之名用到其中某一字时不用避讳。唐代法律规定,犯讳者要判处三年徒刑,韩愈正是出于此点来进行辩论的。

⑦ 讥,讥讽,责难。

其子宜如何讳？将讳其嫌遂讳其姓乎？将不讳其嫌者乎？汉讳武帝名彻为通，不闻又讳车辙之辙为某字也；讳吕后名雉为野鸡，不闻又讳治天下之治为某字也。今上章及诏，不闻讳浒、势、秉、机也。惟宦官宫妾，乃不敢言谕及机，以为触犯。士君子言语行事，宜何所法守也？今考之于经，质之于律①，稽之以国家之典②，贺举进士为可邪？为不可邪？

凡事父母，得如曾参，可以无讥矣；作人得如周公、孔子，亦可以止矣③。今世之士，不务行曾参、周公、孔子之行，而讳亲之名，则务胜于曾参、周公、孔子，亦见其惑也。夫周公、孔子、曾参卒不可胜，胜周公、孔子、曾参，乃比于宦者宫妾，则是宦者宫妾之孝于其亲，贤于周公、孔子、曾参者邪？

圬者王承福传④

圬之为技贱且劳者也⑤。有业之，其色若自得者。听其言，约而尽⑥。问之，王其姓，承福其名，世为京兆长安农夫。天宝之乱，发人

---

① 质，对照。
② 稽，检查、审核。
③ 止，达到顶点。
④ 此文是韩愈为一位名叫王承福的泥瓦匠所写的传。王承福在天宝之乱中立有战功，战乱后并没有接受朝廷的俸禄，而是选择回到家乡做一名泥瓦匠，自食其力，并用其余力帮助路旁残疾、饥馑之人。该文虽表面看来是韩愈为其所写的传记，但实际上表达了韩愈的社会主张和人生哲学，一方面他对王承福这种看似不积极但主张"独善其身"的人生观暗中给予肯定，另一方面他也批评了那些"食焉而怠其事"的人，同时也抨击了那些无功但坐享富贵、不劳而获的人。
⑤ 圬（wū）者，粉刷墙壁的工人。圬，粉饰、粉刷。
⑥ 约而尽，简要而全面。

为兵。持弓矢十三年,有官勋,弃之来归。丧其土田,手镘衣食①,余三十年。舍于市之主人②,而归其屋食之当焉③。视时屋食之贵贱,而上下其圬之佣以偿之④;有余,则以与道路之废疾饿者焉。

又曰:"粟,稼而生者也⑤,若市与帛,必蚕绩而后成者也⑥;其他所以养生之具,皆待人力而后完也;吾皆赖之。然人不可遍为,宜乎各致其能以相生也。故君者,理我所以生者也;而百官者,承君之化者也⑦。任有大小,惟其所能,若器皿焉。食焉而怠其事,必有天殃,故吾不敢一日舍镘以嬉。夫镘易能,可力焉,又诚有功;取其直,虽劳无愧,吾心安焉。夫力,易强而有功也;心,难强而有智也。用力者使于人⑧,用心者使人,亦其宜也。吾特择其易为无愧者取焉。

"嘻!吾操镘以入富贵之家有年矣。有一至者焉,又往过之,则为墟矣;有再至、三至者焉,而往过之,则为墟矣。问之其邻,或曰:'噫!刑戮也⑨。'或曰:'身既死,而其子孙不能有也。'或曰:'死而归之官也。'吾以是观之,非所谓食焉怠其事,而得天殃者邪?非强心以智而不足,不择其才之称否而冒之者邪?非多行可愧,知其不可而强为之者邪?将富贵难守,薄功而厚飨之者邪?抑丰悴有时⑩,一去一

---

① 镘(màn),抹墙的一种工具。手镘衣食,依靠抹墙来换取衣食。
② 舍,居住。
③ 屋食之当,租房吃饭应当付的钱。当,与此相当的钱款。
④ 上下,增减调整。佣,佣金。
⑤ 稼,种植。
⑥ 蚕绩,养蚕纺织。
⑦ 承,奉行。化,教化。
⑧ 使于人,被人所使。
⑨ 刑戮,受刑被害。
⑩ 丰悴,指荣败、盛衰。丰,丰裕,繁荣。悴,憔悴,衰败。

来而不可常者邪？吾之心悯焉，是故择其力之可能者行焉。乐富贵而悲贫贱，我岂异于人哉？"

又曰："功大者，其所以自奉也博。妻与子，皆养于我者也；吾能薄而功小，不有之可也。又吾所谓劳力者，若立吾家而力不足，则心又劳也。一身而二任焉①，虽圣者不可为也。"

愈始闻而惑之，又从而思之，盖所谓"独善其身"者也。然吾有讥焉；谓其自为也过多，其为人也过少。其学杨朱之道者邪②？杨之道，不肯拔我一毛而利天下。而夫人以有家为劳心，不肯一动其心以蓄其妻子，其肯劳其心以为人乎哉？虽然，其贤于世者之患不得之，而患失之者，以济其生之欲③、贪邪而亡道以丧其身者，其亦远矣！又其言，有可以警余者，故余为之传而自鉴焉④。

送孟东野序⑤

大凡物不得其平则鸣⑥。草木之无声，风挠之鸣⑦。水之无声，

---

① 二任，指劳心劳力。
② 杨朱，字子居，战国人，主张"为我""贵生重己"，曾言："拔一毛以利天下而不为也。"
③ 济，满足。
④ 鉴，镜子。自鉴，对照自己。
⑤ 该文是一篇送别之作，韩愈贞元十九年（803年）《与陈给事书》云："送孟东野一首，生写纸，不加装饰。"孟东野，名郊，韩愈挚友，一生潦倒的苦吟派诗人，直至五十岁才做溧阳县的小吏，常怀怀才不遇之慨。韩愈与他颇有惺惺相惜之感，因此写作该文鼓励他在逆境中继续坚持创作。送序，临别赠言。
⑥ 大凡，大概。鸣，发声，引申为抒发、表现。
⑦ 挠，搅动，摇动。

风荡之鸣①。其跃也,或激之②;其趋也,或梗之③;其沸也,或炙之④。金石之无声,或击之鸣。人之于言也亦然,有不得已者而后言。其歌也有思,其哭也有怀,凡出乎口而为声者,其皆有弗平者乎!

乐也者,郁于中而泄于外者也,择其善鸣者而假之鸣⑤。金、石、丝、竹、匏、土、革、木八者⑥,物之善鸣者也。维天之于时也亦然,择其善鸣者而假之鸣。是故以鸟鸣春,以雷鸣夏,以虫鸣秋,以风鸣冬。四时之相推敚⑦,其必有不得其平者乎?

其于人也亦然。人声之精者为言,文辞之于言,又其精也,尤择其善鸣者而假之鸣。其在唐、虞⑧,咎陶、禹,其善鸣者也⑨,而假以鸣,夔弗能以文辞鸣,又自假于《韶》以鸣⑩。夏之时,五子以其歌鸣⑪。伊尹鸣殷,周公鸣周⑫。凡载于《诗》《书》六艺,皆鸣之善者也。

---

① 荡,震动,震荡。
② 跃,水花飞溅。激,搏激。
③ 趋,快走。梗,梗塞,阻碍。
④ 炙,用火烧。
⑤ 假,借助。
⑥ 金、石、丝、竹、匏、土、革、木,古代用这八种材料制造各类乐器,称为八音。金,如编钟;石,如磬;丝,如琴、瑟等有丝弦的乐器;竹,如笙、竽等;土,如埙;革如鼓。木,如柷、敔等。
⑦ 推敚(duó),推移。敚,同"夺"。
⑧ 唐、虞,尧帝国号为唐,舜帝国号为虞。
⑨ 咎陶(gāo yáo),也作皋陶,传说舜帝之臣,主管刑狱之事。禹,夏开国国君,因治水有功,舜让位于他。
⑩ 夔,舜时乐官,相传《韶》是他所作。
⑪ 五子,夏王太康的五个弟弟。传言太康荒淫失国,五子作《五子之歌》告诫太康。
⑫ 伊尹,名挚,殷汤时宰相。周公,姬旦,周文王之子,周武王之弟,曾辅佐武王伐纣灭商,建立周王朝。后又辅佐幼主成王,曾代行政事,制礼为乐。

周之衰,孔子之徒鸣之,其声大而远。传曰:"天将以夫子为木铎①。"其弗信矣乎!其末也,庄周以其荒唐之辞鸣②。楚,大国也,其亡也以屈原鸣③。臧孙辰、孟轲、荀卿,以道鸣者也。杨朱、墨翟、管夷吾、晏婴、老聃、申不害、韩非、慎到、田骈、邹衍、尸佼、孙武、张仪、苏秦之属④,皆以其术鸣。秦之兴,李斯鸣之⑤。汉之时,司马迁、相如、扬雄⑥,最其善鸣者也。其下魏晋氏,鸣者不及于古,然亦未尝绝也。就其善者,其声清以浮,其节数以急⑦,其辞淫以哀⑧,其志弛以肆⑨;其为言也,乱杂而无章。将天丑其德莫之顾邪?何为乎不鸣其善鸣者也!

---

① 木铎,木铃之舌,发声体。此句出自《论语·八佾》。
② 庄周,庄子,道家学派代表。《庄子》文辞漫无边际,夸张荒诞,因而称之为荒唐之辞。
③ 屈原,名平,楚国大夫,曾作《离骚》《天问》《九章》《九歌》等。
④ 杨朱,战国时魏国人,杨朱学派代表。墨翟,墨子,鲁国人,墨家学派代表。管夷吾,字仲,春秋是齐国人,曾辅佐齐桓公称霸,后人辑《管子》。晏婴,晏子,春秋时楚国人,著有《晏子春秋》。老聃,老子,道家学说始祖。申不害,战国时郑国人,韩昭候宰相,主张法治,著有《申子》。韩非,韩国公子,法家人物代表,著有《韩非子》。慎到,战国时赵国人,著有《慎子》。田骈,战国时齐国人,著有《田子》,已佚。邹衍,战国时齐国人,阴阳家代表,著有《邹子》,已佚。尸佼,战国时鲁国人,法家代表,著有《尸子》,被《汉书·艺文志》认为是杂家代表。孙武,孙子,春秋时齐国人,著有《孙子兵法》。张仪,战国时魏国人,纵横家代表,主张"连横"说。苏秦,战国时东周洛阳人,纵横家代表人物,主张合纵抗秦。
⑤ 李斯,战国时楚国人,秦始皇时任廷尉、丞相,对秦统一起过重大作用,后为秦二世所杀。
⑥ 司马迁,字子长,西汉夏阳人,著名史学家,《史记》作者。相如,司马相如,字长卿,西汉成都人,著名辞赋家,著有《甘泉赋》《羽猎赋》《长杨赋》等。扬雄,司马相如之后西汉最著名的辞赋家。
⑦ 节数(shuò),节奏短促。数,频繁。
⑧ 淫,淫靡。
⑨ 志,文章旨趣。弛,松弛,引申为颓废。肆,放肆,放纵。

唐之有天下,陈子昂、苏源明、元结、李白、杜甫、李观①,皆以其所能鸣。其存而在下者②,孟郊东野始以其诗鸣。其高出魏晋,不懈而及于古③,其他浸淫乎汉氏矣。从吾游者,李翱、张籍其尤也④。三子者之鸣信善矣⑤。抑不知天将和其声,而使鸣国家之盛邪,抑将穷饿其身,思愁其心肠,而使自鸣其不幸邪?三子者之命,则悬乎天矣⑥。其在上也奚以喜,其在下也奚以悲!

东野之役于江南也,有若不释然者,故吾道其于天者以解之。

送董邵南序⑦

燕赵古称多感慨悲歌之士⑧。董生举进士,屡不得志于有司⑨,

---

① 陈子昂,初唐诗人,标举汉魏风骨,反对六朝淫靡文风,著有《陈伯玉集》。苏源明,字弱夫,著有《元次山集》。李白,字太白,有《李太白集》;杜甫,字子美,有《杜工部集》。李观,字符宾,与韩愈同登进士第,擅长写散文,有《李元宾集》。

② 存,健在。在下,身居低位。

③ 古,上古。

④ 李翱,字习之,韩愈的学生、侄女婿,著有《李文公集》。张籍,字文昌,善乐府诗,有《张司业集》。尤,突出。

⑤ 信,确实。

⑥ 悬乎天,取决于天意。

⑦ 该文是韩愈为送朋友董邵南去河北所作的序。当时河北一代正是藩镇割据的地方,他们竞引天下豪杰作他们的谋主。董邵南举进士,不得志,此行欲到河北作藩镇幕府。韩愈主张统一,对河北藩镇割据持反对态度,但董邵南作为韩愈的朋友,韩愈又碍于情面与情义无法直接表达内心所想。于是作此序,表面看来是"送别",实际上是"劝留",该文辞约意丰,措辞深婉,虽不过百余字,但却一波三折,起伏跌宕,值得仔细斟酌品读。董少楠,寿州安丰(今安徽寿县)人。

⑧ 燕赵,战国时燕国所处今河北北部、辽宁西部一带。赵国,所处山西北部、河北西部一带。感慨悲歌之士,指战国时荆轲、高渐离一类英雄豪杰。

⑨ 有司,古代设官分职,各有专司主管,故称。这里特指主持进士考试的礼部官。

怀抱利器①,郁郁适兹土②。吾知其必有合也。董生勉乎哉!

夫以子之不遇时,苟慕义疆仁者皆爱惜焉③。矧燕赵之士出乎其性者哉④!然吾尝闻风俗与化移易⑤,吾恶知其今不异于古所云邪⑥?聊以吾子之行卜之也⑦。董生勉乎哉!

吾因子有所感矣。为我吊望诸君之墓⑧,而复观于其市,复有昔时屠狗者乎⑨?为我谢曰⑩:"明天子在上⑪,可以出而仕矣。"

送李愿归盘谷序⑫

太行之阳有盘谷。盘谷之间,泉甘而土肥,草木藂茂⑬,居民鲜

---

① 利器,比喻杰出的才能。
② 兹土,指燕赵之地。
③ 疆,同强,勉力。
④ 矧(shěn),况且。
⑤ 化,教化。
⑥ 恶,同"乌"(wū),怎么。
⑦ 聊,姑且。卜,卜疑,验证。
⑧ 望诸君,即乐毅,战国时燕国名将,辅佐燕昭王破齐国,成就霸业。燕昭王去世后,被诬陷,离燕去赵,赵国封他做望诸君。坟墓在今河南邯郸西南。
⑨ 屠狗者,指高渐离。据《史记·刺客列传》记载,高渐离曾以屠狗为业,友荆轲刺秦王未遂被杀,高渐离替他报仇,未遂而死。此处以屠狗者代指不得志隐居市井的豪侠义士。
⑩ 谢,问候,致意。
⑪ 明,圣明。
⑫ 此篇是韩愈为好友李愿离别所写的赠言。韩愈写作该文时,为唐德宗贞元十七年(801年),韩愈正在长安等待调任,仕途不顺,心情抑郁,故借此文抒发心中抑郁不平之情。该文语言简练隽永,有诗歌特点,宋代林正大就曾把该文改写为词,可见该文已经具备了一定的诗歌声律特点。相传苏东坡最爱该文,曾言:"欧阳文忠公尝谓晋无文章,唯陶渊明《归去来》一篇而已。余亦以谓唐无文章,唯韩退之《送李愿归盘谷》一篇而已。平生愿效此作一篇,每执笔辄罢,因自笑曰,不若且放,教退之独步。"(《东坡题跋》卷一)李愿,陇西人,生平不详,韩愈好友。盘谷,河南济源。
⑬ 藂(cóng)茂,丛茂。藂同"丛"。

37

少。或曰:"谓其环两山之间,故曰'盘'。"或曰:"是谷也,宅幽而势阻,隐者之所盘旋①。"友人李愿居之。

愿之言曰:"人之称大丈夫者,我知之矣:利泽施于人,名声昭于时,坐于庙朝,进退百官,而佐天子出令;其在外,则树旗旄,罗弓矢,武夫前呵,从者塞途,供给之人,各执其物,夹道而疾驰。喜有赏,怒有刑。才畯满前②,道古今而誉盛德,入耳而不烦。曲眉丰颊,清声而便体,秀外而惠中,飘轻裾,翳长袖,粉白黛绿者,列屋而闲居,妒宠而负恃,争妍而取怜。大丈夫之遇知于天子、用力于当世者之所为也③。吾非恶此而逃之,是有命焉,不可幸而致也。

穷居而野处④,升高而望远,坐茂树以终日,濯清泉以自洁。采于山,美可茹⑤;钓于水,鲜可食。起居无时,惟适之安。与其有誉于前,孰若无毁于其后;与其有乐于身,孰若无忧于其心。车服不维⑥,刀锯不加⑦,理乱不知⑧,黜陟不闻⑨。大丈夫不遇于时者之所为也,我则行之。

伺候于公卿之门,奔走于形势之途,足将进而趑趄,口将言而嗫嚅⑩,处污秽而不羞,触刑辟而诛戮,侥幸于万一,老死而后止者,其于

---

① 盘旋,盘桓,流连逗留。
② 才畯,通才俊,人才。
③ 用力,施用权力。
④ 野处,隐居。
⑤ 茹,吃。
⑥ 车服,代指官职品级而确定的车子和服饰,代指官职。维,维系,束缚。
⑦ 刀锯,指刑具,此处指刑罚。
⑧ 理乱,治乱,因避唐高宗李治讳。
⑨ 黜陟(chù zhì),贬退。陟,升迁。
⑩ 嗫嚅,欲言又止的样子。

为人,贤不肖何如也?"

　　昌黎韩愈闻其言而壮之①,与之酒而为之歌曰:"盘之中,维子之宫②;盘之土,维子之稼;盘之泉,可濯可沿;盘之阻,谁争子所?窈而深,廓其有容;缭而曲③,如往而复。嗟盘之乐兮,乐且无央;虎豹远迹兮,蛟龙遁藏;鬼神守护兮,呵禁不祥④。饮且食兮寿而康,无不足兮奚所望!膏吾车兮秣吾马⑤,从子于盘兮,终吾生以徜徉⑥!"

① 壮之,认为他的话豪壮。
② 宫,房子。
③ 缭,弯曲。
④ 呵禁,呵令禁止。
⑤ 膏,名词作动词,上膏油,使之润滑。秣,喂牲口。
⑥ 徜徉,自由自在地走动。

柳宗元

柳宗元(773—819),字子厚,汉族,河东人,唐宋八大家之一,唐代文学家、哲学家、散文家和思想家,世称"柳河东""河东先生",因官终柳州刺史,又称"柳柳州"。柳宗元与韩愈并称为"韩柳",与刘禹锡并称"刘柳",与王维、孟浩然、韦应物并称"王孟韦柳"。

柳宗元于贞元九年(793年)进士及第,贞元十四年(798年)通过吏部考试,授予集贤殿正字,负责校理朝廷典籍,贞元十七年(801年)选调蓝田县尉,贞元十九年(803年)任监察御史。永贞九年(805年),王叔文政治集团得到顺宗重用,柳宗元作为王叔文集团重要成员也受到重用,升任礼部员外郎,掌管朝廷章奏大权。然而永贞变法很快便遭遇宦官以及强藩势力的反扑,顺宗被"内禅",柳、刘等人均遭贬谪。柳宗元先被贬为邵州刺史,还未到任又被改贬为永州司马;其他七人也由刺史贬为司马,史称"二王八司马事件"。

柳宗元一生留诗文作品达六百余篇,其文的成就大于诗。骈文有近百篇,散文论说性强,雄深雅健,笔锋犀利,讽刺辛辣,因此柳宗元与韩愈齐名,并称"韩柳",两人都是古文运动的领袖人物。

封建论①

天地果无初乎②？吾不得而知之也。生人果有初乎③？吾不得而知之也。然则孰为近④？曰：有初为近。孰明之⑤？由封建而明之也。彼封建者，更古圣王尧、舜、禹、汤、文、武而莫能去之。盖非不欲去之也⑥，势不可也。势之来，其生人之初乎？不初，无以有封建。封建，非圣人意也。

彼其初与万物皆生，草木榛榛⑦，鹿豕狉狉⑧，人不能搏噬，而且无毛羽，莫克自奉自卫⑨。荀卿有言："必将假物以为用者也。"⑩夫假物者必争，争而不已，必就其能断曲直者而听命焉⑪。其智而明者，所

---

① 柳宗元此文是针对中唐时期藩镇割据的现实弊端所作，当时各地藩镇势力极力鼓吹恢复周以前的封建制度，反对中央集权的郡县制度，目的是为封建割据造势。为了批驳这种观点，柳宗元探古验今，分析历朝兴废的原因，从而探讨郡县制的好处。从而得出结论：历史上曾经实行的封建制，不是出自圣人本意，而是当时社会形势所需。封建指殷周时期"封国土、建诸侯"的世袭分封制度。秦始皇废除封建制，实行郡县制。汉、魏、晋时封子弟，对封建制得失、优劣的探讨成为当时朝野探讨的话题，遂成两派，魏征、李百药等人赞成封建制，而马周反对封建，刘秩主张"建侯"，柳宗元因作此文"以明道理"，此后遂成定论。
② 初，开端，原始阶段。
③ 生人，即生民，百姓。因避李世民讳，因而改"民"为"人"。
④ 近，接近（现实）。
⑤ 明，明了，知道。
⑥ 去，废除、抛弃。
⑦ 榛榛(zhēn)，树木丛生的样子。
⑧ 狉狉(pī)，野兽奔跑的样子。
⑨ 克，能。自奉，自己养自己。
⑩ 语出《荀子·劝学》，此句指人类在初级阶段往往凭借外物为自己服务。
⑪ 就，近，依托。曲直，是非。听命，服从。

伏必众,告之以直而不改,必痛之而后畏①,由是君长刑政生焉。故近者聚而为群,群之分,其争必大,大而后有兵有德。又有大者,众群之长又就而听命焉,以安其属②。于是有诸侯之列,则其争又有大者焉。德又大者,诸侯之列又就而听命焉,以安其封。于是有方伯、连帅之类③,则其争又有大者焉。德又大者,方伯、连帅之类又就而听命焉,以安其人,然后天下会于一④。是故有里胥而后有县大夫⑤,有县大夫而后有诸侯,有诸侯而后有方伯、连帅,有方伯、连帅而后有天子。自天子至于里胥,其德在人者死,必求其嗣而奉之⑥。故封建非圣人意也,势也。

　　夫尧、舜、禹、汤之事远矣,及有周而甚详⑦。周有天下,裂土田而瓜分之,设五等,邦群后。布履星罗⑧,四周于天下,轮运而辐集⑨;合为朝觐会同⑩,离为守臣扞城⑪。然而降于夷王⑫,害礼伤尊,下堂而

---

① 痛,使之痛,教训、惩罚。
② 安其属,使其属国安。
③ 方伯,指一方诸侯。连帅,指十国诸侯首领。《礼记·王制》:"千里之外设方伯,五国以为属,属有长;十国以为连,连有帅;三十国以为卒,卒有正;二百一十国以为州,州有伯。"
④ 会于一,集中一人身上,此处指权力集中天子一人。
⑤ 里胥,指乡吏,古代基层官吏。县大夫,县长。
⑥ 嗣,后代子孙。
⑦ 有,语气词。
⑧ 布履,分布的足迹。
⑨ 轮运,好像车轮一样转动。辐集,像辐条汇集在车毂上。
⑩ 朝觐,诸侯见天子,春天去为朝,秋天去为觐,合成朝觐,会见之意。合同,定期朝见。分批轮去叫会,同时去叫做同。
⑪ 离,散,分裂。扞城,也写作"干城",干,盾牌,捍卫。
⑫ 降,下传。夷王,即周夷王。

迎觌者①。历于宣王，挟中兴复古之德，雄南征北伐之威，卒不能定鲁侯之嗣②。陵夷迄于幽、厉，王室东徙③，而自列为诸侯。厥后问鼎之轻重者有之④，射王中肩者有之⑤，伐凡伯、诛苌弘者有之⑥，天下乖戾，无君君之心⑦。余以为周之丧久矣，徒建空名于公侯之上耳。得非诸侯之盛强，末大不掉之咎欤⑧？遂判为十二，合为七国，威分于陪臣之邦，国殄于后封之秦⑨，则周之败端，其在乎此矣。

秦有天下，裂都会而为之郡邑⑩，废侯卫而为之守宰⑪，据天下之雄图，都六合之上游⑫，摄制四海，运于掌握之内，此其所以为得也。不数载而天下大坏，其有由矣：亟役万人，暴其威刑，竭其货贿，负锄梃谪戍之徒⑬，圜视而合从，大呼而成群，时则有叛人而无叛吏⑭，人怨于下而吏畏于上，天下相合，杀守劫令而并起。咎在人怨，非郡邑

---

① 指周夷王接见诸侯不敢摆架子，下堂迎接，破坏礼制的事情。
② 指周宣王在位期间，平定叛乱，复兴周室，史称"中兴"。后在立世子的问题上与诸侯产生分歧，令诸侯不服。
③ 东徙，幽王被犬戎杀死后，诸侯立其子姬宜臼，即周平王，周平王为了避免犬戎等部族侵扰，把国都由镐京迁至雒邑，史称东周。
④ 厥后，此后。问鼎，觊觎夺取政权。
⑤ 射王，指公元前707年，周桓王伐郑，大败，并在战争中肩膀中箭。
⑥ 凡伯，周桓王四年，周大夫凡伯出使鲁国，回来经过楚丘，遭遇戎人绑架。苌弘，晋国内讧，苌弘帮助晋国大臣范吉射争权。晋卿赵鞅以此责问周敬王，周敬王被迫杀了苌弘。
⑦ 君君，尊君。
⑧ 末大不掉，即尾大不掉，地方势力强大，中央政府不好调度。
⑨ 殄，破坏。
⑩ 裂都会，废除封建制而实行郡县制。都会，诸侯的都城。
⑪ 侯卫，拱卫天子的诸侯。
⑫ 六合，代指国家。
⑬ 负锄梃，扛着锄头和木棍。谪戍，发配去守卫边疆。
⑭ 叛人，造反的百姓。叛吏，反叛的官吏。

之制失也。

汉有天下,矫秦之枉,徇周之制,剖海内而立宗子,封功臣。数年之间,奔命扶伤之不暇①,困平城,病流矢②,陵迟不救者三代。后乃谋臣献画,而离削自守矣③。然而封建之始,郡国居半④,时则有叛国而无叛郡,秦制之得亦以明矣。继汉而帝者,虽百代可知也。

唐兴,制州邑,立守宰,此其所以为宜也。然犹桀猾时起⑤,虐害方域者⑥,失不在于州而在于兵,时则有叛将而无叛州。州县之设,固不可革也。

或者曰:"封建者,必私其土,子其人,适其俗,修其理,施化易也。守宰者⑦,苟其心⑧,思迁其秩而已⑨,何能理乎?"余又非之。

周之事迹,断可见矣⑩。列侯骄盈,黩货事戎⑪,大凡乱国多,理国寡,侯伯不得变其政,天子不得变其君,私土子人者,百不有一。失在于制,不在于政,周事然也。

秦之事迹,亦断可见矣。有理人之制,而不委郡邑⑫,是矣。有理

---

① 奔命,奔走应命。指汉初诸王不断反叛,朝廷忙于调兵应急。
② 困平城,指刘邦在高祖七年(前200年)时讨伐匈奴被困山西平城七天。病流矢,高祖十二年(前195年),刘邦亲征平定淮南王英布反,被流矢射中,因此病死。
③ 离削自守,削弱诸侯势力,使他们无力反叛只能自守。
④ 居半,汉初一半疆域实行郡县制,归朝廷管辖,另一半为分封诸侯国。
⑤ 桀猾,凶暴狡猾,代指中唐时不听朝廷命令的藩镇。
⑥ 方域,地方,指州县。
⑦ 守宰者,郡守和县令。
⑧ 苟其心,苟且应付的心理。
⑨ 秩,官阶。
⑩ 断,绝对。
⑪ 黩货,贪财。
⑫ 委,移交。

人之臣,而不使守宰,是矣。郡邑不得正其制,守宰不得行其理。酷刑苦役,而万人侧目①。失在于政,不在于制,秦事然也。

汉兴,天子之政行于郡,不行于国,制其守宰,不制其侯王。侯王虽乱②,不可变也,国人虽病③,不可除也;及夫大逆不道,然后掩捕而迁之,勒兵而夷之耳。大逆未彰,奸利浚财④,怙势作威,大刻于民者,无如之何,及夫郡邑,可谓理且安矣。何以言之?且汉知孟舒于田叔,得魏尚于冯唐,闻黄霸之明审,睹汲黯之简靖,拜之可也,复其位可也,卧而委之以辑一方可也⑤。有罪得以黜,有能得以赏。朝拜而不道⑥,夕斥之矣;夕受而不法,朝斥之矣。设使汉室尽城邑而侯王之,纵令其乱人,戚之而已⑦。孟舒、魏尚之术莫得而施,黄霸、汲黯之化莫得而行;明谴而导之,拜受而退已违矣,下令而削之,缔交合从之谋周于同列,则相顾裂眦,勃然而起;幸而不起⑧,则削其半⑨,削其半,民犹瘁矣⑩,曷若举而移之以全其人乎⑪?汉事然也。

今国家尽制郡邑,连置守宰,其不可变也固矣。善制兵⑫,谨择

---

① 侧目,斜视,形容敢怒不敢言。
② 乱,乱施政令。
③ 病,苦,苦难。
④ 浚财,搜刮钱财。
⑤ 卧而委之,指汉武帝时,为治淮阳官民不和,借汲黯之威望,令其"卧而治之"。辑,和睦、安抚。
⑥ 朝拜,早上任命。
⑦ 乱人,诸侯王残害百姓。戚,忧戚,忧伤。
⑧ 不起,没有起来造反。
⑨ 削其半,削减他们一半的封地。
⑩ 瘁,辛劳,受苦。
⑪ 举,全部。移,改为郡县制。全其人,保全那里的百姓。
⑫ 制兵,控制兵权。

守,则理平矣①。

或者又曰:"夏、商、周、汉封建而延,秦郡邑而促。"尤非所谓知理者也。魏之承汉也,封爵犹建;晋之承魏也,因循不革;而二姓陵替②,不闻延祚③。今矫而变之④,垂二百祀⑤,大业弥固,何系于诸侯哉?

或者又以为:"殷、周,圣王也,而不革其制,固不当复议也。"是大不然。夫殷、周之不革者,是不得已也。盖以诸侯归殷者三千焉,资以黜夏,汤不得而废;归周者八百焉,资以胜殷,武王不得而易。徇之以为安,仍之以为俗,汤、武之所不得已也。夫不得已,非公之大者也,私其力于己也,私其卫于子孙也。秦之所以革之者,其为制,公之大者也;其情,私也,私其一己之威也,私其尽臣畜于我也。然而公天下之端自秦始。

夫天下之道,理安斯得人者也。使贤者居上,不肖者居下,而后可以理安。今夫封建者,继世而理;继世而理者,上果贤乎,下果不肖乎?则生人之理乱未可知也。将欲利其社稷以一其人之视听⑥,则又有世大夫世食禄邑⑦,以尽其封略⑧,圣贤生于其时,亦无以立于天下,封建者为之也。岂圣人之制使至于是乎?吾固曰⑨:"非圣人之意也,势也。"

---

① 理平,指政治安定。理,治。
② 二姓陵替,曹氏与司马氏二姓相继更替。
③ 祚,国运、帝运。
④ 矫,纠正。
⑤ 祀,年。
⑥ 视听,见闻、想法、思想。
⑦ 世大夫,世袭的大夫。禄邑,封地。
⑧ 封略,封界。
⑨ 固,同"故",因此。

捕蛇者说①

永州之野产异蛇②：黑质而白章③，触草木尽死；以啮人④，无御之者。然得而腊之以为饵⑤，可以已大风、挛踠、瘘疠，去死肌，杀三虫⑥。其始太医以王命聚之⑦，岁赋其二⑧。募有能捕之者，当其租入⑨。永之人争奔走焉。

有蒋氏者，专其利三世矣⑩。问之，则曰："吾祖死于是，吾父死于是，今吾嗣为之十二年⑪，几死者数矣⑫。"言之貌若甚戚者⑬。余悲之，且曰："若毒之乎？余将告于莅事者⑭，更若役，复若赋，则何如？"

---

① 《捕蛇者说》是柳宗元的名篇，主要是通过讲述永州蒋姓三代人皆因捕蛇而丧命，却不得不以此苟且为生的悲惨遭遇，来说明苛捐杂税比毒蛇还要恐怖，揭露了当时社会现实的黑暗，以此讽谏封建统治者，提醒他们"苛政猛于虎也"。全篇议论借对话写出，寓论说于叙事中，抑扬起伏，前言讲述捕蛇者被毒蛇荼害的悲惨经历，后探讨真正导致悲剧的原因并非"毒蛇"而为"苛政"，寓意深刻，引人深省。

② 永州，唐代州名，今湖南零陵。

③ 质，本体。章，花纹。

④ 啮，咬。

⑤ 腊(xī)，干肉。此处作动词用，晒干、风干之意。饵，药饵。

⑥ 已，停止。大风，麻风病。挛踠，一种手脚拳曲不能伸直的病症。瘘，颈部肿胀流脓。疠，恶疮。去，消除。死肌，坏死的肌肉。三虫，潜伏在人脑、胸、腹的三种虫，此虫作祟，人便会生病，此处泛指寄生虫。

⑦ 聚，指征收。

⑧ 岁赋其二，每年征收两次。

⑨ 当，抵，代替。

⑩ 专其利，独门享受(捕蛇的)好处。

⑪ 嗣，继承。

⑫ 几，差点儿、险些。

⑬ 戚，悲伤、忧伤。

⑭ 莅事者，管理此事的官吏。

蒋氏大戚,汪然出涕①,曰:"君将哀而生之乎?则吾斯役之不幸,未若复吾赋不幸之甚也。向吾不为斯役,则久已病矣。自吾氏三世居是乡,积于今六十岁矣。而乡邻之生日蹙②,殚其地之出③,竭其庐之入。号呼而转徙,饥渴而顿踣④。触风雨,犯寒暑,呼嘘毒疠⑤,往往而死者,相藉也⑥。曩与吾祖居者⑦,今其室十无一焉。与吾父居者,今其室十无二三焉。与吾居十二年者,今其室十无四五焉。非死则徙尔,而吾以捕蛇独存。悍吏之来吾乡,叫嚣乎东西,隳突乎南北⑧;哗然而骇者,虽鸡狗不得宁焉。吾恂恂而起⑨,视其缶,而吾蛇尚存,则弛然而卧⑩。谨食之⑪,时而献焉。退而甘食其土之有,以尽吾齿。盖一岁之犯死者二焉⑫,其余则熙熙而乐,岂若吾乡邻之旦旦有是哉。今虽死乎此,比吾乡邻之死则已后矣,又安敢毒耶⑬?"

余闻而愈悲,孔子曰:"苛政猛于虎也!"⑭吾尝疑乎是,今以蒋氏观之,犹信。呜呼!孰知赋敛之毒有甚是蛇者乎!故为之说,以俟夫

---

① 汪然,指眼泪汪汪的样子。
② 蹙,窘迫。
③ 殚,尽。出,出产。
④ 顿踣(bó),因劳累而跌倒。
⑤ 呼嘘,呼吸。毒疠,有毒的瘴气。
⑥ 相藉,相互枕压。
⑦ 曩(nǎng),从前。
⑧ 隳(huī)突,骚扰。
⑨ 恂恂,小心谨慎的样子。
⑩ 弛然,放心的样子。
⑪ 谨食(sì)之,小心地喂养。
⑫ 犯,冒险。
⑬ 毒,以之毒。
⑭ "苛政猛于虎"见《礼记·檀弓下》,讲述了一个与本文类似的故事,一女子为逃离苛政,举家搬迁至猛虎出没的地方,结果舅、夫、子皆死于猛虎,却仍不乐意搬离至无猛虎却有苛政处。

观人风者得焉①。

观八骏图说②

　　古之有记周穆王驰八骏升昆仑之墟者③,后之好事者为之图,宋、齐以下传之。观其状甚怪,咸若骞若翔,若龙凤麒麟,若螳螂然。其书尤不经④,世多有,然不足采。世闻其骏也。因以异形求之。则其言圣人者,亦类是矣。故传伏羲曰牛首,女娲曰其形类蛇,孔子如倛头⑤,若是者甚众。孟子曰:"何以异于人哉?尧舜与人同耳!"

　　今夫马者,驾而乘之,或一里而汗,或十里而汗,或数十里百里而不汗才者,视之,毛物尾鬣⑥,四足而蹄,龁草饮水⑦,一也。推是而至于骏,亦类也。今夫人,有不足为负贩者⑧,有不足为吏者,有不足为

---

①　俟,等待。人风,民风。
②　圣人的形象与事迹往往因为口耳相传或写入传说而被神秘化,逐渐变得失真,人们也常常由于对圣人崇拜或迷信这些不实的传说而缺乏对传说真实性的思考,盲目崇拜。该文就是讲述圣人与圣人坐骑"八骏"是如何被"神化"的,分析其中的道理与原因。该文虽然切入点很小,却是阐明了一个深刻的道理,柳宗元作文时往往会对一些事情的本原进行一番探究,以一种科学客观的态度去分析问题,切中肯綮,发人深省。
③　八骏,相传为周穆王的八匹良驹,据《穆天子传》记载,为赤骥、盗骊、白义、逾轮、山子、渠黄、华骝、绿耳;据《拾遗记》记载,为绝地、翻羽、奔霄、越影、逾辉、超光、腾雾、挟翼。
④　不经,不合常理。
⑤　倛头,《荀子·非相》:"仲尼之状,面若蒙倛。"倛,同"魌",魌头,古代驱瘟疫带的狰狞的面具。
⑥　鬣(liè),鬃毛。
⑦　龁,吃、嚼。
⑧　负贩,背负货物进行买卖的人。

士大夫者，有足为者，视之，圆首横目，食谷而饱肉，绨而清①，裘而燠②，一也，推是而至于圣，亦类也。然则伏羲氏、女娲氏、孔子氏，是亦人而已矣。骅骝、白義、山子之类，若果有之，是亦马而已矣。又乌得为牛，为蛇，为俱头，为龙、凤、麒麟、螳螂然也哉？然而世之慕骏者，不求之马，而必是图之似③，故终不能有得于骏也。慕圣人者，不求之人，而必若牛、若蛇、若俱头之问，故终不能有得于圣人也。诚是天下有是图者，举而焚之，则骏马与圣人出矣。

吊屈原文④

后先生盖千祀兮⑤，余再逐而浮湘⑥。求先生之汨罗兮，揽蘅若以荐芳。愿荒忽之顾怀兮⑦，冀陈辞而有光⑧。

---

① 绨，细葛布。清，凉爽。
② 燠(yù)，暖和。
③ 是图之似，以图之似为是，意谓以图上画的样子为正确。诚使，假使。
④ 汉代贾谊曾作《吊屈原赋》，贾谊主张改革遭到反对，被贬到长沙，路过湘水时感慨与屈原境遇相似，因此作此文悼念。柳宗元写此篇《吊屈原文》也是因为永贞革新失败遭一贬再贬，被贬谪之地均在湖湘，因此也写文悼念感怀。刘勰在《文心雕龙》中称贾谊赋是"首出之作"，对后代影响甚大。贾谊与柳宗元所处时代相距千百年，路过湘水时却因相似的际遇而文思相通，抒发类似的感慨，因此有人指出柳宗元该文有效仿贾文之嫌。该文实际是一篇骚体赋，形式特征明显，并非如题目所作为一篇"文"。屈原，名平，战国时楚国人，曾任楚国左徒、三闾大夫，后因奸佞之言而遭放逐，后楚国腐败无力挽回，屈原于五月五日自投汨罗江。他在放逐期间创作《离骚》《九歌》《九章》等，后来均成为不朽的名作。
⑤ 先生，指屈原。盖，大约。祀，年。
⑥ 逐，驱逐，放逐。浮，乘舟漂游。湘，湘江。
⑦ 荒忽，恍惚，隐约不明貌。
⑧ 冀，希望。顾，挂念。冀，希望。光，名，指被人理解。

先生之不从世兮①,惟道是就②。支离抢攘兮,遭世孔疚③。华虫荐壤兮④,进御羔袖⑤。牝鸡咿嗄兮,孤雄束咮⑥。哇咬环观兮,蒙耳大吕⑦。菫喙以为羞兮,焚弃稷黍。犴狱之不知避兮,宫庭之不处。陷涂藉秽兮,荣若绣黼。槮折火烈兮,娱娱笑舞。浟巧之哓哓兮,惑以为咸池。便娟鞠恧兮,美逾西施。谓谟言之怪诞兮,反实瑱而远违。匿重痼以讳避兮,进俞缓之不可为。

何先生之凛凛兮,厉针石而从之⑧?但仲尼之去鲁兮,曰吾行之迟迟。柳下惠之直道兮⑨,又焉往而可施!今夫世之议夫子兮,曰胡隐忍而怀斯?惟达人之卓轨兮⑩,固僻陋之所疑⑪。委故都以从利兮,吾知先生之不忍;立而视其覆坠兮,又非先生之所志。穷与达固不渝兮,夫惟服道以守义。矧先生之悃愊兮⑫,蹈大故而不贰⑬。沉

---

① 从世,指随波逐流。
② 就,靠近。
③ 世,时代。孔疚,重病。孔,很。
④ 华虫,指雉,代指绣有带雉的图案的华美衣裳,比喻人才。荐壤,指铺在地上。
⑤ 进御,指用。羔袖,指用羊羔皮装饰袖口的衣服,比喻普通的衣服。
⑥ 牝(pìn)鸡,母鸡。咿嗄,乱叫。孤雄,孤单的公鸡。束咮(zhòu),紧闭嘴巴。
⑦ 哇咬,指热闹的民间音乐。大吕,古代乐律名,代指典雅的音乐。
⑧ 厉,同"砺",磨刀石,用作动词,磨砺。针石,金属针和石针,都是古代治病的器具。
⑨ 柳下惠,指春秋时鲁国大夫,曾三任士师,三次被贬黜,有人劝他离开楚国,他说:"直道而事人,焉往而不三黜?枉道而事人,何必去父母之邦?"
⑩ 达人,通达事理的人。卓轨,高尚的行为。
⑪ 僻陋,目光短浅之人。
⑫ 矧(shěn),况且。悃愊(kǔn bì),忠诚。
⑬ 大故,大的变故,指死亡。不贰,不二心。

璜瘗佩兮①,孰幽而不光?荃蕙蔽匿兮②,胡久而不芳?

先生之貌不可得兮,犹仿佛其文章。托遗编而叹唶兮③,涣余涕之盈眶。呵星辰而驱诡怪兮④,夫孰救于崩亡?何挥霍夫雷电兮⑤,苟为是之荒茫。耀姱辞之⑥曭朗兮⑦,世果以是之为狂。哀余衷之坎坎兮⑧,独蕴愤而增伤。谅先生之不言兮⑨,后之人又何望。忠诚之既内激兮,抑衔忍而不长。芈为屈之几何兮⑩,胡独焚其中肠。

吾哀今之为仕兮,庸有虑时之否臧⑪。食君之禄畏不厚兮,悼得位之不昌。退自服以默默兮,曰吾言之不行。既媮风之不可去兮⑫,怀先生之可忘!

---

① 璜、指半璧形的玉器。瘗(yì),掩埋。佩同"珮",指系在身上的玉器。
② 荃蕙,两种香草名。
③ 遗编,遗留后世的著作。
④ 呵,责问。屈原在《天问》中曾对日月、星辰、天地、山川发问。
⑤ 挥霍,迅疾貌。
⑥ 姱(kuā)辞,指屈原的作品。
⑦ 曭(tǎng)朗,日月不明的样子。
⑧ 坎坎,不平不得志。
⑨ 谅,料想。
⑩ 芈(mǐ),楚人祖先的族姓。
⑪ 否臧,好坏。否,坏。臧,好。
⑫ 媮(tōu),通"偷",苟且偷生。媮风,苟且偷生的风气。

箕子碑①

  凡大人之道有三②：一曰正蒙难③，二曰法授圣④，三曰化及民⑤。殷有仁人曰箕子，实具兹道以立于世，故孔子述六经之旨，尤殷勤焉。
  当纣之时，大道悖乱，天威之动不能戒，圣人之言无所用。进死以并命⑥，诚仁矣，无益吾祀，故不为。委身以存祀⑦，诚仁矣，与亡吾国，故不忍。具是二道，有行之者矣。是用保其明哲，与之俯仰；晦是谟范⑧，辱于囚奴；昏而无邪，隤而不息⑨；故在《易》曰"箕子之明夷⑩"，正蒙难也。及天命既改，生人以正，乃出大法⑪，用为圣师。周人得以序彝伦而立大典；故在书曰"以箕子归作《洪范》"，法授圣也。

---

① 箕子，为纣王叔父，因为屡谏而触犯纣王遭囚禁。周灭殷后，武王将其释放。箕子因其高尚的品行被人们赞扬称颂。柳宗元该文也是一篇对箕子品行称颂的文章。文章没有平白地诉说箕子生平事迹，而是借比干等人为衬托，对箕子忍辱负重、明哲保身、伺机而奋等行为予以肯定与赞扬。实际上作者也是用箕子的事迹劝勉自身，现在虽苟且忍辱，坚持正道正义，不随波逐流，终会有所作为。箕子，名胥余，殷纣王叔父，官至太师，封于箕（今山西太谷东北），纣王不听，无奈批头佯狂为奴，被囚禁。周灭殷后，武王将其释放，咨以国事。据传他不愿仕周，逃亡朝鲜，周武王便将朝鲜封给他。
② 大人，德行高尚的人。
③ 蒙，遭遇、遭受。
④ 法授圣，将治国的法典传授给圣明的君主。圣，圣人。
⑤ 化及民，教化普及到百姓。
⑥ 指比干强谏，触怒纣王，遭挖心而死。
⑦ 指微子谏讨纣王不听。去国，周灭商。微子成为送国始祖。
⑧ 晦，隐藏。谟(mó)范，谋略的法式、典范。
⑨ 隤(tuí)，坠落倒塌。息，灭。
⑩ 明夷，《易经》卦名，《易经·明夷》："六五：箕子之明夷，利贞。"明，太阳。夷，灭，太阳落山。
⑪ 大法，指《尚书·洪范》。

及封朝鲜，推道训俗，惟德无陋，惟人无远，用广殷祀，俾夷为华，化及民也。率是大道，丛于厥躬，天地变化，我得其正，其大人欤？

于虖①！当其周时未至，殷祀未殄，比干已死，微子已去，向使纣恶未稔而自毙，武庚念乱以图存②，国无其人，谁与兴理？是固人事之或然者也。然则先生隐忍而为此，其有志于斯乎？

唐某年，作庙汲郡③，岁时致祀，嘉先生独列于易象④，作是颂云：

蒙难以正，授圣以谟。宗祀用繁，夷民其苏⑤。宪宪大人⑥，显晦不渝⑦。圣人之仁，道合隆污⑧。明哲在躬，不陋为奴。冲让居礼⑨，不盈称孤⑩。高而无危，卑不可逾。非死非去，有怀故都。时诎而伸⑪，卒为世模。易象是列，文王为徒。大明宣昭，崇祀式孚⑫。古阙颂辞⑬，继在后儒。

---

① 于虖，同呜呼。
② 武庚，纣王之子。武王灭商后，封他为殷君，后勾结管叔、蔡叔叛周，为周所灭。
③ 汲郡，今河南汲县。
④ 嘉，赞扬。
⑤ 苏，再生，更生。
⑥ 宪宪，兴盛的样子。
⑦ 渝，改变。
⑧ 隆污，指礼仪的隆重和简约。《礼记·檀弓上》："道隆则从而隆，道污则从而污。"
⑨ 冲让，冲动和忍让。
⑩ 不盈，不满。《易经·坎卦》："水流而不盈。"
⑪ 诎，同"屈"，屈曲。
⑫ 孚，信。
⑬ 阙，城。

牛　赋[①]

　　若知牛乎[②]？牛之为物，魁形巨首。垂耳抱角[③]，毛革疏厚。牟然而鸣，黄钟满脰[④]。抵触隆曦[⑤]，日耕百亩。往来修直，植乃禾黍。自种自敛，服箱以走。输入官仓，己不适口。富穷饱饥，功用不有。陷泥蹶块，常在草野。人不惭愧，利满天下。皮角见用，肩尻莫保[⑥]。或穿缄縢[⑦]，或实俎豆[⑧]，由是观之，物无逾者。

　　不如羸驴[⑨]，服逐驽马[⑩]。曲意随势，不择处所。不耕不驾，藿菽自与[⑪]。腾踏康庄，出入轻举。喜则齐鼻，怒则奋踯。当道长鸣，闻者惊辟。善识门户，终身不惕[⑫]。

[①] 《牛赋》是柳宗元被贬谪柳州时所作的一篇作品。永贞革新失败后，柳宗元及同道们都遭遇被贬的命运，但他对自己坚守的信念与理想坚决不动摇。该文就是一篇柳宗元托物言志之作。该文对牛一生坚韧耐劳、无私奉献的品格进行挖掘与描写。同时将牛与趋炎附势的羸驴的形象与命运进行对比，极具政治讽刺色彩。文学史上对牛和羸驴二者形象所指，历来存在争议，有人认为作者自比为牛，也有人认为柳宗元将王叔文比为牛，而将同朝佞臣比为"驽马"等。

[②] 若，你。

[③] 抱角，两角弯曲环抱的样子。

[④] 脰(dòu)，脖子，此处指牛的喉咙。

[⑤] 抵触，顶着、迎着。隆曦，指太阳。

[⑥] 肩尻(kāo)，指全身骨肉。肩，指前腿部分。尻，指屁股。

[⑦] 缄縢(jiān téng)，指绳索。

[⑧] 俎豆，古代盛放祭祀品的器皿。

[⑨] 羸驴，瘦驴。

[⑩] 服逐，顺从追逐。

[⑪] 藿菽，豆子和豆叶，这里泛指上等饲料。

[⑫] 惕，恐惧。

牛虽有功,于己何益？命有好丑,非若能力。慎勿怨尤,以受多福。

瓶　赋①

昔有智人,善学鸱夷②。鸱夷蒙鸿,罍罂相追③。诒诱吉士,喜悦依随。

开喙倒腹④,斟酌更持。味不苦口,昏至莫知。颓然纵傲,与乱为期。

视白成黑,颠倒妍媸。己虽自售,人或以危。败众亡国,流连不归。

谁主斯罪,鸱夷之为。不如为瓶,居井之眉⑤。钩深挹洁⑥,淡泊是师。

和齐五味⑦,宁除渴饥⑧。不甘不坏,久而莫遗。清白可鉴,终不媚私。

利泽广大,孰能去之。绠绝身破⑨,何足怨咨。功成事遂,复于

---

① 《瓶赋》是柳宗元被贬永州期间所作的一篇四言体辞赋,该文写了两物,一为贪婪无止、唯利是图的酒器鸱夷;一为淡泊清白、公而忘私的瓶。二者形象产生了强烈的对比。实际上,二物均为人所造,为人所用,所谓的"品格"也是人们所附庸的。实际上,作者是借"鸱夷"与"瓶"的形象来比喻世间的两种人,此文具有很强的寓言色彩,值得仔细品读回味。

② 鸱夷,酒囊,盛酒的皮口袋。《史记·越王勾践世家》："范蠡浮海出齐,变姓名,子谓鸱夷子皮。"唐司马贞《索隐》："范蠡自谓也。"

③ 罍(léi),樽。罂(yīng),古代盛灯油的壶。

④ 喙,嘴。

⑤ 井之眉,井边。

⑥ 钩深挹洁,指从深水井中打上清澈的井水。

⑦ 五味,调和五味。

⑧ 宁,乃。

⑨ 绠(gěng),井索。

土泥。

归根反初①,无虑无思。何必巧曲,徼觊一时②。子无我愚,我智如斯。

敌　戒③

皆知敌之仇④,而不知为益之尤⑤;皆知敌之害,而不知为利之大。

秦有六国,兢兢以强;六国既除,訑訑乃亡⑥。晋败楚鄢⑦,范文为患⑧;厉之不图⑨,举国造怨。孟孙恶臧⑩,孟死臧恤⑪,"药石去

---

① 归根反初,《老子》:"万物并作,吾以观复。夫物芸芸,各复归其根。归根曰静,是谓复命。"

② 徼觊,侥幸。

③ 该文是柳宗元于元和十四年(819年)所作。该文是作者针对当时时政有感而发所作的一篇哲理散文。唐宪宗执政前期,对藩镇连续讨伐,取得了一系列胜利,一度出现"中兴"现象。但是很快统治者便沉湎于已取得的成果,开始沉迷欢宴,崇尚奢靡,大兴土木。柳宗元面对如此时局,心中充满忧虑,因此写此文,劝勉执政者要居安思危,勤勉慎行。果不出柳宗元所料,元和十五年(820年)唐宪宗便被宦官陈宏志所杀。

④ 仇,可恨。

⑤ 尤,甚,非常。

⑥ 訑訑(yí),骄傲自满的样子。

⑦ 晋败楚鄢,晋、楚分别指春秋时二国。鄢陵,至春秋时郑国地名,今河南鄢陵。公元前575年晋国曾在鄢陵打败楚军。

⑧ 范文,范文子,名士燮,晋国大夫。

⑨ 厉,晋厉公。

⑩ 臧,臧孙纥,鲁国大夫。

⑪ 恤,忧伤。

57

矣①,吾亡无日"。智能知之,犹卒以危,矧今之人②,曾不是思③。

敌存而惧,敌去而舞,废备自盈,祇益为愈。敌存灭祸,敌去召过。有能知此,道大名播④。惩病克寿⑤,矜壮死暴⑥。纵欲不戒⑦,匪愚伊耄⑧。我作戒诗,思者无咎。

钴鉧潭记⑨

钴鉧潭⑩在西山西。其始盖冉水自南奔注,抵山石,屈折东流;其颠委势峻⑪,荡击益暴,啮其涯⑫,故旁广而中深,毕至石乃止;流沫成轮,然后徐行。其清而平者,且十亩。有树环焉,有泉悬焉。

其上有居者,以予之亟游也⑬,一旦款门来告曰:"不胜官租、私券

---

① 药石,古代药物总称。石,指石针、石磁等。
② 矧(shěn),何况。
③ 曾不是思,不曾想到这个道理。
④ 名播,声明远播。
⑤ 克寿,能够长寿。
⑥ 矜壮,自持强壮。死暴,突然死去。
⑦ 戒,一种文体,可以是散文可以是韵文,此处指韵文,因此为戒诗。
⑧ 耄(mào),八九十岁老年人,这里作糊涂讲。
⑨ 此文为一篇写景的散文,全文可分为两段:第一段讲述钴鉧(gǔ mǔ)潭的来源、形态、周边景物等;第二段则讲述作者与钴鉧潭之间的机缘,间接地讲述了钴鉧潭原来的主人被高额赋税所逼迫无奈出售此地的故事。然而,最后一句"乐居夷而忘故土",表面看来似乎是作者的心情沉浸在山水之乐,与前文卖地的哀怨之音产生了对比,然而作者如此写作的目的实际上是以"乐"衬"忧",此"乐"虽为弦外之音,起到了画龙点睛之用,值得细细品味。
⑩ 钴鉧潭,在今湖南零陵县西愚溪中。钴鉧,即熨斗,以潭的形状而得名。
⑪ 颠委,首尾,指上游和下游。
⑫ 啮(niè),指侵蚀。
⑬ 亟(qì),屡次。游,游览。

之委积①,既芟山而更居,愿以潭上田贸财以缓祸②。"予乐而如其言。则崇其台,延其槛,行其泉于高者而坠之潭,有声潈然③。尤与中秋观月为宜,于以见天之高,气之迥④。孰使予乐居夷而忘故土者⑤,非兹潭也欤?

小石城山记⑥

自西山道口径北⑦,逾黄茅岭而下,有二道:其一西出,寻之无所得;其一少北而东,不过四十丈,土断而川分⑧,有积石横当其垠⑨。其上为睥睨、梁欐之形⑩,其旁出堡坞,有若门焉。窥之正黑,投以小石,洞然有水声,其响之激越,良久乃已。环之可上,望甚远,无土壤

---

① 委积,堆砌、堆积。
② 贸财,换钱。
③ 潈(cóng)然,小水流入大水的声音。
④ 迥,远。
⑤ 夷,古代对边远的少数民族的蔑称。此处代指偏远地区。
⑥ 此文是"永州八记"的最后一篇,该文可分为两段,前一段为对小石城的自然风貌等进行描写;第二段则是抒发作者的感慨,作者感慨如此奇妙之地却并非在中原,而落于蛮夷之地。实际作者是困惑于造物主为何如此安排。实际作者心中是否也在暗自发问而那些本有才华与德行的"贤人"们却难于好的机遇,缺乏施展拳脚的机会,是不是也与这小石城山一样呢?该文短小精湛,却意味深远,发人深思。明代茅坤曾评价该文是"借石之瑰玮,以吐胸中之气。"小石城山:在零陵县西,是芝山的一个山峦。《零陵县志》记载:"小石城山在黄茅岭之北,视石城差小结构天巧过之,望如列墉,入若幽谷。"
⑦ 径北,一直向北。
⑧ 土断,山势突然断落,形成陡壁。
⑨ 垠,边、岸。
⑩ 睥睨,同埤堄,古时城墙上的矮墙。梁欐,指房屋的栋梁。

而生嘉树美箭①,益奇而坚,其疏数偃仰②,类智者所施设也③。

噫!吾疑造物者之有无久矣。及是,愈以为诚有。又怪其不为之中州,而列是夷狄,更千百年不得一售其伎④,是固劳而无用。神者傥不宜如是⑤,则其果无乎?或曰:"以慰夫贤而辱于此者。"或曰:"其气之灵,不为伟人,而独为是物,故楚之南少人而多石⑥。"是二者⑦,余未信之。

石渠记⑧

自渴西南行不能百步⑨,得石渠。民桥其上。有泉幽幽然⑩,其鸣乍大乍细。渠之广,或咫尺,或倍尺,其长可十许步。其流抵大石,伏出其下⑪。逾石而往有石泓,昌蒲被之,青藓环周。又折西行,旁陷岩石下,北堕小潭。潭幅员减百尺,清深多儵鱼⑫。又北曲行纡徐,睨

---

① 美箭,同美竹。
② 偃仰,俯仰。
③ 类,好像。
④ 伎,同"技",才艺、长处。
⑤ 傥,同"倘",或许。
⑥ 楚之南,包括永州在内的南方各地。
⑦ 是,这。
⑧ 此文是一篇小巧且精妙的游记,为著名的"永州八记"之一。写于元和七年(812年),柳宗元被贬为永州司马期间。该文生动地记述了作者游览石渠、渠流等景物,对于景物的记述与安排,自有一番情趣与格调,情景交融,妙趣横生,回味无穷。
⑨ 渴,指袁家渴,在今湖南永州西潇江畔朝阳岩东南。
⑩ 幽幽然,幽暗、深邃的样子。
⑪ 伏,潜伏。
⑫ 儵(tiáo)鱼,白鲦鱼,体型侧扁,银白色,常跃于水上。

若无穷,然卒入于渴。其侧皆诡石怪木,奇卉美箭,可列坐而庥焉。风摇其巅,韵动崖谷,视之既静,其听始远。

予从州牧得之,揽去翳朽①,决疏土石②,既崇而焚③,既酾而盈,惜其未始有传焉者,故累记其所属,遗之其人,书之其阳,俾后好事者求之得以易④。

元和七年正月八日,蠲渠至大石⑤,十月十九日逾石得石泓、小潭。渠之美于是始穷也⑥。

石涧记⑦

石渠之事既穷,上由桥西北下土山之阴⑧,民又桥焉。其水之大,倍石渠三之一。亘石为底⑨,达于两涯。若床若堂,若陈筵席,若限阃奥⑩。水平布其上,流若织文,响若操琴。揭跣而往⑪,折竹箭,扫陈叶,排腐木,可罗胡床十八九居之⑫。交络之流,触激之音,皆在床下;

---

① 揽,采摘,清扫。翳,遮蔽。
② 决疏,开掘疏通。
③ 崇,高。
④ 俾,使得。
⑤ 蠲,同"涓",清除。
⑥ 始穷,才穷尽。
⑦ 该文与前文一样,同属"永州八记",是作者浏览完石渠美景后发现了石涧,因此写下此篇游记。本文虽不足百字,却用了八个比喻来写石涧,形象生动,妙趣横生。
⑧ 阴,山北为阴。
⑨ 亘,延续不断。
⑩ 阃(kǔn)奥,室内幽深处。
⑪ 揭,提起衣服。跣,光着脚。
⑫ 胡床,一种可以折叠的轻便的坐具。

61

翠羽之木,龙鳞之石,均荫其上。古之人其有乐乎此耶?后之来者有能追予之践履耶①?得意之日,与石渠同。

由渴而来者②,先石渠,后石涧;由百家濑上而来者,先石涧,后石渠。涧之可穷者,皆出石城村东南,其间可乐者数焉。其上深山幽林逾峭险,道狭不可穷也。

蝜蝂传③

蝜蝂者④,善负小虫也。行遇物,辄持取,卬⑤其首负之。背愈重,虽困剧不止也。其背甚涩⑥,物积因不散,卒踬仆不能起⑦。人或怜之,为去其负。苟能行,又持取如故。又好上高,极其力不已⑧,至坠地死。

今世之嗜取者,遇货不避,以厚其室⑨,不知为己累也,唯恐其不积。及其怠而踬也,黜弃之,迁徙之,亦以病矣。苟能起,又不艾⑩。日思高其位,大其禄,而贪取滋甚,以近于危坠,观前之死亡,不知戒。

---

① 践履,足迹。
② 渴,指袁家渴。
③ 该文是一篇寓言体小品,表面上作者是为蝜蝂立传,实际上是讽刺批评那些体弱力小却贪婪不已的人,鞭挞社会丑恶的现实,抨击吏治的黑暗腐败。文章寥寥数语,便将蝜蝂贪婪的形象跃然纸上,又寓意深刻,发人深省,值得品读和回味。
④ 蝜蝂,亦作负版,是一种黑色的小虫,擅长背载重物。
⑤ 卬(áng),同"昂",抬头。
⑥ 涩,不光滑。
⑦ 踬(zhì)仆,绊倒,跌倒。
⑧ 已,停止。
⑨ 厚其室,扩充财产,充实家业。
⑩ 艾,悔恨、悔改。

虽其形魁然大者也①,其名人也,而智则小虫也。亦足哀夫!

梓人传②

裴封叔之第③,在光德里④。有梓人款其门⑤,愿佣隟宇而处焉⑥。所职,寻、引、规、矩、绳、墨,家不居砻斫之器⑦。问其能,曰:"吾善度材,视栋宇之制,高深圆方短长之宜,吾指使而群工役焉。舍我,众莫能就一宇。故食于官府,吾受禄三倍;作于私家,吾收其直太半焉。"他日,入其室,其床阙足而不能理⑧,曰:"将求他工。"余甚笑之,谓其无能而贪禄嗜货者⑨。

---

① 魁然,魁伟高大的样子。
② 该文也是柳宗元所作的一篇有寓言性质的小品,文章表面写梓人,实际上是用"梓人"打比方,来写有能力统筹全局的"相才"。宰相们所掌管的事务本非一般人所能企及的,是复杂而抽象的,然而用梓人做比,则将复杂的事务简单化,抽象的事务具象化。柳宗元表面是写"相道",实际上是写柳宗元个人所认识的"相道",他认为辅佐君王治理国家的宰相,要懂得国家治理的道理,同时也不需要事必躬亲,要掌握全局,统领百官。若君主犯了错误,宰相也要坚持原则,宁可辞官也不能盲目迎合上意。梓人,木工,此处指建筑设计师。
③ 裴封叔,名堇(jǐn),柳宗元姐夫,曾任京兆府参军。第,府第,住宅。
④ 光德里,里弄名。
⑤ 款,敲门。
⑥ 隟(xì)宇,空屋。隟,通"隙"。
⑦ 寻引,八尺为一寻,十尺为一引。规,圆规。举,方形的直尺。绳墨,木工用于画直线的墨线。不居,没有。砻,磨刀石。斫,指砍伐工具。
⑧ 床,坐具。阙,同"缺"。理,修理。
⑨ 货,指钱财。

其后京兆尹将饰官署①,余往过焉。委群材②,会群工③,或执斧斤,或执刀锯,皆环立向之。梓人左持引,右执杖,而中处焉。量栋宇之任,视木之能,举挥其杖曰"斧!"彼执斧者奔而右;顾而指曰:"锯!"彼执锯者趋而左。俄而,斤者斫,刀者削,皆视其色,俟其言,莫敢自断者。其不胜任者,怒而退之,亦莫敢愠焉。画宫于堵④,盈尺而曲尽其制⑤,计其毫厘而构大厦,无进退焉。既成,书于上栋曰:"某年某月某日某建。"则其姓字也。凡执用之工不在列。余圜视大骇,然后知其术之工大矣。

继而叹曰:彼将舍其手艺,专其心智,而能知体要者欤!吾闻劳心者役人,劳力者役于人⑥。彼其劳心者欤!能者用而智者谋,彼其智者欤!是足为佐天子,相天下法矣。物莫近乎此也。彼为天下者,本于人⑦。其执役者为徒隶⑧,为乡师、里胥;其上为下士;又其上为中士,为上士;又其上为大夫,为卿,为公。离而为六职,判而为百役。外薄四海,有方伯、连率。郡有守,邑有宰,皆有佐政;其下有胥吏,又其下皆有啬夫⑨、版尹以就役焉⑩,犹众工之各有执伎以食力也。

---

① 饰,修缮。
② 委,堆积。
③ 会,聚合。
④ 将官署房子的图样画在墙上。
⑤ 盈尺,犹言图样如一尺大小。
⑥ 劳心者役人,语出自《孟子·滕文公上》,指脑力劳动者使用人,体力劳动的人被人所指派。
⑦ 本于人,以人为本。
⑧ 徒隶,官府中的下层吏卒,差役。乡师,一乡之长。里胥,一里之长,即里正。
⑨ 啬(sè)夫,汉制,掌管诉讼和赋税的乡官。
⑩ 版尹,掌管户籍的小官。

彼佐天子相天下者,举而加焉,指而使焉,条其纲纪而盈缩焉①,齐其法制而整顿焉;犹梓人之有规矩、绳墨以定制也。择天下之士,使称其职;居天下之人,使安其业。视都知野,视野知国,视国知天下,其远迩细大,可手据其图而究焉,犹梓人画宫于堵而绩于成也。能者进而由之,使无所德;不能者退而休之,亦莫敢愠。不炫能,不矜名,不亲小劳,不侵众官,日与天下之英才,讨论其大经,犹梓人之善运众工而不伐艺也。夫然后相道得而万国理矣。

相道既得,万国既理,天下举首而望曰:"吾相之功也!"后之人循迹而慕曰:"彼相之才也!"士或谈殷、周之理者,曰:"伊、傅、周、召。"②其百执事之勤劳③,而不得纪焉④;犹梓人自名其功,而执用者不列也。大哉相乎!通是道者,所谓相而已矣。其不知体要者反此;以恪勤为公⑤,以簿书为尊,炫能矜名,亲小劳,侵众官,窃取六职、百役之事,听听于府庭⑥,而遗其大者远者焉,所谓不通是道者也。犹梓人而不知绳墨之曲直,规矩之方圆,寻引之短长,姑夺众工之斧斤刀锯以佐其艺,又不能备其工,以至败绩,用而无所成也,不亦谬欤!

或曰:"彼主为室者,傥或发其私智⑦,牵制梓人之虑,夺其世守,

---

① 条,整理调整。盈缩,增减。
② 伊、傅、周、召分别指伊尹,商初大臣,曾帮商汤灭夏桀;傅说,商王武丁的大臣,辅佐武王灭商,建立周朝典章制度;周,指周公,周武王之弟,姓姬,名旦,因封地在周,故称;召,召公,武王之臣,因封地在召,故称。
③ 百执事,指百官。
④ 纪,记录,记载。
⑤ 恪勤,恭敬勤恳。
⑥ 听听,笑声。府庭,相府庭堂。
⑦ 主为室,主持建房子的人,即房主。私智,私见。

而道谋是用①。虽不能成功,岂其罪耶?亦在任之而已!"

余曰:"不然!夫绳墨诚陈,规矩诚设,高者不可抑而下也,狭者不可张而广也。由我则固,不由我则圮②。彼将乐去固而就圮也,则卷其术③,默其智,悠尔而去。不屈吾道,是诚良梓人耳!其或嗜其货利,忍而不能舍也,丧其制量,屈而不能守也,栋桡④屋坏,则曰:'非我罪也!'可乎哉?可乎哉?"

余谓梓人之道类于相,故书而藏之。梓人,盖古之审曲面势者⑤,今谓之"都料匠"云⑥。余所遇者,杨氏,潜其名。

种树郭橐驼传⑦

郭橐驼,不知始何名。病瘘⑧,隆然伏行⑨,有类橐驼者,故乡人号之"驼"。驼闻之,曰:"甚善。名我固当⑩。"因舍其名,亦自谓橐驼云。其乡曰丰乐乡,在长安西。驼业种树,凡长安豪富人为观游及卖果

---

① 道谋,与过路人相谋。
② 圮,倒塌、毁坏。
③ 卷,收,藏。悠尔,悠然。
④ 桡(náo),同"挠",削弱。
⑤ 审曲面势,审查材料的长短曲直和阴阳向背特征。
⑥ 都料匠,总管木工并计划工程材料的人。
⑦ 该文表面看来是一篇传记文,实际饱含政论色彩。文章通过写郭橐驼种树"顺木之天以致其性",以此推出"养人术"与"养树"的共通性。柳宗元以"养树"与"居官"作比,寓意深刻,与《捕蛇者说》同一机枢,同时全文以柳宗元与郭橐驼的对话构成全文,通过对话来说明,既有趣味,又生动形象,值得细细品读。橐驼,骆驼的别名。
⑧ 瘘,同偻,脊背弯曲,驼背。
⑨ 隆然,脊背高高隆起的样子。伏行,弯着腰走路。
⑩ 名我,给我起这个名字。固,确实。

者,皆争迎取养。视驼所种树,或移徙,无不活,且硕茂,早实以蕃①。他植者虽窥伺效慕②,莫能如也。

有问之,对曰:"橐驼非能使木寿且孳也③,能顺木之天,以致其性焉尔。凡植木之性,其本欲舒④,其培欲平⑤,其土欲故,其筑欲密⑥。既然已,勿动勿虑,去不复顾。其莳也若子⑦,其置也若弃⑧,则其天者全而其性得矣。故吾不害其长而已,非有能硕茂之也;不抑耗其实而已⑨,非有能早而蕃之也。他植者则不然,根拳而土易⑩,其培之也,若不过焉则不及。苟有能反是者,则又爱之太恩,忧之太勤,旦视而暮抚,已去而复顾,甚者爪其肤以验其生枯⑪,摇其本以观其疏密,而木之性日以离矣。虽曰爱之,其实害之,虽曰忧之,其实仇之,故不我若也。吾又何能为哉!"

问者曰:"以子之道,移之官理,可乎?"驼曰:"我知种树而已,官理,非吾业也。然吾居乡,见长人者好烦其令⑫,若甚怜焉,而卒以祸。旦暮吏来而呼曰:'官命促尔耕,勖尔植⑬,督尔获,早缫而绪⑭,早织

---

① 蕃,繁多。
② 窥伺,偷偷看。效慕,效仿。
③ 寿,活的时间长。孳(zī),长得快。
④ 本,根。舒,展开。
⑤ 培,培土。
⑥ 筑,捣土。密,实。
⑦ 莳(shì),移栽。若子,像抚育孩子一样。
⑧ 置,指栽好以后。
⑨ 抑耗,抑制损耗。
⑩ 拳,拳曲。屈曲。
⑪ 爪其肤,用指甲掐破树皮。生枯,死活。
⑫ 长人者,指统治人们的官长。烦,繁多。
⑬ 勖,勉励。
⑭ 缫,煮茧抽丝。而,通"尔",你。绪,丝头。

而缕,字而幼孩①,遂而鸡豚。'鸣鼓而聚之,击木而召之。吾小人辍飧饔以劳吏者②,且不得暇,又何以蕃吾生而安吾性耶?故病且怠。若是,则与吾业者其亦有类乎③?"

问者嘻曰:"不亦善夫!吾问养树,得养人术④。"传其事以为官戒。

桐叶封弟辨⑤

古之传者有言⑥:成王以桐叶与小弱弟⑦,戏曰:"以封汝。"周公入贺⑧。王曰:"戏也。"周公曰:"天子不可戏。"乃封小弱弟于唐⑨。

吾意不然⑩。王之弟当封耶,周公宜以时言于王⑪,不待其戏而贺以成之也;不当封耶,周公乃成其不中之戏⑫,以地以人与小弱者为

---

① 字,养育。遂,喂养、喂大。
② 飧(sūn),晚饭。饔(yōng),早饭。
③ 吾业者,我的同行。
④ 养人术,治理民生的方法。
⑤ 《桐叶封弟辨》是柳宗元于柳州时所作,具体时间不详,此文主要记述了柳宗元在阅读史书时对"桐叶封弟"一事真伪的看法。《吕氏春秋》曾有记载:"成王与唐叔虞燕居,援桐叶以为硅,而授唐叔虞曰:'余以此封汝。'叔虞喜,以告周公,周公以请曰:'天子其封虞邪?'成王曰:'余一人与虞戏也。'周公对曰:'臣闻之,天子无戏言,天子言则史书之,工诵之,士称之。'于是封叔虞于晋。"汉刘向《说苑·君道篇》所载相同,仅字句有小异。对于这个故事的真伪,历来没有人怀疑。柳宗元对这个故事的真伪进行质疑,借史阐述了自己的政治观点。本文虽短小,但逻辑严密,层层递进,堪称典范。
⑥ 传者,编写史书的人。
⑦ 成王,周成王,姓姬,名诵,周武王之子。小弱弟,周成王幼弟叔虞,周武王幼子。
⑧ 周公,指周文王。
⑨ 唐,西周小国名,为晋之前身。
⑩ 不然,不以为然,认为不是这样的。
⑪ 以时,及时。
⑫ 中,合适、恰当。

之主,其得为圣乎?且周公以王之言不可苟焉而已①,必从而成之耶?设有不幸,王以桐叶戏妇寺②,亦将举而从之乎?

凡王者之德,在行之何若。设未得其当,虽十易之不为病③;要于其当,不可使易也,而况以其戏乎!若戏而必行之,是周公教王遂过也。吾意周公辅成王,宜以道,从容优乐,要归之大中而已④,必不逢其失而为之辞。又不当束缚之,驰骤之,使若牛马然,急则败矣。且家人父子,尚能以此自克⑤,况号为君臣者耶!是直小丈夫缺缺者之事⑥,非周公所宜用,故不可信。

或曰:"封唐叔,史佚成之。⑦"

愚溪诗序⑧

灌水之阳有溪焉⑨,东流入于潇水。或曰:冉氏尝居也,故姓是溪

---

① 苟,随便。
② 妇寺,宫中嫔妃、太监。
③ 病,弊病。
④ 大中,适时、恰当、正确的方法。
⑤ 克,钳制、约束。
⑥ 缺缺,小聪明。
⑦ 史佚,周武王时太史佚。据《史记·晋世家》,促成成王封叔虞于唐的为史佚,而非周公。
⑧ 此文是柳宗元为其《八愚诗》所写的序言,可惜如今《八愚诗》已亡佚,仅余下此文,在该文中作者交代了把溪、丘、泉、沟、池、堂、亭、岛八物以"愚"命名的缘由。柳宗元善写景物游记,往往又能很好地寄情于景,此文就是他被贬永州时所作,当时他心中抑郁不平,以"愚"命名景物,实乃以"愚"自比自嘲,寄托忧愤之情。何焯曾在《义门读书记》中评价该文:"辞意殊怨愤不逊,然不露一迹。"
⑨ 愚溪,水名。在今湖南零陵县西南,本名冉溪,柳宗元更名为愚溪。阳,水的北面。

为冉溪。或曰:可以染也,名之以其能,故谓之染溪。予以愚触罪,谪潇水上。爱是溪,入二三里,得其尤绝者家焉。古有愚公谷①,今予家是溪,而名莫能定,土之居者,犹龂龂然②,不可以不更也,故更之为愚溪。

愚溪之上,买小丘,为愚丘。自愚丘东北行六十步,得泉焉,又买居之,为愚泉。愚泉凡六穴,皆出山下平地,盖上出也。合流屈曲而南,为愚沟。遂负土累石,塞其隘,为愚池。愚池之东为愚堂。其南为愚亭。池之中为愚岛。嘉木异石错置,皆山水之奇者,以予故,咸以愚辱焉。

夫水,智者乐也。今是溪独见辱于愚③,何哉?盖其流甚下,不可以灌溉。又峻急多坻④石,大舟不可入也。幽邃浅狭,蛟龙不屑,不能兴云雨,无以利世,而适类于予,然则虽辱而愚之,可也。

宁武子"邦无道则愚",智而为愚者也;颜子"终日不违如愚",睿而为愚者也。皆不得为真愚。今予遭有道而违于理,悖于事,故凡为愚者,莫我若也。夫然,则天下莫能争是溪,予得专而名焉。

溪虽莫利于世,而善鉴万类⑤,清莹秀澈,锵鸣金石,能使愚者喜笑眷慕,乐而不能去也。予虽不合于俗,亦颇以文墨自慰,漱涤万物⑥,牢笼百态⑦,而无所避之。以愚辞歌愚溪,则茫然而不违,昏然

---

① 愚公谷,在今山东临淄县。刘向《说苑·政理》:"齐桓公出猎,逐鹿而走,入山谷之中,见一老公而问之曰:'是为何谷?'对曰:'愚公之谷。'桓公曰:'何故?'对曰:'以臣名之。'"
② 龂龂(yín yín)然,争辩的样子。
③ 见辱于愚,被愚所辱。
④ 坻(chí),水中可居者曰洲,小洲曰渚,小渚曰沚,小沚曰坻。
⑤ 鉴,照。
⑥ 漱涤,洗涤。
⑦ 牢笼,包罗。

而同归,超鸿蒙①,混希夷②,寂寥而莫我知也。于是作《八愚诗》,纪于溪石上③。

送僧浩初序④

儒者韩退之与余善⑤,尝病余嗜浮图⑥,訾余与浮图游⑦。近陇西李生础自东都来⑧,退之又寓书罪余⑨,且曰:"见《送元生序》⑩,不斥

---

① 鸿蒙,宇宙形成前混沌的样子。
② 希夷,原指道的本体无声无色。语出自《老子》:"视之不见名曰夷,听之不闻名曰希。"后用以指虚空玄妙。
③ 纪,指记。
④ 此文写于元和五年(810年),当时柳宗元在柳州,本文的缘起是当时在洛阳为官的韩愈托返回湖南的李础给柳宗元捎带书信,信中批评柳宗元喜好佛法、与僧人来往。柳宗元写该文,表面上是送僧人朋友浩初,实际上是借此序来表明自己对于佛教义理的看法和与僧人往来的原因,托付浩初将此信给李础看,再将自己的观点转达给韩愈。柳宗元信佛,而他对于佛教的态度多是对于佛教义理的推崇,对于当时佛界一些不良现象,他也持批评态度。柳宗元与韩愈对于佛教态度上的分歧,是二者思想最重要分歧之一。韩愈对于佛教的批评是一种站在政治的角度上、绝对化的批评,而柳宗元对于佛教的态度更为客观,可以说是一种学理上的探讨。后人对该文评价很高,宋人陈长方曾道:"子厚作序皆平平,惟送浩初一序,真文章之法。"浩初,僧人法名,龙安海禅师弟子。
⑤ 韩退之,韩愈,字退之。善,交好。
⑥ 病,不满意。浮图,又作浮屠,宝塔,此处代指佛教。
⑦ 訾(zǐ),批评指责。
⑧ 李生础,李础,与韩愈、柳宗元皆有交往。东都,洛阳。
⑨ 寓,托付。书,信。
⑩ 《送元生序》,指柳宗元《送元十八山人南游序》。元十八,行十八,与韩愈、柳宗元均认识。山人,隐士。

71

浮图①。"浮图诚有不可斥者,往往与《易》《论语》合,诚乐之,其于性情奭然,不与孔子异道。退之好儒未能过扬子②。扬子之书于庄、墨、申、韩皆有取焉③。浮图者,反不及《庄》《墨》《申》《韩》之怪僻险贼耶?曰:"以其夷也。"果不信道而斥焉以夷,则将友恶来、盗跖④,而贱季札、由余乎⑤? 非所谓去名求实者矣。吾之所取者与《易》《论语》合,虽圣人复生不可得而斥也。

退之所罪者其迹也。曰:"髡而缁⑥,无夫妇父子,不为耕农蚕桑而活乎人⑦。"若是,虽吾亦不乐也。退之忿其外而遗其中,是知石而不知韫玉也⑧。吾之所以嗜浮屠之言以此。

今浩初闲其性,安其情,读其书,通《易》《论语》,为山水之乐,有文而文之⑨。有父子咸为其道,以养而居,泊焉而无求,则其贤于为庄、墨、申、韩之言,而逐逐然唯印组为务以相轧者,其亦远矣。李生础与浩初又善。今之往也,以吾言示之。因北人寓退之⑩,视何如也⑪。

---

① 不斥浮图,指《送元十八山人南游序》中柳宗元赞扬元十八,对待佛教兼容并收的态度。
② 扬子,指扬雄,曾著《太玄》《法言》等著作。
③ 庄、墨、申、韩分别指庄子、墨子、申子、韩非子。
④ 友,以某人为友。恶来,商纣王臣子,擅长谗毁作恶。盗跖,春秋末大盗。
⑤ 季札,吴王邵梦少子,博文见称,由于吴非周属地,因此称为"夷"。由余,先祖为晋人,后逃奔戎,为戎人,后助秦开疆称霸。
⑥ 髡(kūn),剃光头发。缁,穿黑色衣服。
⑦ 活乎人,活于人,被人所养活。
⑧ 韫(yùn)玉,包藏玉石。指佛教中有可取处。
⑨ 文而文之,第一个文为文采,第二个文为写作。
⑩ 因,托请。寓,寄。
⑪ 视何如也,看他有何看法。

欧阳修

欧阳修(1007—1072),字永叔,号"醉翁""六一居士",吉州永丰人,北宋政治家、文学家。因吉州原属庐陵郡,以"庐陵欧阳修"自居。官至翰林学士、枢密副使、参知政事,谥号文忠,世称"欧阳文忠公"。累赠太师、楚国公。后人又将其与韩愈、柳宗元和苏轼合称"千古文章四大家"。

欧阳修是在宋代文学史上最早开创一代文风的文坛领袖。领导了北宋诗文革新运动,继承并发展了韩愈的古文理论。他的散文创作的高度成就与其正确的古文理论相辅相成,从而开创了一代文风。欧阳修在变革文风的同时,也对诗风词风进行了革新。在史学方面,也有较高成就。

欧阳修一生著述繁富,成绩斐然。他曾参与合修《新唐书》,并独撰《新五代史》,又编《集古录》,有《欧阳文忠公集》传世。

醉翁亭记①

环滁皆山也②。其西南诸峰,林壑尤美③,望之蔚然而深秀者④,琅琊也⑤。山行六七里,渐闻水声潺潺而泻出于两峰之间者,酿泉也。峰回路转,有亭翼然临于泉上者⑥,醉翁亭也。作亭者谁?山之僧智仙也⑦。名之者谁?太守自谓也。太守与客来饮于此,饮少辄醉,而年又最高,故自号曰醉翁也。醉翁之意不在酒,在乎山水之间也。山水之乐,得之心而寓之酒也。

若夫日出而林霏开,云归而岩穴暝,晦明变化者,山间之朝暮也。野芳发而幽香,佳木秀而繁阴,风霜高洁,水落而石出者,山间之四时也。朝而往,暮而归,四时之景不同,而乐亦无穷也。

至于负者歌于途⑧,行者休于树,前者呼,后者应,伛偻提携⑨,往来而不绝者,滁人游也。临溪而渔,溪深而鱼肥。酿泉为酒,泉香而

---

① 此文为欧阳修散文名篇,作于宋仁宗庆历六年(1046年),当时欧阳修正任滁州太守。该文写景看似散漫无章,却因"乐"字贯穿始终,格调清丽,语言优美,音节铿锵,既有图画美,又极富韵律美,因此此文一出便受到文坛学界的肯定。朱弁曾在《曲洧旧闻》中这样描述该文在当时的受欢迎程度:"《醉翁亭记》初成,天下莫不传颂,家至户到,当时为之纸贵。"
② 环,环绕。滁,滁州。
③ 林壑,树林和山谷。
④ 蔚然,草木茂盛。
⑤ 琅琊,山名,尽在滁州市西南。
⑥ 翼然,像鸟展开翅膀的样子。
⑦ 智仙,琅琊寺的僧人。
⑧ 负者,背东西的人。
⑨ 伛偻,弯腰驼背,此处代指老年人。

酒洌;山肴野蔌,杂然而前陈者,太守宴也。宴酣之乐,非丝非竹,射者中,弈者胜,觥筹交错①,起坐而喧哗者,众宾欢也。苍颜白发,颓然乎其间者,太守醉也。

已而夕阳在山,人影散乱,太守归而宾客从也。树林阴翳②,鸣声上下,游人去而禽鸟乐也。然而禽鸟知山林之乐,而不知人之乐;人知从太守游而乐,而不知太守之乐其乐也。醉能同其乐,醒能述以文者,太守也。太守谓谁?庐陵欧阳修也③。

丰乐亭记④

修既治滁之明年⑤,夏,始饮滁水而甘。问诸滁人,得于州南百步之远。其上则丰山,耸然而特立;下则幽谷,窈然而深藏;中有清泉,滃然而仰出⑥。俯仰左右⑦,顾而乐之。于是疏泉凿石,辟地以为亭,而与滁人往游其间。

---

① 觥筹,酒杯和酒令。觥,古代的酒器。筹,行酒令时用来计数的筹码。
② 翳,遮蔽。
③ 庐陵,今江西吉安市。
④ 该文是一篇游记,该文的特色是在文中插入一段战乱的历史,欧阳修此举的做法实质上是让当地百姓感恩如今太平生活,明代散文家茅坤称此文是篇"太守之文",也就是官样文章。但是如何将这种文章写得不落窠臼,则需要巧妙构思,同时也需要作者具备很强的历史文化底蕴。丰乐亭,在今安徽滁州南琅琊山幽谷泉上,欧阳修修建,苏轼为之书,刻石。
⑤ 治滁,治理滁州。
⑥ 滃(wěng)然,水势盛大的样子。仰出,指涌出地面。
⑦ 俯仰,上下纵览。左右,左右环看。

滁于五代干戈之际①，用武之地也。昔太祖皇帝②，尝以周师破李景兵十五万于清流山下③，生擒其皇甫辉、姚凤于滁东门之外，遂以平滁。修尝考其山川，按其图记④，升高以望清流之关，欲求辉、凤就擒之所。而故老皆无在也⑤，盖天下之平久矣。自唐失其政，海内分裂，豪杰并起而争，所在为敌国者，何可胜数？及宋受天命，圣人出而四海一。向之凭恃险阻，铲削消磨，百年之间，漠然徒见山高而水清。欲问其事，而遗老尽矣！

　　今滁介江淮之间，舟车商贾、四方宾客之所不至，民生不见外事，而安于畎亩衣食⑥，以乐生送死⑦。而孰知上之功德，休养生息，涵煦于百年之深也⑧。

　　修之来此，乐其地僻而事简，又爱其俗之安闲。既得斯泉于山谷之间，乃日与滁人仰而望山，俯而听泉。掇幽芳而荫乔木，风霜冰雪，刻露清秀⑨，四时之景，无不可爱。又幸其民乐其岁物之丰成，而喜与予游也。因为本其山川，道其风俗之美，使民知所以安此丰年之乐者，幸生无事之时也。夫宣上恩德，以与民共乐，刺史之事也。遂书以名其亭焉。

----

① 五代，指唐以后的后梁、后唐、后晋、后汉、后周五个短暂的朝代。
② 太祖皇帝，指赵匡胤。
③ 周师，指周世宗的部队。李景，本名景通，南唐中主。清流山，滁州西南二十五里，上有清流关。
④ 图记，指地理志。
⑤ 故老，年老而有声望的人。
⑥ 畎亩，田间。畎，田间的小沟。
⑦ 乐生送死，养育子女，送终父母。
⑧ 涵煦(xù)，滋润化育。
⑨ 刻露，刻削而显露出。

庆历丙戌六月日①,右正言知制诰知滁州军州事欧阳修记②。

岘山亭记③

岘山临汉上④,望之隐然⑤,盖诸山之小者。而其名特着于荆州者,岂非以其人哉。其人谓谁?羊祜叔子、杜预元凯是已。方晋与吴以兵争,常倚荆州以为重,而二子相继于此,遂以平吴而成晋业,其功烈已盖于当世矣⑥。至于风流余韵⑦,蔼然被于江汉之间者,至今人犹思之,而于思叔子也尤深。盖元凯以其功,而叔子以其仁,二子所为虽不同,然皆足以垂于不朽。

余颇疑其反自汲汲于后世之名者⑧,何哉?传言叔子尝登兹山,慨然语其属,以谓此山常在,而前世之士皆已湮灭于无闻,因自顾而悲伤。然独不知兹山待己而名著也。元凯铭功于二石,一置兹山之

---

① 庆历丙戌,即庆历六年(1046年)。
② 右正言,谏官名。知制诰,官名,掌起草诏令。
③ 此文表面看来是一篇写景览胜游记,实际上是借景咏史抒怀的一篇散文,该文寓题篇中,出其不意,情深韵长,耐人寻味。该文被后人评价很高,清代桐城派姚鼐称该文:"神韵缥缈,如所谓吸风饮露、蝉蜕尘埃,绝世之文也。"岘(xiàn)山,在今湖北省。
④ 汉上,汉水之上。
⑤ 隐然,庄重的样子。
⑥ 晋武帝司马炎篡魏后,羊祜帮助他筹划灭吴。泰始五年(269年)以尚书左仆射督荆州诸军事,出镇襄阳,与东吴陆抗对峙,临终举荐杜预自代。羊祜,字叔子,泰山南城人。杜预,字元凯,京兆杜陵人。咸宁四年(278年)任镇南大将军,代羊祜都督荆州军事,镇襄阳。次年,连上表请求灭吴,灭吴后封当阳县侯,博学善兵,号"杜武库",撰有《春秋左氏经传集解》等。
⑦ 风流余韵,指羊祜、杜预等人在襄阳岘山留下的风雅佳话。
⑧ 汲汲,心情急迫的样子。

上,一投汉水之渊。是知陵谷有变而不知石有时而磨灭也。岂皆自喜其名之甚而过为无穷之虑欤?将自待者厚而所思者远欤?

山故有亭,世传以为叔子之所游止也①。故其屡废而复兴者,由后世慕其名而思其人者多也。熙宁元年②,余友人史君中辉以光禄卿来守襄阳。明年,因亭之旧,广而新之③,既周以回廊之壮,又大其后轩,使与亭相称。君知名当世,所至有声,襄人安其政而乐从其游也。因以君之官,名其后轩为光禄堂;又欲纪其事于石,以与叔子、元凯之名并传于久远。君皆不能止也,乃来以记属于余④。

余谓君如慕叔子之风⑤,而袭其遗迹⑥,则其为人与其志之所存者,可知矣。襄人爱君而安乐之如此,则君之为政于襄者,又可知矣。此襄人之所敬书也。若其左右山川之胜势,与夫草木云烟之杳霭,出没于空旷有无之间,而可以备诗人之登高,写《离骚》之极目者⑦,宜其览考自得之。至于亭屡废兴,或自有记,或不必究其详者,皆不复道。

熙宁三年十月二十有二日,六一居士欧阳修记。

---

① 游止,游历休息。
② 熙宁元年,1068年。史君中辉,即襄阳知府史中辉。光禄卿:光禄寺主管官,主管朝廷祭祀朝会等事宜。
③ 广而新之,将亭扩建并维修一新。轩,有窗槛的廊、室。
④ 属,嘱托,嘱咐。
⑤ 叔子之风,即羊祜的风流余韵。
⑥ 袭其遗迹,意谓继羊祜之后常游息于岘山亭。
⑦ 《离骚》,代指感怀忧思之作。

有美堂记①

嘉佑二年,龙图阁直学士、尚书、吏部郎中梅公②,出守于杭。于其行也,天子宠之以诗。于是始作有美之堂。盖取赐诗之首章而名之,以为杭人之荣。然公之甚爱斯堂也,虽去而不忘。今年自金陵遣人走京师③,命予志之④。其请至六七而不倦,予乃为之言曰:夫举天下之至美与其乐,有不得兼焉者多矣。故穷山水登临之美者,必之乎宽闲之野、寂寞之乡,而后得焉。览人物之盛丽,跨都邑之雄富者,必据乎四达之冲⑤、舟车之会,而后足焉。盖彼放心于物外,而此娱意于繁华,二者各有适焉。然其为乐,不得而兼也。今夫所谓罗浮、天台、衡岳、洞庭之广,三峡之险,号为东南奇伟秀绝者,乃皆在乎下州小邑,僻陋之邦。此幽潜之士、穷愁放逐之臣之所乐也。若四方之所聚,百货之所交,物盛人众,为一都会,而又能兼有山水之美,以资富贵之娱者,惟金陵、钱塘。然二邦皆僭窃于乱世⑥。及圣宋受命,海内

---

① 该文是一篇随俗应酬之作,是欧阳修应梅挚的邀约为杭州有美堂所作的堂记。如何将这种应酬之作写得不落俗套便十分考验作者水平。欧阳修此文写得极其纤徐婉转,该文未直接写有美堂如何,而是通过写有美堂所在地杭州的美景来衬托,层层递进、层层衬托,既写出了江南的美景风貌,同时又介绍了该地的历史地理等背景,使得有美堂也因地理的优势而变得不同寻常。虽然此文为应酬之作,欧阳修是否来过此地也有待考证,但是此文语言优美,内容丰富,值得一读。

② 梅公,梅挚,字公仪,成都新繁人。
③ 京师,指开封。
④ 志,作动词,写志。
⑤ 四达之冲,四通八达交通要冲。
⑥ 僭窃,被藩镇割据政权所占。

为一。金陵以后服见诛①,今其江山虽在,而颓垣废址,荒烟野草,过而览者,莫不为之踌躇而凄怆。独钱塘②,自五代始时,知尊中国,效臣顺及其亡也。顿首请命,不烦干戈。今其民幸富完安乐。又其俗习工巧。邑屋华丽,盖十余万家。环以湖山,左右映带。而闽商海贾,风帆浪舶,出入于江涛浩渺、烟云杳霭之间,可谓盛矣。而临是邦者③,必皆朝廷公卿大臣。若天子之侍从,四方游士为之宾客。故喜占形胜,治亭榭。相与极游览之娱。然其于所取,有得于此者,必有遗于彼。独所谓有美堂者,山水登临之美,人物邑居之繁,一寓目而尽得之。盖钱塘兼有天下之美,而斯堂者,又尽得钱塘之美焉。宜乎公之甚爱而难忘也。梅公清慎④,好学君子也。视其所好,可以知其人焉。四年八月丁亥,庐陵欧阳修记。

画舫斋记⑤

予至滑之三月⑥,即其署东偏之室,治为燕私之居⑦,而名曰画舫

---

① 后服见诛,宋太祖开宝七年(974年),命南唐后主李煜入朝称臣,煜不从,李煜被俘入汴京,后传说李煜被牵机药毒死。

② 独钱塘,唐末钱镠建立吴越国,传五代,八十余年,一直臣服于中原地区政权(梁、唐、周、宋)。

③ 临是邦者,指任杭州地方长官的人。

④ 清慎,清惇谨慎。

⑤ 此文是欧阳修庆历二年(1042年)十二月所作,写作该文时作者刚刚经历一系列仕途变动,自请放职外任,被任命为滑州通判,作者写作此时心情复杂,该文是一篇抒情写意的散文,融写景、抒情、议论为一体,一波三折,意趣充盈,主旨含蓄,耐人寻味,清代浦起龙评价该文:"因名写趣,因名设难,因名作解,亦是饱更世故之言。"

⑥ 滑,滑州,今河南滑县。

⑦ 燕私之居,闲居歇息的处所。

斋。斋广一室,其深七室,以户相通,凡入予室者,如入乎舟中。其温室之奥,则穴其上以为明;其虚室之疏以达,则槛栏其两旁以为坐立之倚。凡偃休于吾斋者,又如偃休乎舟中。山石崷崒①,佳花美木之植列于两檐之外,又似泛乎中流,而左山右林之相映,皆可爱者。因以舟名焉。

《周易》之象,至于履险蹈难,必曰涉川。盖舟之为物,所以济难而非安居之用也。今予治斋于署,以为燕安,而反以舟名之,岂不戾哉?矧予又尝以罪谪,走江湖间,自汴绝淮,浮于大江,至于巴峡,转而以入于汉沔,计其水行几万余里。其羁穷不幸②,而卒遭风波之恐,往往叫号神明以脱须臾之命者,数矣。当其恐时,顾视前后凡舟之人,非为商贾,则必仕宦。因窃自叹,以谓非冒利与不得已者,孰肯至是哉?赖天之惠,全活其生。今得除去宿负③,列官于朝,以来是州,饱廪食而安署居。追思曩时山川所历,舟楫之危,蛟鼋之出没④,波涛之汹欻⑤,宜其寝惊而梦愕。而乃忘其险阻,犹以舟名其斋,岂真乐于舟居者邪!

然予闻古之人,有逃世远去江湖之上,终身而不肯反者,其必有所乐也。苟非冒利于险,有罪而不得已,使顺风恬波,傲然枕席之上,一日而千里,则舟之行岂不乐哉!顾予诚有所未暇,而舫者宴嬉之舟也,姑以名予斋,奚日不宜?

---

① 崷崒(qiú zú),峥嵘高峻的样子。
② 羁穷不幸,仕途曲折,颠沛流离。
③ 除去宿负,免去受贬谪的罪愆。
④ 鼋(yuán),大鳖,背青黄色,头有疙瘩,俗名癞头鼋。
⑤ 汹欻(xū),汹涌突变。

81

予友蔡君谟善大书①,颇怪伟,将乞大字以题于楣。惧其疑予之所以名斋者,故具以云。又因以置于壁。

壬午十二月十二日书。

吉州学记②

庆历三年秋,天子召政事之臣八人③,问治天下其要有几,施于今者宜何先。八人者皆震恐失位,俯伏顿首。于是诏书屡下,劝农桑,责吏课,举贤才。其明年三月,遂诏天下皆立学,置学官之员,然后四方万里之外,莫不皆有学。

学校,王政之本也。古者致治之盛衰,视其学之兴废。《记》曰:"国有学,遂有序,党有庠,家有塾。"④此三代极盛之时大备之制也。宋兴盖八十有四年,而天下之学始克大立,岂非盛美之事,须其久而后至于大备欤?

其年十月,吉州之学成⑤。州旧有夫子庙,在城之西北。今知州事李侯宽之至也,谋与州人迁而大之,以为学舍。事方上请而诏已下,学遂以成。予世家于吉,而滥官于朝,然予闻教学之法,本于人

---

① 蔡君谟,蔡襄,字君谟,兴化军仙游人。欧阳修朋友,北宋著名书法家。
② 该文是欧阳修庆历四年(1044年)冬,应吉州知州李宽扩迁州学之请而作的一篇叙事性散文。该文虽为叙事散文却又超出一般叙事散文的文学品位,堪称叙事性散文的典范。
③ 天子,指宋仁宗。八人,指范仲淹、富弼、韩琦等辅臣。
④ 《记》,指《礼记·学记》。
⑤ 吉州,治所在今江西吉安市,宋时治庐陵、吉水、安福、泰和、龙泉、永新、永丰、万安等八县。

性,磨揉迁革①,使趋于善。其勉于人者勤,其入于人者渐。善教者以不倦之意须迟久之功,至于礼让兴行而风俗纯美,然后为学之成。今州县之吏不得久其职而躬亲于教化也,故李侯之绩及于学之立,而不及待其成。惟后之人,毋废慢天子之诏而殆以中止。幸予他日因得归荣故乡而谒于学门,将见吉之士皆道德明秀而可为公卿;问于其俗,而婚丧饮食皆中礼节;入于其里,而长幼相孝慈于其家;行于其郊,而少者扶其羸老,壮者代其负荷于道路。然后乐学之道成,周览学舍,思咏李侯之遗爱,不亦美哉!

故于其始成也,刻辞于石,而立诸其庑以俟②。

菱溪石记③

菱溪之石有六,其四为人取去,而一差小而尤奇,亦藏民家。其最大者,偃然僵卧于溪侧④,以其难徙,故得独存。每岁寒霜落,水涸而石出,溪旁人见其可怪,往往祀以为神。

菱溪,按图与经皆不载⑤。唐会昌中⑥,刺史李渍为《荇溪记》,云

---

① 磨揉迁革,指经受过教育而有变化。磨揉,即磨炼。
② 庑,堂下周围的走廊、廊屋。
③ 此文是一篇记事散文,写于庆历六年(1046年),当时作者在滁州知府任上。该文主要是考证大石的来历以及菱溪的变革,文章夹叙夹议,既有对现实的记述又有对历史的探讨,使得文章具有一种历史纵深感。后人对此文评价很高,明人唐顺之曾指该文:"行文委曲幽妙,零零碎碎作文,欧阳公独长。"明人茅坤评价此文"事虽不紧要,却自风致翛然。"菱溪在安徽滁州东。
④ 偃然,安然。
⑤ 图与经,指地理、地图类书。
⑥ 会昌,唐武宗年号。

水出永阳岭，西经皇道山下。以地求之，今无所谓荇溪者。询于滁州人，曰此溪是也。杨荇密有淮南，淮人讳其嫌名，以荇为菱；理或然也。

溪旁若有遗址，云故将刘金之宅，石即刘氏之物也。金，为吴时贵将，与荇密俱起合淝，号三十六英雄，金其一也。金本武夫悍卒，而乃能知爱赏奇异，为儿女子之好，岂非遭逢乱世，功成志得，骄于富贵之佚欲而然邪？想其葭池台榭、奇木异草与此石称，亦一时之盛哉！今刘氏之后散为编民①，尚有居溪旁者。

予感夫人物之废兴，惜其可爱而弃也，乃以三牛曳置幽谷②；又索其小者，得于白塔民朱氏，③遂立于亭之南北。亭负城而近，以为滁人岁时嬉游之好。

夫物之奇者，弃没于幽远则可惜，置之耳目则爱者不免取之而去。嗟夫！刘金者虽不足道，然亦可谓雄勇之士。其平生志意，岂不伟哉。及其后世，荒堙零落，至于子孙泯没而无闻，况欲长有此石乎？用此可为富贵者之戒④。而好奇之士闻此石者，可以一赏而足，何必取而去也哉。

---

① 编民，编入户籍的平民。
② 幽谷。在滁州南，丰乐亭所在地。
③ 白塔，指滁州白塔寺。
④ 用此，因此。

真州东园记①

真为州,当东南之水会②,故为江淮、两浙、荆湖发运使之治所③。龙图阁直学士施君正臣④、侍御史许君子春之为使也⑤,得监察御史里行马君仲塗为其判官⑥。三人者乐其相得之欢,而因其暇日得州之监军废营以作东园⑦,而日往游焉。

岁秋八月⑧,子春以其职事走京师,图其所谓东园者来以示予曰:"园之广百亩,而流水横其前,清池浸其右,高台起其北。台,吾望以拂云之亭;池,吾俯以澄虚之阁;水,吾泛以画舫之舟。敞其中以为清

---

① 该文作于皇祐三年(1051年),是一篇园亭写景散文。该文所述的真州东园,作者欧阳修并未真正游访,是受朋友李子春的委托而创作该文。如何将一个未到过的地方写得真实生动又别具一格需要作者的巧妙构思与大胆想象。该文虽为一篇应酬之作,仍因为其文章语言与整体构架得以被后人肯定、传颂。清人刘大櫆这样评价此文:"柳州记山水,从实处写景,欧阳公记园亭,从虚处生情,柳州山水以幽冷奇峭胜,欧公园林亭以敷娱都雅胜。此篇铺叙今日为园之美,一一倒追未有之荒芜,更有情韵意态。"真州,治所在江苏仪征。

② 水会,河流交汇之处。

③ 江淮、两浙、荆湖发运使,宋代在江淮、两浙、荆湖诸路设置发运使,以真州为治所,负责漕运粮食供给中原。江淮,江南东、西路和淮南路,相当于今天江西、江苏、安徽一带。两浙,两浙路,包括浙东和浙西,相当于今浙江一带。荆湖,荆湖南路和荆湖北路,相当于今湖南、湖北一带。

④ 施君正臣,施正臣,名昌言,字正臣,通州静海(今天津)人。

⑤ 许君子春,许子春,名元,字子春,宣城(今安徽)人。

⑥ 马君仲塗,马仲塗,名遵,字仲塗。判官,协助长官处理公事的属官,职位略低于副长官。

⑦ 监军,监督军队的官员。

⑧ 岁,指宋仁宗皇祐三年(1051年)。

85

宴之堂①,辟其后以为射宾之圃。芙蕖芰荷之的历②,幽兰白芷之芬芳,与夫佳花美木列植而交阴,此前日之苍烟白露而荆棘也;高甍巨桷③,水光日景动摇而上下;其宽闲深静,可以答远响而生清风,此前日之颓垣断堑而荒墟也;嘉时令节,州人士女啸歌而管弦,此前日之晦冥风雨、鼪鼯鸟兽之嗥音也④。吾于是信有力焉。凡图之所载,皆其一二之略也。若乃升于高以望江山之远近,嬉于水而逐鱼鸟之浮沉,其物象意趣、登临之乐,览者各自得焉。凡工之所不能画者,吾亦不能言也,其为吾书其大概焉。"

又曰:"真,天下之冲也。四方之宾客往来者,吾与之共乐于此,岂独私吾三人者哉?然而池台日益以新,草木日益以茂,四方之士无日而不来,而吾三人者有时皆去也,岂不眷眷于是哉?不为之记,则后孰知其自吾三人者始也?"

予以为三君之材贤足以相济,而又协于其职⑤,知所先后,使上下给足,而东南六路之人无辛苦愁怨之声⑥,然后休其余闲,又与四方贤士大夫共乐于此。是皆可嘉也,乃为之书。

庐陵欧阳修记。

---

① 清宴之堂,举行清雅宴会的殿堂。
② 芙蕖芰荷,指荷花和荷叶。
③ 甍(méng),屋脊。桷(jué),方形的椽子。
④ 鼪鼯(shēng wú),指黄鼠狼和鼯鼠。
⑤ 协,合作。
⑥ 东南六路,指江南东路、江南西路、淮南路、两浙路、荆湖南路、荆湖北路。路为宋代行政区划。

养鱼记[1]

　　折檐之前有隙地[2],方四五丈,直对非非堂[3],修竹环绕荫映,未尝植物,因洿以为池[4]。不方不圆,任其地形;不甃不筑[5],全其自然。纵锸以浚之[6],汲井以盈之。湛乎汪洋,晶乎清明,微风而波,无波而平,若星若月,精彩下入。予偃息其上,潜形于毫芒;循漪沿岸,渺然有江潮千里之想。斯足以舒忧隘而娱穷独也。

　　乃求渔者之罟,市数十鱼,童子养之乎其中。童子以为斗斛之水不能广其容,盖活其小者而弃其大者。怪而问之,且以是对。嗟乎!其童子无乃嚚昏而无识矣乎[7]!予观巨鱼枯涸在旁不得其所,而群小鱼游戏乎浅狭之间,有若自足焉,感之而作养鱼记。

---

[1] 此文是一篇寓言散文,前部分写洿池周围的景物,空灵幽美。后部分则是讲述了一个小童养鱼的故事。故事虽然短小,却通过只言片语来暗喻人才、庸才、环境三者间的关系。该文作于宋仁宗明道元年(1032年),作者欧阳修初入仕途,当时朝廷由章献太后垂帘听政,幸臣、宦官用事,很多人才不能进用,国家积贫积弱,前途堪忧。此文表面看来,是一篇生动活泼,饶有趣味的小品文,实际上该文暗含讽刺意味,值得细细品读回味。
[2] 折檐,屋檐的回廊。
[3] 非非堂,宋仁宗明道元年(1032年),欧阳修任西京留守推官时在洛阳河南府官署西边所建的书斋。
[4] 洿(wū),低凹之地。这里作动词用,挖掘的意思。
[5] 甃(zhòu),用砖砌。
[6] 锸,铁锹。
[7] 嚚(yín),顽愚。

非非堂记①

权衡之平物②,动则轻重差,其于静也,锱铢不失③。水之鉴物,动则不能有睹,其于静也,毫发可辨。在乎人,耳司听、目司视,动则乱于聪明④,其于静也,闻见必审。处身者不为外物眩晃而动,则其心静,心静则智识明,是是非非,无所施而不中。夫是是近于谄,非非近于讪,不幸而过,宁讪无谄。是者,君子之常,是之何加?一以观之,未若非非之为正也。

予居洛之明年,既新厅事,有文记于壁末⑤。营其西偏作堂,户北向,植丛竹,辟户于其南⑥,纳日月之光。设一几一榻,架书数百卷,朝夕居其中。以其静也,闭目澄心,览今照古,思虑无所不至焉。故其堂以"非非"为名云。

---

① 该文是欧阳修早年的一篇作品。该文写于宋仁宗明道元年(1032年)所作,当时欧阳修刚入仕途,意气风发,因此此文也充满少年积极进取的情绪。此文虽然短小,但却寓意深刻,饶有理趣,值得回味品读。

② 权衡,天平。

③ 锱铢,锱铢均为古代极小的重量单位。锱为一两的四分之一,铢为一两的二十四分之一。

④ 聪明,指耳聪目明。

⑤ 以上三句指欧阳修于宋仁宗天圣九年(1031年)到洛阳任职,第二年改元明道。既新厅事,指重修洛阳河南府官署。有文纪于壁末,指作者于明道元年所撰《河南府重修使院记》。

⑥ 辟户,开辟窗户。

读李翱文[1]

　　予始读翱《复性书》三篇[2],曰:此《中庸》之义疏尔。智者识其性,当读《中庸》;愚者虽读此不晓也,不作可焉。又读《与韩侍郎荐贤书》[3],以谓翱特穷时愤世无荐己者,故丁宁如此;使其得志,亦未必。然以韩为秦汉间好侠行义之一豪隽,亦善论人者也。最后读《幽怀赋》[4],然后置书而叹,叹已复读,不自休。恨翱不生于今,不得与之交;又恨予不得生翱时,与翱上下其论也[5]。

　　凡昔翱一时人,有道而能文者莫若韩愈。愈尝有赋矣,不过羡二鸟之光荣,叹一饱之无时尔[6];推是心,使光荣而饱,则不复云矣。若翱独不然,其赋曰:"众嚣嚣而杂处兮,咸叹老而嗟卑;视予心之不然兮,虑行道之犹非。"[7]又怪神尧以一旅取天下,后世子孙不能以天下取河北,以为忧。呜呼,使当时君子皆易其叹老嗟卑之心,为翱所忧之心,则唐之天下岂有乱与亡哉!

---

[1] 该书为一篇读后感,作于宋仁宗景祐三年(1036年),当时作者正在贬官赴夷陵的途中,读李翱的《幽怀赋》后深有共鸣,遂作此文。作者此时虽遭遇贬谪,却并未自怜自戚,全文并无贬谪文那种幽愤的情绪,此文既是作者在逆境中的自我鞭策,同时也是对同遭遇者的共勉。苏洵评价此文:"纡余委备,往复百折,而条达疏畅,无所间断。"李翱(772—841),字习之,唐陇西成纪(今甘肃秦安东)人。是西凉王李暠的后代。唐朝文学家、哲学家。

[2] 《复性书》,李翱研究人性的著作。
[3] 《与韩侍郎荐贤书》,即李翱《答韩侍郎书》。韩侍郎即韩愈。
[4] 《幽怀赋》,李翱所著。其序云:"朋友有相叹者,赋幽怀以答之。"
[5] 上下其论,斟酌研究他的议论。
[6] 此处指韩愈《感二鸟赋》,该文主要抒发自己不得志的愤懑。
[7] 出自李翱《幽怀赋》,表达了作者心系国家命运前途的思想。

然翱幸不生今时，见今之事①，则其忧又甚矣！奈何今之人不忧也？余行天下，见人多矣，脱有一人能如翱忧者②，又皆贱远，与翱无异；其余光荣而饱者，一闻忧世之言，不以为狂人，则以为病痴子，不怒则笑之矣。呜呼，在位而不肯自忧，又禁他人使皆不得忧，可叹也夫！

景祐三年十月十七日，欧阳修书。

朋党论③

臣闻朋党之说，自古有之，惟幸人君辨其君子小人而已。大凡君子与君子以同道为朋，小人与小人以同利为朋，此自然之理也。

然臣谓小人无朋，惟君子则有之。其故何哉？小人所好者禄利也，所贪者财货也④。当其同利之时，暂相党引以为朋者⑤，伪也；及其见利而争先，或利尽而交疏⑥，则反相贼害⑦，虽其兄弟亲戚，不能自保。故臣谓小人无朋，其暂为朋者，伪也。君子则不然。所守者道

---

① 今之事，指吕夷简专权，驱逐范仲淹"朋党"的事。
② 脱，倘若。
③ 因孔子曾说过"君子群而不党"，"朋党"一词也便因此具有贬义色彩。欧阳修因为庆历新政的缘故，与夏竦等人交往甚密，后被人污蔑为结党营私。欧阳修写此文为自己说明，在文中，他指出君子的朋党与小人有所区别，而辨别君子与小人的标准就是君子逐义，小人逐利。据说宋仁宗读罢该文后对此有所感悟。后来很多人都称该文"足以解千古人君之疑"。明茅坤曾这样评价此文："朋党之祸，至唐而极；朋党之文，至欧阳修而极。"朋党，指一类人因共同利益而结成的集团。
④ 财货，金钱、财物。
⑤ 党引，结党营私，相互援引。指勾结在一起。
⑥ 交疏，交情疏远。
⑦ 贼害，杀害。

义,所行者忠信,所惜者名节。以之修身,则同道而相益;以之事国①,则同心而共济;终始如一,此君子之朋也。故为人君者,但当退小人之伪朋,用君子之真朋,则天下治矣。

尧之时,小人共工、驩兜等四人为一朋②,君子八元、八恺十六人为一朋③。舜佐尧,退四凶小人之朋,而进元、恺君子之朋,尧之天下大治。及舜自为天子,而皋、夔、稷、契等二十二人并列于朝④,更相称美,更相推让,凡二十二人为一朋,而舜皆用之,天下亦大治。《书》曰:"纣有臣亿万,惟亿万心;周有臣三千,惟一心。"纣之时,亿万人各异心,可谓不为朋矣,然纣以亡国。周武王之臣,三千人为一大朋,而周用以兴。后汉献帝时,尽取天下名士囚禁之,目为党人。及黄巾贼起⑤,汉室大乱,后方悔悟,尽解党人而释之,然已无救矣。唐之晚年⑥,渐起朋党之论。及昭宗时⑦,尽杀朝之名士,或投之黄河,曰:"此辈清流,可投浊流⑧。"而唐遂亡矣。

夫前世之主,能使人人异心不为朋,莫如纣;能禁绝善人为朋,莫

---

① 事国,为国效力。
② 唐尧时,共(gōng)工、驩(huán)兜、鲧、三苗称为"四罪"。
③ 八元、八恺出自《左传·文公十八年》:"高辛氏有才子八人:伯奋、仲堪、叔献、季仲、伯虎、仲熊、叔豹、季狸,忠肃共懿,宣慈惠和,天下之民谓之八元。""昔高阳氏有才子八人:苍舒、隤敳、梼戭、大临、尨降、庭坚、仲容、叔达,齐圣广渊,明允笃诚。天下之民谓之八恺。"
④ 皋,皋陶,舜的贤臣之一,掌刑法。夔(kuí),舜的贤臣之一,掌音乐。稷,舜的贤臣之一,掌农业。契,舜的贤臣之一,管教育。
⑤ 黄巾贼起,指汉灵帝中平元年(184年),张角领导黄巾农民大起义。起义军以黄巾裹头,故称"黄巾军"。
⑥ 唐之晚年,唐穆宗到宣宗年间,朝臣中以牛僧儒、李宗闵和李德裕为首的"牛李党争"前后绵延近四十年。
⑦ 昭宗,唐昭宗李晔,文中事发生在唐哀帝时。
⑧ 浊流,指黄河污浊的河水,此处暗喻品行恶劣的小人。

如汉献帝;能诛戮清流之朋,莫如唐昭宗之世;然皆乱亡其国。更相称美推让而不自疑,莫如舜之二十二臣,舜亦不疑而皆用之;然而后世不诮舜为二十二人朋党所欺,而称舜为聪明之圣者,以能辨君子与小人也。周武之世,举其国之臣三千人共为一朋,自古为朋之多且大,莫如周;然周用此以兴者,善人虽多而不厌也。

嗟呼!兴亡治乱之迹,为人君者,可以鉴矣。

纵囚论[①]

信义行于君子[②],而刑戮施于小人。刑入于死者,乃罪大恶极,此又小人之尤甚者也。宁以义死,不苟幸生,而视死如归,此又君子之尤难者也。

方唐太宗之六年,录大辟囚三百余人[③],纵使还家,约其自归以就死。是以君子之难能,期小人之尤者以必能也[④]。其囚及期,而卒自归无后者。是君子之所难,而小人之所易也。此岂近于人情哉?

或曰:罪大恶极,诚小人矣;及施恩德以临之[⑤],可使变而为君子。

---

① 《纵囚论》是一篇史论散文,史学家一直将唐太宗"纵囚"事件传为"德政",欧阳修却不同意这种看法,因为感化与教育人不是一蹴而就的,"纵囚"此举于情于理都无法达到,也指出此举是对国家常法有害无益的,最终得出结论:唐太宗"纵囚"的实际目的是为了"求名"。赵乃增认为该文:"针对太宗逆情立异的行为,层层批驳辨析,暴露出'纵囚'事件的违背人情常理,荒谬不实,行文老辣,有理有据,令人信服。"明末清初金圣叹评价此文"有刀斧气"。纵囚,释放囚犯。

② 信义,信用和道义。

③ 录,审查并记录囚犯的罪状。大辟,古代五刑(墨、劓、剕、宫、大辟)中最重的刑罚,即死刑。

④ 期,期望。

⑤ 临,降临,引为对待。

盖恩德入人之深,而移人之速①,有如是者矣。

曰:太宗之为此,所以求此名也。然安知夫纵之去也,不意其必来以冀免,所以纵之乎?又安知夫被纵而去也,不意其自归而必获免,所以复来乎?夫意其必来而纵之,是上贼下之情也②;意其必免而复来,是下贼上之心也。吾见上下交相贼以成此名也,乌有所谓施恩德与夫知信义者哉?不然,太宗施德于天下,于兹六年矣,不能使小人不为极恶大罪,而一日之恩,能使视死如归,而存信义。此又不通之论也!

然则,何为而可?曰:纵而来归,杀之无赦,而又纵之,而又来,则可知为恩德之致尔。然此必无之事也。若夫纵而来归而赦之,可偶一为之尔。若屡为之,则杀人者皆不死。是可为天下之常法乎?不可为常者,其圣人之法乎?是以尧、舜、三王之治③,必本于人情,不立异以为高④,不逆情以干誉。

秋声赋⑤

欧阳子方夜读书,闻有声自西南来者,悚然而听之⑥,曰:"异哉!"

---

① 移,改造人。
② 贼,揣摩、揣度。
③ 三王,禹、商汤、周文王并称三王。本,依照,以某某为本。
④ 立异,标新立异。干,求取。
⑤ 自宋玉《九辩》以来,"悲秋"就成为中国文学传统主题,欧阳修此文一改前人悲怆忧郁的情调,将"悲秋"体裁写得颇具理性色彩。欧阳修的文章较韩愈的"奇崛",更显"平易"。该文虽然为赋,但骈散结合,将"偶俪之文"与"古文之法"相结合,创造出一种散文诗式的新文体——"文赋"。相比而言,欧阳修的文章语气平和,说理纡徐柔婉,吞吐抑扬,自成一种独特文风。
⑥ 悚(sǒng)然,惊惧的样子。

初淅沥以萧飒①,忽奔腾而砰湃②;如波涛夜惊,风雨骤至。其触于物也,鏦鏦铮铮,金铁皆鸣;又如赴敌之兵,衔枚疾走③,不闻号令,但闻人马之行声。予谓童子:"此何声也?汝出视之。"童子曰:"星月皎洁,明河在天④,四无人声,声在树间。"

予曰:"噫嘻悲哉!此秋声也。胡为而来哉?盖夫秋之为状也,其色惨淡,烟霏云敛;其容清明,天高日晶;其气栗冽,砭人肌骨;其意萧条,山川寂寥。故其为声也,凄凄切切,呼号愤发。丰草绿缛而争茂,佳木葱茏而可悦。草拂之而色变,木遭之而叶脱。其所以摧败零落者,乃其一气之余烈⑤。夫秋,刑官也,于时为阴;又兵象也,于行用金。是谓天地之义气,常以肃杀而为心。天之于物,春生秋实,故其在乐也,商声主西方之音,夷则为七月之律。商,伤也,物既老而悲伤;夷,戮也,物过盛而当杀。嗟夫!草木无情,有时飘零。人为动物,惟物之灵。百忧感其心,万物劳其形,有动于中,必摇其精⑥。而况思其力之所不及,忧其智之所不能,宜其渥然丹者为槁木⑦,黟然黑者为星星⑧。奈何以非金石之质,欲与草木而争荣?念谁为之戕贼⑨,亦何恨乎秋声?"

---

① 淅沥,细雨声。潇飒,风声。
② 砰湃,澎湃,波浪冲击声。
③ 衔,用嘴巴含着。枚,如筷子状的小棒,两端有带,可系于颈上。古时行军,令士兵口中衔枚,避免喧哗。
④ 明河,银河。
⑤ 余烈,余威。
⑥ 摇,动摇,引申为损耗。
⑦ 渥然,色泽红润的样子。
⑧ 黟(yī)然,形容黑的样子。星星,形容鬓发花白。
⑨ 戕贼,伤害。

童子莫对,垂头而睡。但闻四壁虫声唧唧,如助予之叹息。

述梦赋①

夫君去我而何之乎②?时节逝兮如波③。昔共处兮堂上,忽独弃兮山阿④。

呜呼,人羡久生,生不可久,死其奈何!死不可复⑤,惟可以哭;病予喉使不得哭兮,况欲施乎其他!愤既不得与声而俱发兮,独饮恨而悲歌。歌不成兮断绝,泪疾下兮滂沱!行求兮不可过,坐思兮不知处,可见惟梦兮,奈寐少而寤多!⑥

或十寐而一见兮,又若有而若无,乍若去而若来,忽若亲而若疏。杳兮,倏兮,犹胜于不见兮,愿此梦之须臾。

尺蠖怜予兮为之不动⑦,飞蝇闵予兮为之无声。冀驻君兮可久,恍予梦之先惊。梦一断兮魂立断,空堂耿耿兮华灯⑧!

世之言曰:"死者澌也⑨。"今之来兮,是也,非也?又曰:"觉之所

---

① 此文是欧阳修于明道二年(1033年)正月所作。当时欧阳修因公赴开封,事后又前往随县探望叔父欧阳晔,三月回到洛阳。期间夫人胥氏产子未逾一月而卒,新生儿嗷嗷待哺,而夫人却已不在,欧阳修内心十分悲痛。此文是欧阳修写在梦中与妻子相见的场景,情感真切,凄切感人。
② 君,指明道二年(1033年)欧阳修去世夫人胥氏。
③ 波,指流水,时间逝去如流水。
④ 山阿,山陵。陶渊明《挽歌辞》:"死去何所道,托体同山阿。"
⑤ 复,复生,再生。
⑥ 寐,睡着。寤,睡醒。
⑦ 尺蠖(huò),一种生长在树上的害虫,行动时身体一屈一伸地前进。
⑧ 耿耿,微明的样子。
⑨ 澌,尽,灭。《礼记·曲礼》:"死之言澌也。"

得者为实,梦之所得者为想。"苟一慰乎予心,又何较乎真妄①?

绿发兮思君而白②,丰肌兮以君而瘠③,君之意兮不可忘,何憔悴而云惜?愿日之疾兮,愿月之迟,夜长于昼兮,无有四时。虽音容之远矣,于恍惚以求之。

卖油翁④

陈康肃公尧咨善射⑤,当世无双,公亦以此自矜⑥。尝射于家圃⑦,有卖油翁释担而立,睨之⑧,久而不去。见其发矢十中八九,但微颔之⑨。

康肃问曰:"汝亦知射乎?吾射不亦精乎?"翁曰:"无他,但手熟尔。"康肃忿然曰:"尔安敢轻吾射!"翁曰:"以我酌油知之。"乃取一葫芦置于地,以钱覆其口,徐以杓酌油沥之,自钱孔入,而钱不湿。因曰⑩:"我亦无他,惟手熟尔。"康肃笑而遣之⑪。

---

① 真妄,真实与妄想。
② 绿发,黑色的鬓发。
③ 瘠,消瘦。
④ 该文选自欧阳修的《归田录》,是欧阳修晚年辞官还乡期间所作。该文表面看来是通过一个简单生动的故事来讲述"熟能生巧"的道理,实际上作者是想说世间事虽有高低贵贱之分,然而隐含在事物背后的道理却是共通的,所以也不应该取得一些成绩就骄矜自喜,轻慢他人。
⑤ 善,擅长。
⑥ 自矜,自夸。矜,夸耀。
⑦ 圃,花园。
⑧ 睨(nì),拿眼睛斜着看。
⑨ 微,稍稍。颔(hàn),点头。
⑩ 因,趁机。
⑪ 遣,送走。

六一居士传①

　　六一居士初谪滁山,自号醉翁。既老而衰且病,将退休于颍水之上②,则又更号六一居士。客有问曰:"六一,何谓也?"居士曰:"吾家藏书一万卷,集录三代以来金石遗文一千卷,有琴一张,有棋一局,而常置酒一壶。"客曰:"是为五一尔,奈何?"居士曰:"以吾一翁,老于此五物之间,是岂不为六一乎?"客笑曰:"子欲逃名者乎③?而屡易其号。此庄生所诮畏影而走乎日中者也;余将见子疾走大喘渴死,而名不得逃也。"居士曰:"吾因知名之不可逃,然亦知夫不必逃也;吾为此名,聊以志吾之乐尔。"客曰:"其乐如何?"居士曰:"吾之乐可胜道哉!方其得意于五物也,泰山在前而不见,疾雷破柱而不惊;虽响九奏于洞庭之野④,阅大战于涿鹿之原,未足喻其乐且适也。然常患不得极吾乐于其间者,世事之为吾累者众也。其大者有二焉,轩裳珪组劳吾形于外⑤,忧患思虑劳吾心于内,使吾形不病而已悴,心未老而先衰,尚何暇于五物哉?虽然,吾自乞其身于朝者三年矣,一日天子恻然哀

---

　　① 此文作于宋神宗熙宁三年(1070年),写此文时欧阳修已过耳顺之年,该文是欧阳修晚年为自己所写的传记,颇似陶渊明的《五柳先生传》。该文以宾主问答的形式,书写自己晚年的生活情趣,表达希望退休还乡的愿望。该文语言简约,将一生事都轻描淡写,体现了欧阳修晚年经历了人生变故与磨难后的淡定与从容。
　　② 颍水,淮河支流,发源于河南,此处代指颍州。熙宁元年(1068年),欧阳修在颍州修建房舍,准备退居。
　　③ 逃名,逃避声名。
　　④ 九奏,九韶,虞舜时的音乐。
　　⑤ 轩裳珪组,指官员的车马、服饰、印信等。轩,车驾。裳,服装。珪,玉器,表示信符。组,系印的绳子。

97

之,赐其骸骨①,使得与此五物偕返于田庐,庶几偿其夙愿焉。此吾之所以志也。"客复笑曰:"子知轩裳珪组之累其形,而不知五物之累其心乎?"居士曰:"不然。累于彼者已劳矣,又多忧;累于此者既佚矣,幸无患。吾其何择哉?"于是与客俱起,握手大笑曰:"置之,区区不足较也。"已而叹曰:"夫士少而仕,老而休,盖有不待七十者矣②。吾素慕之,宜去一也。吾尝用于时矣,而讫无称焉③,宜去二也。壮犹如此,今既老且病矣,乃以难强之筋骸,贪过分之荣禄,是将违其素志而自食其言④,宜去三也。吾负三宜去⑤,虽无五物,其去宜矣,复何道哉!"熙宁三年九月七日,六一居士自传。

送杨寘序⑥

予尝有幽忧之疾,退而闲居,不能治也。既而学琴于友人孙道滋,受宫声数引⑦,久而乐之,不知其疾之在体也。夫疾,生乎忧者也。

---

① 赐其骸骨,古代官员告老辞职称赐其骸骨,是归老还乡之意。
② 不待七十,《礼记·檀弓》:"七十不俟于朝。"此时欧阳修不到七十岁,所以也有不到七十就告老作为自解。
③ 无称,没有值得称道的政绩。
④ 素志,平素的志向。
⑤ 负,有,具备。
⑥ 此文是欧阳修为杨寘(zhì)所写的一篇赠序,该文情意真挚、恳切。杨寘怀才不遇,体弱多病却要远赴欠发达的福建剑浦地区任职。欧阳修同情他的遭遇,并为其前景感到忧虑,欧阳修以自身抚琴赏乐的经验与杨寘分享,希望音乐能够同样抚慰他漂泊异乡的游子之心。后人对此文的评价甚高,清人储欣则评价该文"千年绝调,此移我情",清人毛庆蕃称此文"风韵尤绝"。
⑦ 受宫声数引,即学会了几支乐曲。宫声,五音之一。我国古代有五声,宫、商、角、徵、羽。引,乐曲体裁一种,古代琴曲有操、弄、引等别名。

药之毒者,能攻其疾之聚,不若声之至者,能和其心之所不平。心而平,不和者和,则疾之忘也宜哉。

夫琴之为技小矣,及其至也①,大者为宫,细者为羽,操弦骤作,忽然变之,急者凄以促,缓者舒然以和,如崩崖裂石、高山出泉,而风雨夜至也。如怨夫寡妇之叹息,雌雄雍雍之相鸣也。其忧深思远,则舜与文王、孔子之遗音也②;悲愁感愤,则伯奇孤子、屈原忠臣之所叹也。喜怒哀乐,动人必深。而纯古淡泊,与夫尧舜三代之言语、孔子之文章、《易》之忧患③、《诗》之怨刺无以异④。其能听之以耳,应之以手,取其和者,道其湮郁,写其幽思,则感人之际,亦有至者焉。

予友杨君,好学有文,累以进士举,不得志。及从荫调,为尉于剑浦⑤,区区在东南数千里外⑥,是其心固有不平者。且少又多疾,而南方少医药。风俗饮食异宜。以多疾之体,有不平之心,居异宜之俗⑦,其能郁郁以久乎?然欲平其心以养其疾,于琴亦将有得焉。故予作《琴说》以赠其行,且邀道滋酌酒进琴以为别。

---

① 及其至也,达到至高的境界。
② 舜与文王、孔子之遗音,相传舜作五弦琴,周王被拘羑里作《拘幽操》,孔子曾作《猗兰操》《龟山操》。
③ 《易》之忧患,指《周易》。司马迁《报任安书》:"文王拘而演《周易》",相传周王被纣拘在羑里后推演易之八卦为六十四卦。《周易·系辞下》:"作《周易》者,其有忧患乎!"
④ 《诗》之怨刺,指《诗经》有抒发哀怨讽刺时政的功用。
⑤ 剑浦,今福建南屏一带。
⑥ 区区,形容极小。
⑦ 异宜,不相宜。

苏氏文集序①

予友苏子美之亡后四年②,始得其平生文章遗稿于太子太傅杜公之家③,而集录之以为十卷。子美,杜氏婿也,遂以其集归之,而告于公曰:"斯文,金玉也,弃掷埋没粪土,不能销蚀。其见遗于一时,必有收而宝之于后世者。虽其埋没而未出,其精气光怪已能常自发见,而物亦不能掩也。故方其摈斥摧挫、流离穷厄之时,文章已自行于天下,虽其怨家仇人及尝能出力而挤之死者,至其文章,则不能少毁而掩蔽之也。凡人之情忽近而贵远,子美屈于今世犹若此,其申于后世宜如何也!公其可无恨。"

予尝考前世文章政理之盛衰④,而怪唐太宗致治几乎三王之盛,而文章不能革五代之余习。后百有余年,韩、李之徒出,然后元和之文始得于古。唐衰兵乱,又百余年而圣宋兴,天下一定,晏然无事。又几百年⑤,而古文始盛于今。自古治时少而乱时多,幸时治矣,文章或不能纯粹,或迟久而不相及,何其难之若是欤?岂非难得其人欤?

---

① 此文是欧阳修为好友苏舜钦的文集所写的序。苏舜钦与欧阳修同为北宋诗文革新运动的领袖先驱人物,在当时与欧阳修、梅尧臣齐名,并称"欧苏"或"苏梅"。苏舜钦因支持范仲淹革新得罪了守旧派势力,因故被劾奏,后一直寄居在苏州,年仅四十一岁便抑郁而终。欧阳修在其病故后四年为其编写文集,并写下此篇序言。除此文外,欧阳修还曾写过《祭苏子美文》和《湖州长史苏君墓志铭》。

② 苏子美,苏舜钦,字子美,祖籍梓州铜山(四川中江),卒于庆历八年(1048年)。

③ 太子太傅杜公,杜衍,字世宗,岳州山阴人。太子太傅,官名,太子师傅。杜衍为苏舜钦的岳父。

④ 政理,政治。

⑤ 几,将近。

苟一有其人，又幸而及出于治世，世其可不为之贵重而爱惜之欤？嗟吾子美，以一酒食之过，至废为民而流落以死。此其可以叹息流涕，而为当世仁人君子之职位宜与国家乐育贤材者惜也。

子美之齿少于予①，而予学古文反在其后。天圣之间，予举进士于有司，见时学者务以言语声偶摘裂②，号为时文，以相夸尚。而子美独与其兄才翁及穆参军伯长，作为古歌诗杂文，时人颇共非笑之，而子美不顾也。其后天子患时文之弊，下诏书讽勉学者以近古，由是其风渐息，而学者稍趋于古焉。独子美为于举世不为之时，其始终自守，不牵世俗趋舍，可谓特立之士也。

子美官至大理评事、集贤校理而废，后为湖州长史以卒，享年四十有一。其状貌奇伟，望之昂然，而即之温温③，久而愈可爱慕。其材虽高，而人亦不甚嫉忌，其击而去之者，意不在子美也。赖天子聪明仁圣，凡当时所指名而排斥，二三大臣而下，欲以子美为根而累之者，皆蒙保全，今并列于荣宠。虽与子美同时饮酒得罪之人，多一时之豪俊，亦被收采，进显于朝廷。而子美独不幸死矣，岂非其命也？悲夫！庐陵欧阳修序。

---

① 齿，年龄。
② 摘(tī)裂，注重雕琢词句，讲究胜率对偶，生硬摘取前人文辞，显得支离破碎。
③ 望之盎然，即之温温，见《论语•子张》："望之俨然，即之也温。"温温，温和柔顺的样子。

苏 洵

苏洵(1009—1066)，字明允，自号老泉，亦称老苏，眉州眉山(今属四川眉山)人。北宋文学家，与其子苏轼、苏辙并以文学著称于世，世称"三苏"，均被列入"唐宋八大家"。苏洵擅长于散文，尤其擅长政论，议论明畅，笔势雄健，著有《嘉祐集》二十卷，及《谥法》三卷等。

苏洵出生于一个富裕的乡村家庭，其兄苏澹、苏涣都考中进士。苏洵少不好读书，爱遍游山水，至二十七岁始发愤攻读，走上科举仕进之路。他先后两次举进士不中，从此"决意功与名，而自托于学术"。闭户读书后"大究六经、百家之说，考质古今治乱成败，圣贤穷达出外之际"，终在思想境界与写作技巧上得到了极大的飞升，下笔成文、立刻千言。成都尹张方平看了苏洵的文章后，对其才华极为赏识，建议他去拜见当时的文坛泰斗欧阳修，欧阳修看了苏洵的文章也很是赞赏，进奏朝廷，但朝廷只是按照常例召试，苏洵不想应召。而此时苏轼、苏辙兄弟二人一举中弟，苏洵更是既欣慰又辛酸，他写诗道："莫道登科易，老夫如登天。莫道登科难，小儿如拾芥。"后妻子程氏病逝，父子三人匆匆返乡，苏洵年事已高，对仕途开始淡然。而宰相韩琦又奏于朝廷，召苏洵入舍院试策论，苏洵写了《上皇帝书》，托病不就，但为了两个儿子的仕途，苏洵还是赴京，但是拒绝应试，朝廷授予他秘书省校书郎，又奉命参与《太常因革礼》的编修，书成一百卷而卒，年五十七岁。追赠光禄寺丞。死后葬于家乡眉山老人泉。

心　术①

　　为将之道,当先治心②。泰山崩于前而色不变,麋鹿兴于左而目不瞬③,然后可以制利害,可以待敌。

　　凡兵上义;不义,虽利勿动。非一动之为利害,而他日将有所不可措手足也。夫惟义可以怒士④,士以义怒,可与百战。

　　凡战之道,未战养其财,将战养其力,既战养其气,既胜养其心。谨烽燧⑤,严斥堠⑥,使耕者无所顾忌,所以养其财;丰犒而优游之,所以养其力;小胜益急,小挫益厉⑦,所以养其气;用人不尽其所欲为⑧,所以养其心。故士常蓄其怒、怀其欲而不尽。怒不尽则有余勇,欲不尽则有余贪。故虽并天下,而士不厌兵,此黄帝之所以七十战而兵不殆也。不养其心,一战而胜,不可用矣。

　　凡将欲智而严,凡士欲愚。智则不可测,严则不可犯,故士皆委己而听命,夫安得不愚?夫惟士愚,而后可与之皆死。

---

　　① 该文是苏洵《权书》中所收十篇文章中的第一篇,有序言性质,该文写的是苏洵阅读研究兵法的心得感悟,主要是讲述为将的内心修养与带兵之术。文章结构很有特色,清人吴楚材、吴调侯评价该文:"此篇逐节自为段落,非一片起伏首尾议论也。然先后不紊。由养士而审势,由审势而出奇,由出奇而守备,段落鲜明,井然有序。文心之善变化也。"此外,该文善用排比、对偶,读来气势充沛,铿锵有力,文采斐然。
　　② 治,研究。
　　③ 瞬,眨眼。
　　④ 怒士,使士怒。
　　⑤ 谨烽燧,谨慎做好报警工作。烽,烽火。燧(suì),烽烟。
　　⑥ 斥堠,供士兵居住瞭望敌情的碉堡。
　　⑦ 小挫益厉,受到小挫折更要激励士气。
　　⑧ 不尽其所欲为,不完全满足他们想做的。

凡兵之动,知敌之主,知敌之将,而后可以动于险。邓艾缒兵于蜀中①,非刘禅之庸②,则百万之师可以坐缚,彼固有所侮而动也③。故古之贤将,能以兵尝敌,而又以敌自尝,故去就可以决。

凡主将之道,知理而后可以举兵,知势而后可以加兵,知节而后可以用兵。知理则不屈,知势则不沮,知节则不穷。见小利不动,见小患不避,小利小患,不足以辱吾技也,夫然后有以支大利大患。夫惟养技而自爱者,无敌于天下。故一忍可以支百勇④,一静可以制百动。

兵有长短,敌我一也。敢问:"吾之所长,吾出而用之,彼将不与吾校;吾之所短,吾蔽而置之,彼将强与吾角,奈何?"曰:"吾之所短,吾抗而暴之,使之疑而却;吾之所长,吾阴而养之,使之狎而堕其中⑤。此用长短之术也。"

善用兵者,使之无所顾,有所恃。无所顾,则知死之不足惜;有所恃,则知不至于必败。尺箠当猛虎⑥,奋呼而操击;徒手遇蜥蜴,变色而却步,人之情也。知此者,可以将矣。袒裼而案剑⑦,则乌获不敢逼⑧;冠胄衣甲,据兵而寝⑨,则童子弯弓杀之矣。故善用兵者以形

---

① 邓艾,字士载,三国时任魏镇西将军。景元四年(263年),他选择一条险路攻打蜀国,让士兵们用绳子拴住身体坠下去,破了天险蜀道,消灭了蜀汉。
② 刘禅,刘备之子,昏庸无能。
③ 侮,轻慢,瞧不起。
④ 支,撑。
⑤ 狎,忽略,掉以轻心。
⑥ 尺箠(chuí),约一尺长的木棍。当,挡。
⑦ 袒裼(xī),赤身露臂。
⑧ 乌获,战国时秦武王的勇士,大力士。
⑨ 据兵,拿着兵器。

固。夫能以形固①,则力有余矣。

六国论②

六国破灭,非兵不利,战不善,弊在赂秦。赂秦而力亏,破灭之道也。或曰:六国互丧③,率赂秦耶?曰:不赂者以赂者丧,盖失强援,不能独完④。故曰:弊在赂秦也。

秦以攻取之外,小则获邑,大则得城。较秦之所得,与战胜而得者,其实百倍;诸侯之所亡,与战败而亡者,其实亦百倍。则秦之所大欲,诸侯之所大患,固不在战矣。思厥先祖父,暴霜露,斩荆棘,以有尺寸之地。子孙视之不甚惜,举以予人,如弃草芥⑤。今日割五城,明日割十城,然后得一夕安寝。起视四境,而秦兵又至矣。然则诸侯之地有限,暴秦之欲无厌,奉之弥繁,侵之愈急。故不战而强弱胜负已判矣。至于颠覆,理固宜然。古人云:"以地事秦,犹抱薪救火,薪不尽,火不灭。"此言得之。

齐人未尝赂秦,终继五国迁灭,何哉?与嬴而不助五国也。五国既丧,齐亦不免矣。燕赵之君,始有远略,能守其土,义不赂秦。是故

---

① 以形固,凭借有利的形式巩固自己的阵容。
② 《六国论》又作《六国》,此文为《权书》第八篇,是苏洵所写的一篇史论散文,表面看来此文是探讨六国破灭的原因,然而该文实际上是一篇政论文,苏洵以古讽今,含蓄地表达了对北宋软弱妥协的外交政策的不满。三苏均写过《六国论》,而各有侧重,苏洵写"赂",苏轼写"士",苏辙写"势",而苏洵的这篇《六国论》立场鲜明,说理有理有据,善用比喻,形象生动,善用铺陈,气势雄浑,可称得上是三苏《六国论》最佳者。
③ 互,交互,一个接一个。
④ 完,完整,保存。
⑤ 草芥,比喻极其低贱的东西。

燕虽小国而后亡,斯用兵之效也。至丹以荆卿为计,始速祸焉。赵尝五战于秦,二败而三胜。后秦击赵者再,李牧连却之①。洎牧以谗诛②,邯郸为郡,惜其用武而不终也。且燕赵处秦革灭殆尽之际,可谓智力孤危,战败而亡,诚不得已。向使三国各爱其地③,齐人勿附于秦,刺客不行,良将犹在④,则胜负之数,存亡之理,当与秦相较,或未易量。

呜呼!以赂秦之地,封天下之谋臣,以事秦之心,礼天下之奇才,并力西向,则吾恐秦人食之不得下咽也。悲夫!有如此之势,而为秦人积威之所劫,日削月割,以趋于亡。为国者无使为积威之所劫哉!

夫六国与秦皆诸侯,其势弱于秦,而犹有可以不赂而胜之之势。苟以天下之大,下而从六国破亡之故事,是又在六国下矣。

明　论⑤

天下有大知,有小知。人之智虑有所及,有所不及。圣人以其大知而兼其小知之功,贤人以其所及而济其所不及,愚者不知大知,而

---

① 李牧连却之,李牧赵国良将,领兵抗秦屡立战功,被封为武安君。
② 洎(jì),及,等到。此句指公元前229年,秦将王翦攻赵,李牧连败秦军,秦用反间计,买通赵王宠臣郭开诬陷李牧谋反,赵王夺回李牧兵权。李牧不受命,被杀。
③ 向使,当初假使。
④ 刺客,指荆轲。良将,指李牧。
⑤ 该文主要是就贤人做事之明而作,文中多用比喻、对比等手法,虚实相间,开合自如,给人一种洒脱畅达之感。明,明察。

以其所不及丧其所及。故圣人之治天下也以常①，而贤人之治天下也以时②。既不能常，又不能时，悲夫殆哉！夫惟大知，而后可以常，以其所及济其所不及，而后可以时。常也者，无治而不治者也。时也者，无乱而不治者也。

　　日月经乎中天，大可以被四海，而小或不能入一室之下，彼固无用此区区小明也③。故天下视日月之光，俨然其若君父之威。故自有天地而有日月，以至于今而未尝可以一日无焉。天下尝有言曰：叛父母，亵神明，则雷霆下击之。雷霆固不能为天下尽击此等辈也，而天下之所以兢兢然不敢犯者④，有时而不测也。使雷霆日轰轰绕天下以求夫叛父母、亵神明之人而击之，则其人未必能尽，而雷霆之威无乃亵乎！故夫知日月雷霆之分者，可以用其明矣。圣人之明，吾不得而知也。吾独爱夫贤者之用其心约而成功博也，吾独怪夫愚者之用其心劳而功不成也。是无他也，专于其所及而及之，则其及必精，兼于其所不及而及之，则其及必粗。及之而精，人将曰是惟无及，及则精矣。不然，吾恐奸雄之窃笑也。齐威王即位，大乱三载，威王一奋而诸侯震惧二十年。是何修何营邪？夫齐国之贤者，非独一即墨大夫⑤，明矣。乱齐国者，非独一阿大夫⑥，与左右誉阿而毁即墨者几人，亦明矣。一即墨大夫易知也，一阿大夫易知也，左右誉阿而毁即墨者几人易知也，从其易知而精之，故用心甚约而成功博也。

---

① 常，常法。
② 时，一时的办法。
③ 区区，形容小。
④ 兢兢，恐惧貌。
⑤ 即墨，山东平度东南。阿，今山东阳谷东北。
⑥ 阿，今山东阳谷东北。

天下之事，譬如有物十焉，吾举其一，而人不知吾之不知其九也。历数之至于九，而不知其一，不如举一之不可测也，而况乎不至于九也。

辨奸论①

事有必至，理有固然。惟天下之静者，乃能见微而知著②。月晕而风，础润而雨③，人人知之。人事之推移，理势之相因，其疏阔而难知，变化而不可测者，孰与天地阴阳之事。而贤者有不知，其故何也？好恶乱其中，而利害夺其外也！

昔者，山巨源见王衍曰④："误天下苍生者，必此人也！"郭汾阳见卢杞曰⑤："此人得志。吾子孙无遗类矣！"自今而言之，其理固有可见者。以吾观之，王衍之为人，容貌言语，固有以欺世而盗名者。然不

---

① 此文的作者及主题一直以来存在争议，有人认为该文是他人假借苏洵之名而作，有人认为该文是苏洵攻击王安石之作，但是当下我们还没有十足的证据去证明这些观点。抛开这些问题不谈，此文是一篇佳作，主要是探讨如何辨«认奸，然而该文一开始则从虚处入手来写人间与自然想通之理，然后再臧否历史上的奸人，最后得出结论：奸人通常"不近人情"，最后以悲叹作结。茅坤曾评价该文："养奇杰之才而特契出古者议能一节，以感悟当世，直是刺骨。"

② 见微知著，看到微小的苗头而预知发展的趋势。

③ 础，柱下石墩。

④ 山巨源，山涛（205—283），字巨源，晋河内怀人，好老庄，隐身自晦，与嵇康、阮籍等为竹林之交。王衍（256—311）字夷甫，晋琅琊临沂人（今山东临沂），喜好老庄玄言，所论义理多变，世号"口中雌黄"，累居显职。

⑤ 郭汾阳，郭子仪（697—781），华州郑县（今陕西华县）人，因平定安史之乱，被封为汾阳郡王。卢杞，字子良，滑州人，建中二年（781年），迁御史大夫，寻擢门下侍郎，同中书门下平章事。据《新唐书》记载，郭子仪在家会宾客并不屏退婢妾，唯见卢杞要屏退婢妾，旁人问其缘故，郭子仪说卢杞相貌丑陋，婢妾见后难免会嘲笑，遭到他的记恨，日后得知便会杀害自己全家。

忮不求①,与物浮沉。使晋无惠帝,仅得中主,虽衍百千,何从而乱天下乎?卢杞之奸,固足以败国。然而不学无文,容貌不足以动人,言语不足以眩世,非德宗之鄙暗,亦何从而用之?由是言之,二公之料二子,亦容有未必然也!

今有人,口诵孔、老之言,身履夷、齐之行,收召好名之士、不得志之人,相与造作言语,私立名字,以为颜渊、孟轲复出,而阴贼险狠,与人异趣。是王衍、卢杞合而为一人也。其祸岂可胜言哉?夫面垢不忘洗,衣垢不忘浣②。此人之至情也。今也不然,衣臣虏之衣,食犬彘之食,囚首丧面,而谈诗书,此岂其情也哉?凡事之不近人情者,鲜不为大奸慝,竖刁、易牙、开方是也③。以盖世之名,而济其未形之患。虽有愿治之主,好贤之相,犹将举而用之。则其为天下患,必然而无疑者,非特二子之比也。

孙子曰:"善用兵者,无赫赫之功。"使斯人而不用也,则吾言为过,而斯人有不遇之叹。孰知祸之至于此哉?不然。天下将被其祸④,而吾获知言之名,悲夫!

---

① 不忮(zhì)不求,不记恨,不贪求。

② 浣,洗。

③ 奸慝(tè),奸邪、邪恶。竖刁、易牙、开方,均为齐桓公佞臣,竖刁为了邀宠将自己阉割。易牙,善烹饪,传说烹其子以进桓公。开方,本为卫国公子,到齐国做了桓公的幸臣。

④ 被,蒙受。

管仲论①

　　管仲相桓公,霸诸侯,攘夷狄②,终其身齐国富强,诸侯不敢叛。管仲死,竖刁、易牙、开方用③,威公薨于乱,五公子争立④,其祸蔓延,讫简公,齐无宁岁。

　　夫功之成,非成于成之日,盖必有所由起;祸之作,不作于作之日,亦必有所由兆。故齐之治也,吾不曰管仲,而曰鲍叔⑤。及其乱也,吾不曰竖刁、易牙、开方,而曰管仲。何则?竖刁、易牙、开方三子,彼固乱人国者,顾其用之者,威公也。夫有舜而后知放四凶⑥,有仲尼而后知去少正卯⑦。彼威公何人也?顾其使威公得用三子者,管仲也。仲之疾也,公问之相。当是时也,吾意以仲且举天下之贤者以对。而其言乃不过曰:竖刁、易牙、开方三子,非人情,不可近而已。

　　呜呼!仲以为威公果能不用三子矣乎?仲与威公处几年矣,亦

---

　　① 管仲是春秋时期重要政治家,辅佐齐国富国强兵,齐桓公成为春秋霸主。后人对管仲的评价基本上是肯定的,然而苏洵此文认为管仲没有治理齐国的功劳,反有乱齐之过。因为他临终没有荐贤,导致死后齐国被竖刁、易牙、开方等人所乱。
　　② 攘,排斥。
　　③ 竖刁、易牙、开方,均为齐桓公佞臣,竖刁为了邀宠将自己阉割。易牙,善烹饪,传说烹其子以进桓公。开方,本为卫国公子,到齐国做了桓公的幸臣。
　　④ 五公子,桓公生前已立公子昭为君位的继承人,桓公死,五公子不治丧,忙于争夺王位,造成齐国内乱、外患不绝。
　　⑤ 鲍叔,即鲍叔牙,与管仲相善,史称"管鲍"。
　　⑥ 四凶,《左传·文公十八年》:"舜臣尧,宾于四门,流四凶族:浑敦、穷奇、梼杌、饕餮,投诸四裔,以御螭魅。"
　　⑦ 正卯,少正卯,春秋鲁国大夫。孔子为鲁司寇时,少正卯以"五恶"乱政罪被杀。

知威公之为人矣乎？威公声不绝于耳，色不绝于目，而非三子者则无以遂其欲。彼其初之所以不用者，徒以有仲焉耳。一日无仲，则三子者可以弹冠而相庆①矣。仲以为将死之言可以絷威公之手足耶②？夫齐国不患有三子，而患无仲。有仲，则三子者，三匹夫耳。不然，天下岂少三子之徒哉？虽威公幸而听仲，诛此三人，而其余者，仲能悉数而去之耶？呜呼！仲可谓不知本者矣。因威公之问，举天下之贤者以自代，则仲虽死，而齐国未为无仲也。夫何患三子者？不言可也③。五伯莫盛于威、文，文公之才，不过威公，其臣又皆不及仲；灵公之虐，不如孝公之宽厚。文公死，诸侯不敢叛晋，晋习文公之余威，犹得为诸侯之盟主百余年。何者？其君虽不肖，而尚有老成人焉。威公之薨也，一乱涂地，无惑也，彼独恃一管仲，而仲则死矣。

夫天下未尝无贤者，盖有有臣而无君者矣。威公在焉，而曰天下不复有管仲者，吾不信也。仲之书④，有记其将死论鲍叔、宾胥无之为人⑤，且各疏其短。是其心以为数子者皆不足以托国。而又逆知其将死⑥，则其书诞谩不足信也。吾观史䲡⑦，以不能进蘧伯玉，而退弥子瑕，故有身后之谏。萧何且死⑧，举曹参以自代。大臣之用心，固宜如

---

① 弹冠而相庆，汉王吉与贡禹为好友，世称"王阳在位，贡公弹冠"，表示两人在仕途上同进退。典出《汉书》卷七十二《王吉传》。后用以指一人当了官，而他的亲朋好友也将有官可做而互相庆贺。后多用作贬义。
② 絷(zhí)，束缚。
③ 不言可也，犹言不在话下。
④ 仲之书，指《管子》。
⑤ 宾胥无，又作宾须无，春秋齐国大夫，桓公时贤臣。
⑥ 逆知其将死，又预知他将死去。
⑦ 史䲡，字子鱼，亦称史鱼。卫灵公不用贤臣蘧伯玉而宠信佞臣弥子瑕，史䲡数谏，灵公不听。
⑧ 萧何，汉高祖、汉惠帝时丞相，临终时推举曹参为相。

111

此也。夫国以一人兴,以一人亡。贤者不悲其身之死,而忧其国之衰,故必复有贤者,而后可以死。彼管仲者,何以死哉?

项　籍①

吾尝论项籍有取天下之才,而无取天下之虑②;曹操有取天下之虑,而无取天下之量③;玄德有取天下之量④,而无取天下之才。故三人者,终其身无成焉。且夫不有所弃,不可以得天下之势;不有所忍,不可以尽天下之利。是故地有所不取,城有所不攻,胜有所不就,败有所不避。其来不喜,其去不怒,肆天下之所为而徐制其后⑤,乃克有济⑥。

呜呼!项籍有百战百胜之才,而死于垓下,无惑也。吾观其战于钜鹿也,见其虑之不长。量之不大,未尝不怪其死于垓下之晚也。方籍之渡河,沛公始整兵向关,籍于此时若急引军趋秦,及其锋而用之,

---

① 此文为《权书》第九篇,主要从打仗的战略角度来探究项羽失败的原因。项籍,字羽,下相(今江苏宿迁)人,楚贵族出身。少时随叔父项梁避仇吴中,力能扛鼎,勇猛过人,吴国子弟皆惮之。陈胜起义,他助梁杀会稽守,举吴中兵响应。梁死,秦将章邯围赵,楚怀王任宋义为上将,他为次将,往救赵,破釜沉舟,于钜鹿摧毁秦军主力,后又坑杀秦降卒二十余万。后入关,自立为西楚霸王,大封诸侯王,封刘邦汉王。屠咸阳,杀秦降王子婴,烧秦宫室。随后与刘邦争天下,历时四年,史称楚汉战争,公元前202年,被刘邦困于垓下,突围到乌江,自刎。
② 虑,思虑,谋划。
③ 量,气量,度量。
④ 玄德,刘备。
⑤ 徐制其后,后发制人。徐,缓慢。
⑥ 乃克有济,方能成功。克,能够。济,成功。

可以据咸阳,制天下。不知出此,而区区与秦将争一旦之命①,既全钜鹿而犹徘徊河南、新安间,至函谷,则沛公入咸阳数月矣。夫秦人既已安沛公而仇籍,则其势不得强而臣。故籍虽迁沛公汉中,而卒都彭城,使沛公得还定三秦,则天下之势在汉不在楚。楚虽百战百胜,尚何益哉!故曰:兆垓下之死者,钜鹿之战也。

或曰:虽然,籍必能入秦乎?曰:项梁死,章邯谓楚不足虑,故移兵伐赵,有轻楚心,而良将劲兵尽于钜鹿。籍诚能以必死之士②,击其轻敌寡弱之师,入之易耳。且亡秦之守关,与沛公之守,善否可知也。沛公之攻关,与籍之攻,善否又可知也。以秦之守而沛公攻入之,沛公之守而籍攻入之,然则亡秦之守,籍不能入哉?或曰:秦可入矣,如救赵何?曰:虎方捕鹿,罴据其穴,搏其子,虎安得不置鹿而返。返则碎于罴明矣。军志所谓攻其必救也③。使籍入关,王离、涉间必释赵自救。籍据关逆击其前,赵与诸侯救者十余壁蹑其后,覆之必矣。是籍一举解赵之围,而收功于秦也。战国时,魏伐赵,齐救之。田忌引兵疾走大梁,因存赵而破魏。彼宋义号知兵,殊不达此,屯安阳不进,而曰待秦敝。吾恐秦未敝,而沛公先据关矣。籍与义俱失焉。是故古之取天下者,常先图所守。诸葛孔明弃荆州而就西蜀,吾知其无能为也。且彼未尝见大险也,彼以为剑门者可以不亡也④。吾尝观蜀之险,其守不可出,其出不可继,兢兢而自完犹且不给⑤,而何足以制中

---

① 区区,小小,此处引申为斤斤计较。
② 必死之士,不怕牺牲的战士。
③ 军志,兵法。
④ 剑门,剑门关。今四川剑阁县。
⑤ 兢兢,小心谨慎的样子。

原哉。若夫秦、汉之故都，沃土千里，洪河大山，真可以控天下，又乌事夫不可以措足如剑门者而后曰险哉！今夫富人必居四通五达之都，使其财布出于天下①，然后可以收天下之利。有小丈夫者②，得一金，椟而藏诸家，拒户而守之③，呜呼！是求不失也，非求富也。大盗至，劫而取之，又焉知其果不失也。

高　祖④

汉高祖挟数用术⑤，以制一时之利害⑥，不如陈平⑦；揣摩天下之势，举指摇目以劫制项羽⑧，不如张良。微此二人⑨，则天下不归汉，而高帝乃木强之人而止耳。然天下已定，后世子孙之计，陈平、张良智之所不及，则高帝常先为之规画处置，以中后世之所为，晓然如目见其事而为之者⑩。盖高帝之智，明于大而暗于小，至于此而后见也。

帝尝语吕后曰⑪："周勃厚重少文⑫，然安刘氏必勃也。可令为太

---

① 财布，财物、货币。
② 小丈夫，指无大志，无所作为的人。
③ 拒户，关起门防御。拒，拒绝，抵御。
④ 《高祖》为《权书》第十篇，主要是探讨汉高祖刘邦利用权谋与时机由卑贱的草根平民一步步取得王位后如何权衡各方关系、利弊定天下、安子孙的。
⑤ 挟数用术，随机应变，运用权术。
⑥ 制，控制。
⑦ 陈平，汉初阳武人，善用权谋。原为项羽手下都尉，不久又归从刘邦，楚汉战争中，用反间计离间项羽、范增。后刘邦被匈奴困于平城，陈平又用计谋解救刘邦。
⑧ 举指遥目，指点观察，意谓出谋划策，部署战略。
⑨ 微，不是。
⑩ 晓然，清楚明白的样子。
⑪ 吕后，汉高祖皇后，名雉，字娥姁(xū)，曾辅佐刘邦定天下。
⑫ 周勃，汉初大臣，刘邦同乡。少文，缺乏文化修养。

尉。"方是时,刘氏既安矣,勃又将谁安耶?故吾之意曰:高帝之以太尉属勃也,知有吕氏之祸也。虽然,其不去吕后①,何也?势不可也。昔者武王没,成王幼,而三监叛②。帝意百岁后,将相大臣及诸侯王有武庚禄父者,而无有以制之也。独计以为家有主母,而豪奴悍婢不敢与弱子抗。吕后佐帝定天下,为大臣素所畏服,独此可以镇压其邪心,以待嗣子之壮。故不去吕氏者,为惠帝计也。

吕后既不可去,故削其党以损其权,使虽有变而天下不摇。是故以樊哙之功,一旦遂欲斩之而无疑。呜呼!彼岂独于哙不仁耶!且哙与帝偕起,援城陷阵,功不为少矣,方亚父嗾项庄时③,微哙诮让羽④,则汉之为汉,未可知也。一旦人有恶哙欲灭戚氏者,时哙出伐燕,立命平、勃即斩之。夫哙之罪未形也,恶之者诚伪,未必也,且高帝之不以一女子斩天下之功臣,亦明矣。彼其娶于吕氏,吕氏之族若产、禄辈皆庸才不足恤⑤,独哙豪健,诸将所不能制,后世之患,无大于此矣。夫高帝之视吕后也,犹医者之视堇也⑥,使其毒可以治病,而无至于杀人而已矣。樊哙死,则吕氏之毒将不至于杀人,高帝以为是足以死而无忧矣。彼平、勃者,遗其忧者也。

哙之死于惠之六年也,天也。使其尚在,则吕禄不可绐⑦,太尉不

---

① 去,除掉。

② 三监,武王伐纣灭商后,封纣的儿子武庚为诸侯,分商地为三部分,命令自己的兄弟管叔、蔡叔、霍叔各据一部,监视武庚,称为"三监"。后叛变,被周公废黜。

③ 嗾(sǒu),教唆,指使。

④ 诮让,指责。

⑤ 产、禄,指吕后的侄子吕产、吕禄。

⑥ 堇,又称"乌头",性味辛、温,有大毒。适当入药,有祛风湿、温经止痛的功效,过量会使人中毒。

⑦ 绐(dài),欺骗。

得入北军矣。或谓哙于帝最亲,使之尚在,未必与产、禄叛。夫韩信、黥布、卢绾皆南面称孤①,而绾又最为亲幸,然及高祖之未崩也,皆相继以逆诛。谁谓百岁之后,椎埋屠狗之人②,见其亲戚乘势为帝王而不欣然从之邪?吾故曰:彼平、勃者,遗其忧者也。

上韩枢密书③

太尉执事④:洵著书无他长,及言兵事,论古今形势,至自比贾谊。所献《权书》⑤,虽古人已往成败之迹,苟深晓其义,施之于今,无所不可。昨因请见,求进末议⑥,太尉许诺,谨撰其说。言语朴直,非有惊世绝俗之谈、甚高难行之论,太尉取其大纲,而无责其纤悉⑦。

盖古者非用兵决胜之为难,而养兵不用之可畏。今夫水激之山,

---

① 称孤,居于王位,称帝。
② 椎埋屠狗,指出身低微的人。椎埋,椎杀人而埋尸,一说指盗墓。屠狗,樊哙曾以屠狗为生。
③ 此文写于宋仁宗嘉祐元年(1056年),当时韩琦初任枢密使,军政久弛,士卒矫惰,欲整顿又恐忤怨生变,苏洵写此文为韩琦建言献策,矫正宋初治军之弊。苏洵的这篇文章笔势纵横,词锋犀利,清人刘大櫆曾评价苏洵散文:"雄放当属宋人书中第一。"韩枢密,韩琦,字稚圭,相州安阳(今河南安阳)人,与范仲淹并称"韩范",为庆历新政中重要人物。枢密,枢密使。宋以枢密院为最高军事机关,与中书分掌军政大权,合称"二府"。神宗前,长官为枢密使或知枢密院事,副长官为枢密副使或同知枢密院事。
④ 太尉,秦以丞相、太尉、御史大夫为最高执政官,号称"三公"。丞相治政,太尉治军,御史大夫掌管监察司法。汉初沿之,后废置不用。此以太尉借指枢密使,为雅称。
⑤ 《权书》,苏洵缩写的兵书。
⑥ 末议,微不足道之论,自谦之词。
⑦ 纤悉,细微详尽。

放之海,决之为沟塍①,壅之为沼沚②,是天下之人能之。委江湖,注淮泗,汇为洪波,潴为大湖③,万世而不溢者,自禹之后未之见也。夫兵者,聚天下不义之徒,授之以不仁之器④,而教之以杀人之事。夫惟天下之未安,盗贼之未殄,然后有以施其不义之心,用其不仁之器,而试其杀人之事。当是之时,勇者无余力,智者无余谋,巧者无余技。故其不义之心变而为忠,不仁之器加之于不仁,而杀人之事施之于当杀。及夫天下既平,盗贼既殄,不义之徒聚而不散,勇者有余力则思以为乱,智者有余谋则思以为奸,巧者有余技则思以为诈,于是天下之患杂然出矣。盖虎豹终日而不杀,则跳踉大叫⑤,以发其怒,蝮蝎终日而不螫⑥,则噬啮草木以致其毒,其理固然,无足怪者。昔者刘、项奋臂于草莽之间,秦、楚无赖子弟千百为辈,争起而应者不可胜数。转斗五六年,天下厌兵,项籍死,而高祖亦已老矣⑦。方是时,分王诸将⑧,改定律令⑨,与天下休息。而韩信、黥布之徒相继而起者七国⑩,高祖死于介胄之间而莫能止也⑪。连延及于吕氏之祸,讫孝文而后定。是何起之易而收之难也。刘、项之势,初若决河,顺流而下,诚有

---

① 塍(chéng),田埂。
② 壅(yōng),堵塞。沚,水中小块儿陆地。
③ 潴(zhū),停聚,聚积。
④ 不仁之器,武器。
⑤ 跳踉,跳跃。
⑥ 蝮,蝮蛇,剧毒。螫(shì),咬刺。
⑦ 已老矣,项羽兵败自刎乌江时,刘邦四十六岁。
⑧ 分王诸将,谓汉初刘邦分封。
⑨ 改定律定,《汉书·高祖纪》:"天下既定,命萧何次律令,韩信申军法,张苍定章程,叔孙通制礼仪。"
⑩ 七国,七个异姓王所领的封国。
⑪ 死于介胄,死于征战中。介胄,犹甲胄,披甲戴盔。

可喜。及其崩溃四出，放乎数百里之间，拱手而莫能救也。呜呼！不有圣人，何以善其后。

太祖、太宗①，躬擐甲胄，跋履险阻，以斩刈四方之蓬蒿②。用兵数十年，谋臣猛将满天下，一旦卷甲而休之③，传四世而天下无变④。此何术也。荆楚九江之地⑤，不分于诸将，而韩信、黥布之徒无以启其心也。虽然，天下无变而兵久不用，则其不义之心蓄而无所发，饱食优游，求逞于良民。观其平居无事，出怨言以邀其上。一日有急，是非人得千金⑥，不可使也。

往年诏天下缮完城池，西川之事⑦，洵实亲见。凡郡县之富民，举而籍其名⑧，得钱数百万，以为酒食馈饷之费。杵声未绝，城辄随坏，如此者数年而后定。卒事，官吏相贺，卒徒相矜，若战胜凯旋而待赏者。比来京师，游阡陌间，其曹往往偶语⑨，无所讳忌。闻之土人，方春时，尤不忍闻。盖时五六月矣。会京师忧大水，锄櫌畚筑⑩，列于两河之堧⑪，县官日费千万，传呼劳问之声不绝者数十里，犹且睊睊狼

---

① 太祖，指宋太祖赵匡胤。太宗，指宋太宗，初名匡义，后改名光义。
② 斩刈四方之蓬蒿，比喻平定四方。
③ 卷甲，收起武器。
④ 四世，太祖、太宗、真宗、仁宗四朝。
⑤ 荆楚九江之地，原为韩信、英布受封之地，约相当于汉水流域。
⑥ 是非，除非。
⑦ 西川，沿唐代"剑南西川"旧称，指今四川中西部一带。
⑧ 籍，登记。
⑨ 曹，众，指官吏。
⑩ 櫌(yōu)，同"耰"，一种农具，状如槌，可以击碎土块。畚，用草绳与竹篾编织的盛物器具。筑，捣土的杵。
⑪ 两河，黄河、汴河。堧(ruán)，河边之地。

顾①，莫肯效用。且夫内之如京师之所闻，外之如西川之所亲见，天下之势今何如也。御将者，天子之事也。御兵者，将之职也。天子者，养尊而处优，树恩而收名，与天下为喜乐者也，故其道不可以御兵。人臣执法而不求情，尽心而不求名，出死力以捍社稷，使天下之心系于一人②，而己不与焉。故御兵者，人臣之事，不可以累天子也。今之所患，大臣好名而惧谤。好名则多树私恩，惧谤则执法不坚。是以天下之兵豪纵至此，而莫之或制也。顷者狄公在枢府，号为宽厚爱人，狎昵士卒，得其欢心，而太尉适承其后。彼狄公者③，知御外之术，而不知治内之道。此边将材也。古者兵在外，爱将军而忘天子；在内，爱天子而忘将军。爱将军所以战，爱天子所以守。狄公以其御外之心，而施诸其内，太尉不反其道，而何以为治？或者以为兵久骄不治，一旦绳以法，恐因以生乱。昔者郭子仪去河南④，李光弼实代之⑤，将至之日，张用济斩于辕门⑥，三军股栗⑦。夫以临淮之悍，而代汾阳之长者，三军之士，竦然如赤子之脱慈母之怀，而立乎严师之侧，何乱之敢生？且夫天子者，天下之父母也，将相者，天下之师也。师虽严，赤子不以怨其父母，将相虽厉，天下不以咎其君，其势然也。天子者，可以生人⑧、杀人，故天下望其生，及其杀之也，天下曰：是天子杀之。故

---

① 睊睊(juàn)，侧目而视貌。狼顾，犹狼之视物。形容贪婪。
② 一人，指天子。
③ 狄公，指狄青，字汉臣，宋汾州西河人，行伍出身，善骑射，有将才。
④ 郭子仪，华州郑县(今陕西华县)人，因平定安史之乱，被封为汾阳郡王。
⑤ 李光弼，唐朝大将。
⑥ 张用济，为兵马使，叛乱时被李光弼所杀。
⑦ 股栗，大腿发抖，形容惊惧。栗，同"慄"。
⑧ 生人，使人活命。

天子不可以多杀。人臣奉天子之法，虽多杀，天下无以归怨，此先王所以威怀天下之术也。

伏惟太尉思天下所以长久之道，而无幸一时之名，尽至公之心，而无恤三军之多言。夫天子推深仁以结其心，太尉厉威武以振其堕。彼其思天子之深仁，则畏而不至于怨，思太尉之威武，则爱而不至于骄。君臣之体顺，而畏爱之道立，非太尉吾谁望邪？不宣。洵再拜。

上欧阳内翰第一书①

内翰执事②：洵布衣穷居③，尝窃有叹。以为天下之人，不能皆贤，不能皆不肖。故贤人君子之处于世，合必离，离必合。往者天子方有意于治，而范公在相府④，富公为枢密副使⑤，执事与余公、蔡公为谏官⑥，

---

① 此文是一篇干谒信，作于庆历六年（1046年），当时苏洵屡考举人、茂才不中，于是在家乡发愤苦读十年，终于学有所成，经四川地方长官张方平与雷简夫推荐，介绍给翰林执事欧阳修，于是苏氏父子三人一同上京赴试，给欧阳修写了这封"行卷"性质的干谒信，希望欧阳修能够赏识自己的才华，引荐自己走上仕途。此文虽然为干谒，但写得毫无阿谀之态，行文迂回曲折，娓娓道来。茅坤这样评价此文："此书分为三段，一段历叙诸君子之离合，见己幕望之切；二段称欧阳公之文，见己知公之深；三段自叙平生经历，欲欧阳公之知之也。而情事婉曲周折，何等意气，何等风神！"

② 内翰，唐宋时称翰林为"内翰"。执事，侍从左右办事人员，旧时书信为表敬语，意谓不敢直接致函对方，而由执事转达。

③ 布衣，平民，指没做过官的读书人。

④ 范公，指范仲淹，字希文，庆历三年（1043年）任参知政事（副宰相）。

⑤ 富公，富弼，字彦国，庆历三年（1043年），任枢密副使（全国军事副长官），分掌北方、西方边防军事。

⑥ 余公，余靖，字安道。庆历三年（1043年）为右正言（谏官）。蔡公，蔡襄，字君谟。庆历三年（1043年）为秘书丞、知谏院。

尹公驰骋上下①,用力于兵革之地。方是之时,天下之人,毛发丝粟之才,纷纷然而起,合而为一。而洵也,自度其愚鲁无用之身,不足以自奋于其间,退而养其心,幸其道之将成,而可以复见于当世之贤人君子。不幸道未成,而范公西,富公北,执事与余公、蔡公分散四出,而尹公亦失势,奔走于小官。洵时在京师,亲见其事,忽忽仰天叹息②,以为斯人之去,而道虽成,不复足以为荣也。既复自思,念往者众君子之进于朝,其始也,必有善人焉推之;今也,亦必有小人焉间之。今之世无复有善人也,则已矣。如其不然也,吾何忧焉。姑养其心,使其道大有成而待之,何伤? 退而处十年,虽未敢自谓其道有成矣,然浩浩乎,其胸中若与曩者异③。而余公适亦有成功于南方④,执事与蔡公复相继登于朝,富公复自外入为宰相,其势将复合为一。喜且自贺,以为道既已粗成,而果将有以发之也。既又反而思其向之所慕望爱悦之而不得见之者,盖有六人。今将往见之矣,而六人者已有范公、尹公二人亡焉,则又为之潸然出涕以悲。呜呼,二人者不可复见矣!而所恃以慰此心者,犹有四人也,则又以自解。思其止于四人也,则又汲汲欲一识其面⑤,以发其心之所欲言。而富公又为天子之宰相,远方寒士未可遽以言通于其前,余公、蔡公远者又在万里外,独执事在朝廷间,而其位差不甚贵,可以叫呼扳援而闻之以言。而饥寒

---

① 尹公,指尹洙,字师鲁。庆历初年以太常丞知泾州(今甘肃泾州),又以右司谏知渭州(今甘肃陇西),并兼任泾原路部署。
② 忽忽,心绪愁乱的样子。
③ 曩(nǎng),从前。
④ 适,恰好。
⑤ 汲汲,心情急切貌。

衰老之病，又痼而留之①，使不克自至于执事之庭。夫以慕望爱悦其人之心，十年而不得见，而其人已死，如范公、尹公二人者，则四人之中，非其势不可遽以言通者，何可以不能自往而遽已也？

执事之文章，天下之人莫不知之，然窃自以为洵之知之特深，愈于天下之人。何者？孟子之文，语约而意尽，不为巉刻斩绝之言，而其锋不可犯。韩子之文，如长江大河，浑浩流转，鱼鼋蛟龙，万怪惶惑，而抑遏蔽掩，不使自露，而人自见其渊然之光，苍然之色，亦自畏避，不敢迫视。执事之文，纡余委备，往复百折，而条达疏畅，无所间断。气尽语极，急言竭论，而容与闲易，无艰难劳苦之态。此三者，皆断然自为一家之文也。惟李翱之文，其味黯然而长，其光油然而幽，俯仰揖让，有执事之态。陆贽之文，遗言措意，切近得当，有执事之实。而执事之才，又自有过人者。盖执事之文，非孟子、韩子之文，而欧阳子之文也。夫乐道人之善而不为谄者，以其人诚足以当之也。彼不知者，则以为誉人以求其悦己也。夫誉人以求其悦己，洵亦不为也，而其所以道执事光明盛大之德，而不自知止者，亦欲执事之知其知我也。

虽然，执事之名满于天下，虽不见其文，而固已知有欧阳子矣。而洵也，不幸堕在草野泥涂之中，而其知道之心，又近而粗成。而欲徒手奉咫尺之书②，自托于执事，将使执事何从而知之，何从而信之哉？洵少年不学，生二十五年，始知读书，从士君子游。年既已晚，而又不遂刻意厉行，以古人自期。而视与己同列者③，皆不胜己，则遂以

---

① 痼，久病难愈。
② 咫尺之书，指书信。
③ 同列者，地位相同，一起读书的人。

为可矣。其后困益甚,然每取古人之文而读之,始觉其出言用意,与己大别。时复内顾①,自思其才则又似夫不遂止于是而已者。由是尽烧曩时所为文数百篇,取《论语》《孟子》《韩子》及其他圣人、贤人之文,而兀然端坐,终日以读之者七八年矣。方其始也,入其中而惶然,博观于其外,而骇然以惊。及其久也,读之益精,而其胸中豁然以明,若人之言固当然者,然犹未敢自出其言也。时既久,胸中之言日益多,不能自制,试出而书之,已而再三读之,浑浑乎觉其来之易矣。然犹未敢以为是也。近所为《洪范论》《史论》凡七篇,执事观其如何?嘻,区区而自言,不知者又将以为自誉以求人之知己也。惟执事思其十年之心如是之不偶然也而察之②。

上韩舍人书③

舍人执事:方今天下虽号无事,而政化未清④,狱讼未衰息,赋敛日重,府库空竭,而大者又有二敌之不臣⑤,天子震怒,大臣忧恐。自两制以上宜皆苦心焦思,日夜思念,求所以解吾君之忧者。洵自惟闲人,于国家无丝毫之责,得以优游终岁,咏歌先王之道以自乐,时或作为文章,亦不求人知。以为天下方事事,而王公大人岂暇见我哉?是

---

① 内顾,内省,自我省察。
② 十年之心,指长期以来,苏洵对欧阳修等人仰慕之心和自己求道之心。
③ 该文作于宋仁宗嘉祐二年(1056年),当时苏洵文章经欧阳修的举荐,名声大噪,加上苏轼、苏洵二子同时中举,使得苏氏父子三人名镇京城,以致很多王公大臣慕名求见。当时翰林学士韩绛就是最早求见苏洵的人,此文正是写于当时的情境下。韩舍人,韩绛,字子华,开封雍丘(今河南杞县)人,官至同中书门下平章事,当时任中书舍人。
④ 政化,政治教化。
⑤ 二敌之不臣,指辽和西夏经常侵扰宋的边境,不臣服于宋。

以逾年在京师,而其平生所愿见如君侯者,未尝一至其门。有来告洵以所欲见之之意,洵不敢不见。然不知君侯见之而何也?天子求治如此之急,君侯为两制大臣,岂欲见一闲布衣,与之论闲事邪?此洵所以不敢遽见也①。自闲居十年,人事荒废,渐不喜承迎将逢、拜伏拳跽②。王公大人苟能无以此求之,使得从容坐隅,时出其所学,或亦有足观者。今君侯辱先求之,此其必有所异乎世俗者矣。《孟子》曰:"段干木逾垣而避之,泄柳闭门而不纳,是皆已甚。迫,斯可以见矣。"③呜呼!吾岂斯人之徒欤!欲见我而见之,不欲见而徐去之何伤?况如君侯,平生所愿见者,又何辞焉?不宣。洵再拜。

与梅圣俞书④

圣俞足下⑤:瞬间忽复岁晚,昨九月中尝发书,计已达左右。洵闲居经岁,益知无事之乐,旧病渐复散去,独恨沦废山林,不得圣俞、永

---

① 遽,仓促。
② 拜伏拳跽,泛指繁文缛节。拳,同"踡",屈曲,指屈身鞠躬。跽,长跪。
③ 语见《孟子·滕文公下》。段干木,战国初魏文侯时贤人,守道不移,据说为了拒绝做官,当魏文侯造访时,他翻墙躲避。泄柳,春秋时鲁国人,鲁缪公听说他贤明,前去拜访,他开始闭门不出,后为缪公臣。迫,迫不得已。
④ 此文写于嘉祐三年(1058年)十二月。此前,嘉祐元年(1056年)时苏氏父子进京应举,苏轼、苏洵二人同时中举。二年(1057年)五月苏洵妻子程氏去世,苏洵携二子归里。三年朝中召苏洵试策论于舍人院。苏洵上书仁宗,称病不赴试。此文就是他写给梅尧臣的信,讲述他不赴试的真实原因。梅圣俞,名尧臣,字圣俞,宣城人,官至尚书都官外部。与欧阳修交情颇深,常相唱和。
⑤ 足下,称呼对方的敬词。

叔相与谈笑,深以嗟惋。自离京师①,行已二年,不意朝廷尚未见遗,以其不肖之文犹有可采者,前月承本州发遣赴阙就试。圣俞自思,仆岂欲试者? 惟其平生不能区区附合有司之尺度,是以至此穷困。今乃以五十衰病之身,奔走万里以就试,不亦为山林之士所轻笑哉。自思少年尝举茂才②,中夜起坐,裹饭携饼,待晓东华门外③,逐队而入,屈膝就席,俯首据案。其后每思至此,即为寒心。今齿日益老,尚安能使达官贵人复弄其文墨,以穷其所不知邪?

且以永叔之言与夫三书之所云④,皆世之所见。今千里召仆而试之,盖其心尚有所未信,此尤不可苟进以求其荣利也。昨适有病,遂以此辞。然恐无以答朝廷之恩,因为《上皇帝书》一通以进,盖以自解其不至之罪而已。不知圣俞当见之否? 冬寒,千万加爱。

张益州画像记⑤

至和元年秋⑥,蜀人传言有寇至,边军夜呼,野无居人,谣言流闻,

---

① 自离京师,指妻子程氏去世,苏氏父子三人匆匆离京。
② 茂材,即茂材异等,指科考试名。
③ 东华门,为宋代殿试之所。
④ 三书,指苏洵所著的《权书》《衡论》《几策》。
⑤ 本文主要记述知州张方平成功处置益州社会动荡的局面,得到百姓爱戴,因此为他画像的事件。张益州,即张方平(1007—1091),名咏,字方平,北宋南京(今河南商丘)人,官至参知政事,卒谥"文定"。因其当时任益州知州,故称张益州。
⑥ 至和元年,1054年,至和,宋仁宗赵祯的年号。

京师震惊①。方命择帅,天子曰:"毋养乱②,毋助变。众言朋兴③,朕志自定。外乱不作,变且中起,不可以文令,又不可以武竞,惟朕一二大吏。孰为能处兹文武之间,其命往抚朕师?"乃推曰:张公方平其人。天子曰:"然。"公以亲辞,不可,遂行。冬十一月至蜀,至之日,归屯军,撤守备,使谓郡县:"寇来在吾,无尔劳苦。"明年正月朔旦,蜀人相庆如他日,遂以无事。又明年正月,相告留公像于净众寺,公不能禁。

眉阳苏洵言于众曰:"未乱,易治也;既乱,易治也;有乱之萌,无乱之形,是谓将乱,将乱难治,不可以有乱急,亦不可以无乱弛④。惟是元年之秋,如器之敧⑤,未坠于地。惟尔张公,安坐于其旁,颜色不变,徐起而正之。既正,油然而退,无矜容⑥。为天子牧小民不倦⑦,惟尔张公。尔繄以生⑧,惟尔父母。且公尝为我言'民无常性,惟上所待。人皆曰蜀人多变,于是待之以待盗贼之意,而绳之以绳盗贼之法。重足屏息之民,而以斧令。于是民始忍以其父母妻子之所仰赖之身,而弃之于盗贼,故每每大乱。夫约之以礼,驱之以法,惟蜀人为易。至于急之而生变,虽齐、鲁亦然。吾以齐、鲁待蜀人,而蜀人亦自

---

① 京师,京城,指当时北宋首都汴京(今河南开封)。
② 养乱,酿成祸乱。
③ 朋兴,群起。
④ 弛,松懈,从容不迫。
⑤ 敧(qī),倾侧,不平稳。
⑥ 矜容,居功自傲的表情。
⑦ 牧,管理,治理。
⑧ 繄(yī),是,此,一说为句首语气词。

以齐、鲁之人待其身。若夫肆意于法律之外，以威劫齐民，吾不忍为也。呜呼！爱蜀人之深，待蜀人之厚，自公而前，吾未始见也。"皆再拜稽首曰："然。"①

苏洵又曰："公之恩在尔心，尔死在尔子孙，其功业在史官，无以像为也。且公意不欲，如何？"皆曰："公则何事于斯？虽然，于我心有不释焉②。今夫平居闻一善③，必问其人之姓名与其乡里之所在，以至于其长短大小美恶之状，甚者或诘其平生所嗜好④，以想见其为人。而史官亦书之于其传，意使天下之人，思之于心，则存之于目；存之于目，故其思之于心也固。由此观之，像亦不为无助。"苏洵无以诘，遂为之记。

公，南京人，为人慷慨有大节，以度量雄天下。天下有大事，公可属⑤。系之以诗曰：天子在祚⑥，岁在甲午⑦。西人传言，有寇在垣。庭有武臣，谋夫如云。天子曰嘻，命我张公。公来自东，旗纛舒舒⑧。西人聚观，于巷于涂。谓公暨暨⑨，公来于于⑩。公谓西人："安尔室家，无敢或讹。讹言不祥，往即尔常。春而条桑，秋尔涤场。"西人稽

---

① 稽首，古代一种跪拜礼。
② 释，放下，这里指安心。
③ 平居，平日。
④ 诘，追问。
⑤ 属，通"嘱"，托付。
⑥ 祚，皇位。
⑦ 甲午，甲午年，宋仁宗至和元年（1054年）。
⑧ 纛(dào)，古时军队仪仗队的大旗。
⑨ 暨暨，果断刚毅的样子。
⑩ 于于，行动舒缓自得的样子。

127

首,公我父兄。公在西囿,草木骈骈。公宴其僚,伐鼓渊渊。西人来观,祝公万年。有女娟娟,闺闼闲闲①。有童哇哇,亦既能言。昔公未来,期汝弃捐。禾麻芃芃②,仓庾崇崇③。嗟我妇子,乐此岁丰。公在朝廷,天子股肱④。天子曰归,公敢不承?作堂严严,有庑有庭⑤。公像在中,朝服冠缨。西人相告,无敢逸荒。公归京师,公像在堂。

彭州圆觉禅院记⑥

人之居乎此也,其必有乐乎此也。居斯乐,不乐不居也。居而不乐,不乐而不去,为自欺且为欺天。盖君子耻食其食而无其功,耻服其服而不知其事⑦,故居而不乐,吾有吐食、脱服以逃天下之讥而已耳。天之畁我以形⑧,而使我以心驭也。今日欲适秦,明日欲适越,天下谁我御⑨?故居而不乐,不乐而不去,是其心且不能驭其形,而况能以驭他人哉?

自唐以来,天下士大夫争以排释老为言⑩,故其徒之欲求知于吾

---

① 闺闼,闺阁。
② 禾麻,泛指农作物。芃芃(péng),茂盛的样子。
③ 仓庾,粮仓。崇崇,高大的样子。
④ 天子股肱,指帝王的得力大臣。
⑤ 庑,厅堂四周的廊屋。
⑥ 该文具体写作时间不详,有人推测该文是苏洵在离开京师后在四川家居时所作。从该文的名来看虽为一篇写景散文,然该文实际是苏洵借此来阐发人生哲理之文。
⑦ 耻服,耻于穿着官服却不了解自己所掌管的事务。
⑧ 畁,给与。
⑨ 天下谁我御,倒装结构,天下谁御我,天下谁能阻挡我。
⑩ 释老,指佛教与道教。

士大夫之间者,往往自叛其师以求其容于吾。而吾士大夫亦喜其来而接之以礼。灵师、文畅之徒①,饮酒食肉以自绝于其教。呜呼!归尔父子,复尔室家②,而后吾许尔以叛尔师。父子之不归,室家之不复,而师之叛,是不可以一日立于天下。《传》曰:"人臣无外交。"③故季布之忠于楚也④,虽不如萧、韩之先觉,而比丁公之贰则为愈⑤。

予在京师⑥,彭州僧保聪来求识予甚勤。及至蜀,闻其自京师归,布衣蔬食以为其徒先⑦,凡若干年,而所居圆觉院大治。一日为予道其先师平润事,与其院之所以得名者,请予为记。予佳聪之不以叛其师悦予也,故为之记曰:

彭州龙兴寺僧平润讲《圆觉经》有奇⑧,因以名院。院始弊不葺⑨,润之来,始得隙地以作堂宇⑩。凡更二僧,而至于保聪,聪又合其邻之僧屋若干于其院以成。是为记。

---

① 灵师、文畅之徒,韩愈同时代的两位僧人,不守佛门规矩,被韩愈作诗嘲讽。
② 复尔室家,指还俗与妻子恢复关系。
③ 人臣无外交,《穀梁传·隐公元年》:"寰宇诸侯,非有天子之命,不得出会诸侯。"《礼记·郊特牲》:"为人臣者,无外交。"
④ 季布,楚将,楚汉相争时数困刘邦,后项羽被灭,刘邦赦季布,拜为郎中。
⑤ 丁公,季布母弟丁公为楚将,在楚汉相争时放走刘邦。
⑥ 京师,指北宋京都汴京,今河南开封。
⑦ 以为其徒先,作为他徒弟的表率。
⑧ 《圆觉经》,佛经名,全称《大方广圆觉修多罗了义经》。
⑨ 葺,修理房屋。
⑩ 堂宇,庙宇。堂,殿堂。宇,屋檐,屋宇。

木假山记[1]

　　木之生，或蘖而殇[2]，或拱而夭[3]；幸而至于任为栋梁，则伐；不幸而为风之所拔，水之所漂，或破折，或腐；幸而得不破折不腐，则为人之所材，而有斧斤之患[4]。其最幸者，漂沉汩没于湍沙之间，不知其几百年，而其激射啮食之余，或仿佛于山者，则为好事者取去，强之以为山，然后可以脱泥沙而远斧斤。

　　而荒江之濆，如此者几何，不为好事者所见，而为樵夫野人所薪者，何可胜数[5]？则其最幸者之中，又有不幸者焉。

　　予家有三峰。予每思之，则疑其有数存乎其间。且其蘖而不殇，拱而夭，任为栋梁而不伐；风拔水漂而不破折不腐，不破折不腐而不为人之所材，以及于斧斤之，出于湍沙之间，而不为樵夫野人之所薪，而后得至乎此，则其理似不偶然也。

　　然予之爱之，则非徒爱其似山，而又有所感焉；非徒爱之，而又有所敬焉。予见中峰，魁岸踞肆，意气端重，若有以服其旁之二峰。二

---

[1] 本文是一篇小品文，主要是讲述苏洵家中的一座木雕假山，苏洵由假山联想到树木的遭遇，进而联想到当时社会的情状，感慨人才被社会环境所摧残，赞美一种刚正不阿，巍然自立的精神。该文以小见大，托物寓意，层层递进。黄庭坚曾这样评价该文："往尝观明允《木假山记》，以为文章气旨似庄周、韩非，恨不得趋拜其履舄间，请问作文关纽。"

[2] 蘖（bò），树木的嫩芽。殇，未成年而死。

[3] 拱，指树有两手合围那么粗。

[4] 斧斤之患，被砍伐的祸患。

[5] 数，指非人力所能及的偶然因素，即命运、气数。

峰者,庄栗刻削①,凛乎不可犯,虽其势服于中峰,而岌然决无阿附意②。吁!其可敬也夫!其可以有所感也夫!

名二子说③

轮辐盖轸④,皆有职乎车,而轼独若无所为者⑤。虽然⑥,去轼则吾未见其为完车也。轼乎,吾惧汝之不外饰也。天下之车,莫不由辙⑦,而言车之功者,辙不与焉。虽然,车仆马毙⑧,而患亦不及辙,是辙者,善处乎祸福之间也。辙乎,吾知免矣⑨。

---

① 庄栗,庄严谨敬。
② 岌然,高耸的样子。阿附,曲从,迎合,依附。
③ 名字一般都寄托了长辈对晚辈的美好祝愿与希冀。苏洵该文主要是讲述苏洵二子苏轼、苏辙的命名的缘由,一是希望二子能够发挥作用,而是希望二子可以免于祸害。苏轼就曾作过这样一首诗:"人皆养子望聪明,我被聪明误一生。惟愿孩儿愚且鲁,无灾无难到公卿。"正与此文照应。此文虽然篇幅短小,仅八十五字,却委婉曲折,饱含深意与哲理。对照二人后来的命运,不得不感慨苏洵的远见。苏氏兄弟二人,苏轼生性旷达,性不能忍事,每遇不平,不吐不快,因此无意得罪不少人,苏洵提醒他注意"外饰",故再取字"子瞻",希望他做事能够瞻前顾后,三思而行。苏辙性格冲和淡泊,深沉不露,苏洵为其取字"子由"希望他能够自由洒脱,不必担心祸患。本文作于宋仁宗庆历七年(1047年),当时苏轼十二岁,苏辙八岁,苏洵经历了屡考不中的打击后,心情抑郁,于是借二子取名的缘由来作此文,既有对二子的勉励与教导,同时也有感慨仕途、人生艰难之意。
④ 轮辐盖轸(zhěn),古代车子的四种部件。轮,车轮。辐,辐条。盖,车盖,车上的帐篷。轸,车厢底四面的横木。
⑤ 轼,车厢前供人凭倚的横木,其形如半框,有三面,古人用手俯按轼表示敬意。
⑥ 虽然,即使这样。
⑦ 辙,车轮碾过的痕迹。引申为轨道、道路。
⑧ 毙,扑倒。此处指马车翻倒。
⑨ 免,免于祸患。

仲兄字文甫说[1]

洵读《易》至《涣》之六四曰[2]："涣其群，元吉。"[3]曰："嗟夫！群者，圣人所欲涣以混一天下者也。盖余仲兄名涣[4]，而字公群，则是以圣人之所欲解散涤荡者以自命也，而可乎？"他日以告，兄曰："子可无为我易之？"洵曰："唯。"[5]既而曰："请以文甫易之，如何？"

且兄尝见夫水与风乎？油然而行，渊然而留[6]，浮洄汪洋，满而上浮者，是水也，而风实起之。蓬蓬然而发乎太空，不终日而行乎四方，荡乎其无形，飘乎其远来，既往而不知其迹之所存者，是风也，而水实形之。今夫风水之相遭乎大泽之陂也，纡余委蛇，蜿蜒沦涟，安而相推，怒而相凌，舒而如云，蹙而如鳞，疾而如驰，徐而如徊，揖让旋辟，相顾而不前，其繁如縠，其乱如雾，纷纭郁扰，百里若一。汩乎顺流，至乎沧海之滨，滂薄汹涌，号怒相轧，交横绸缪，放乎空虚，掉乎无垠，

---

① 说，是古代一种文体，也称杂说。该文作于庆历七年（1047年），当时苏洵的父亲苏序去世。苏涣是苏洵的二哥，进士及第后常年在外做官，归来后兄弟二人相谈甚欢，苏洵结合《易经·涣卦》提出当将"公群"改为"文甫"并借题发挥，提出了一系列理由。表面上该文主要讲述苏洵为兄取字文甫的事情，实际是该文所谈的道理与文学创作相通，将之看做是一篇文论也未尝不可。刘大櫆曾评价此文："形容风水相遭之态，可与庄子言风比美，而其运词，却从《上林》《子虚》（司马相如赋）得来。"

② 《易》，《易经》。《涣》之六四，《涣》，卦名，六四，爻名。爻是组成八卦中的每一个卦的长短横道。

③ 涣其群，元吉，这是六十四卦爻辞的上段。

④ 仲，兄弟排行第二称仲。

⑤ 唯，答应。

⑥ 渊然，水深而静止的样子。

横流逆折,溃旋倾侧,宛转胶戾①,回者如轮,萦者如带,直者如燧,奔者如焰,跳者如鹭,跃者如鲤,殊状异态,而风水之极观备矣。故曰:"风行水上涣。"此亦天下之至文也。②

然而此二物者,岂有求乎文哉?无意乎相求,不期而相遭,而文生焉。是其为文也,非水之文也,非风之文也。二物者非能为文,而不能不为文也,物之相使,而文出于其间也。故曰:"此天下之至文也。今夫玉非不温然美矣,而不得以为文,刻镂组绣③,非不文矣,而不可以论乎自然。故夫天下之无营而文生之者④,唯水与风而已。"

昔者君子之处于世,不求有功,不得已而功成,则天下以为贤;不求有言,不得已而言出,则天下以为口实⑤。呜呼!此不可与他人道之,唯吾兄可也。

送石昌言使北引⑥

昌言举进士时,吾始数岁,未学也。忆与群儿戏先府君侧,昌言

---

① 宛转胶戾,指水流辗转曲折的样子。
② 至文,语意双关,既指风吹水面形成的最美的波纹,又指天下最好的文章。
③ 刻镂,雕刻花纹。组绣,编织刺绣。
④ 无营,不刻意经营。
⑤ 口实,话柄,谈话资料。
⑥ 本文是一篇临别赠序,因为苏洵之父名"序",所以避父讳改序为引。石昌言将要出使契丹,苏洵这篇序先是从回忆二人少时交往的往事,再写历史上杰出优秀的使臣为石昌言鼓气,勉励他不辱使命。整篇文章,笔调委婉,语意从侧面说出,既顿挫有力,又富有情致。石昌言,字扬休,眉州人,官至刑部外郎、知制诰。嘉祐元年(1056年)出使契丹,庆祝契丹国母生辰。当时契丹屡次侵犯北宋,北宋朝廷割地求和,而此次贺寿是不得已而为之。

从旁取枣栗啖我①;家居相近,又以亲戚故,甚狎②。昌言举进士,日有名。吾后渐长,亦稍知读书,学句读、属对、声律,未成而废。昌言闻吾废学,虽不言,察其意,甚恨③。后十余年,昌言及第第四人,守官四方,不相闻。吾日益壮大,乃能感悔,摧折复学。又数年,游京师,见昌言长安,相与劳问,如平生欢。出文十数首,昌言甚喜称善。吾晚学无师,虽自当文,中甚自惭;及闻昌言说,乃颇自喜。今十余年,又来京师,而昌言官两制,乃为天子出使万里外强悍不屈之虏庭,建大旆④,从骑数百,送车千乘,出都门,意气慨然。自思为儿时,见昌言先府君旁,安知其至此?富贵不足怪,吾于昌言独有感也!大丈夫生不为将,得为使,折冲口舌之间足矣。

往年彭任从富公使还,为我言曰:"既出境,宿驿亭。闻介马数万骑驰过⑤,剑槊相摩⑥,终夜有声,从者怛然失色。及明,视道上马迹,尚心掉不自禁。"凡虏所以夸耀中国者,多此类。中国之人不测也,故或至于震惧而失辞,以为夷狄笑。呜呼!何其不思之甚也!昔者奉春君使冒顿⑦,壮士健马皆匿不见,是以有平城之役。今之匈奴,吾知其无能为也。孟子曰:"说大人则藐之⑧。"况与夷狄!请以为赠。

---

① 啖,给某某吃。
② 狎,亲近。
③ 恨,遗憾。
④ 建,竖立。大旆,大旗。旆,旗边下垂装饰物。
⑤ 介马,披盔甲的马,战马。
⑥ 槊,长矛。
⑦ 冒顿(mò dú),秦末汉初匈奴君主名,此处指匈奴。
⑧ 说,游说,劝说。藐,藐视。

族谱后录①

苏氏之先出于高阳②,高阳之子曰称,称之子曰老童,老童生重黎及吴回。重黎为帝喾火正,曰祝融,以罪诛。其后为司马氏。而其弟吴回复为火正。吴回生陆终,陆终生子六人:长曰樊,为昆吾;次曰惠连,为参胡;次曰籛,为彭祖;次曰来言,为会人;次曰安,为曹姓;季曰季连,为芈姓。六人者皆有后,其后各分为数姓。昆吾始姓己氏,其后为苏、顾、温、董。当夏之时,昆吾为诸侯伯,历商而昆吾之后无闻。至周有忿生,为司寇,能平刑以教百姓,周公称之,盖《书》所谓司寇苏公者也。司寇苏公与檀伯达皆封于河,世世仕周,家于其封,故河南、河内皆有苏氏。六国之际,秦及代、厉,其苗裔也。至汉兴而苏氏始徙入秦。或曰:高祖徙天下豪杰以实关中,而苏氏迁焉。其后曰建,家于长安杜陵。武帝时为将,以击匈奴有功,封平陵侯,其后世遂家于其封。建生三子:长曰嘉,次曰武,次曰贤。嘉为奉车都尉③。其六世孙纯为南阳太守。生子曰章,当顺帝时为冀州刺史,又迁为并州,有功于其人,其子孙遂家于赵郡。其后至唐武后之世,有味道、味玄。味道,圣历初为凤阁侍郎,以贬为眉州刺史,迁为益州长史,未行而

---

① 《族谱后录》分为上下两篇。后录即后序的意思。该文主要是苏洵对家谱的梳理以及家族成员的介绍。古人作族谱的目的主要是叙源流,谨族规,促和睦,所以不像其他文体可以随意跳跃,只要求结构工整,文字平实。该文写法上,主要仿照司马迁《自叙》。

② 高阳,《史记·楚世家》:"楚之先祖出自帝颛顼高阳,高阳者,黄帝之孙,昌意之子也。高阳生称,称生卷章,卷章声重黎,重黎为帝喾高辛居火正。甚有功,能光融天下,帝喾命曰'祝融'。"

③ 奉车都尉,官名,掌供奉车舆,秩比二千石。

135

卒。有子一人不能归,遂家焉。自是眉始有苏氏。故眉之苏,皆宗益州长史味道。赵郡之苏,皆宗并州刺史章。扶风之苏,皆宗平陵侯建。河南、河内之苏,皆宗司寇忿生。而凡苏氏皆宗昆吾樊。昆吾樊宗祝融、吴回。盖自昆吾樊至司寇忿生,自司寇忿生至平陵侯建,自平陵侯建至并州刺史章,自并州刺史章至益州长史味道,自益州长史味道至吾之高祖,其间世次皆不可纪。而洵始为《族谱》以纪其族属,《谱》之所记,上至于吾之高祖,下至于吾之昆弟①,昆弟死而及昆弟之子。曰:呜呼!高祖之上不可详矣。自吾之前,而吾莫之知焉,已矣;自吾之后,而莫之知焉,则从吾《谱》而益广之,可以至于无穷。盖高祖之子孙,家授一《谱》而藏之。其法曰:凡嫡子而后得为谱,为谱者皆存其高祖,而迁其高祖之父,世世存其先人之谱,无废也。而其不及高祖者,自其得为谱者之父始,而存其所宗之谱,皆以吾谱冠焉。其说曰:此古之小宗也。古者有大宗,有小宗②,《传》曰:"别子为祖③,继别为宗,继祢者为小宗④。有百世不迁之宗,有五世则迁之宗。百世不迁者,别子之后也。宗其继别子之所自出者,百世不迁者也。宗其继高祖者,五世则迁者也。"别子者,公子及士之始为大夫者也。别子不得祢其父,而自使其嫡子后之,则为大宗,故曰:"继别为宗。"族人宗之,虽百世,而大宗死,则为之齐衰三月⑤,其母妻亡亦然;

---

① 昆弟,兄弟。
② 大宗,古代宗法以始祖之嫡长子为大宗,嫡系长子以下诸子之世系为小宗。
③ 别子,嫡长子以外的儿子。
④ 祢(mí),父时在宗庙中立主曰"祢"。
⑤ 齐衰,古代丧服名,五服之一,次于斩衰,用粗麻制成,因其缉边缝齐,故称。古制,为继母慈母服齐衰三年,为祖父母、妻妾服齐衰一年。为曾祖父母服齐衰五月,为高祖父母服齐衰三月。衰同"缞"。

死而无子,则支子以其昭穆后之,此所谓"百世不迁之宗"也。别子之庶子又不得祢别子,而自使其嫡子为后,则为小宗。故曰:"继祢者为小宗。"小宗五世之外,则易宗。其继祢者,亲兄弟宗之;其继祖者,从兄弟宗之;其继曾祖者,再从兄弟宗之;其继高祖者,三从兄弟宗之;死而无子,则支子亦以其昭穆后之,此所谓"五世则迁之宗也"。凡今天下之人,惟天子之子与始为大夫者,而后可以为大宗,其余则否。独小宗之法,犹可施于天下。故为族谱,其法皆从小宗。凡吾之宗,其继高祖者,高祖之嫡子祈。祈死无子,天下之宗法不立,族人莫克以其子为之后,是以继高祖之宗亡而虚存焉。其继曾祖者,曾祖之嫡子宗善,宗善之嫡子昭图,昭图之嫡子惟益,惟益之嫡子允元。其继祖者,祖之嫡子讳序,序之嫡子澹,澹之嫡子位。其继祢者,祢之嫡子澹,澹之嫡子位。曰:呜呼! 始可以详之矣。百世之后,凡吾高祖之子孙,得其家之谱而观之,则为小宗。得吾高祖之子孙之谱而合之,而以吾《谱》考焉,则至于无穷而不可乱也。是为《谱》之志云尔。

苏氏之先自昆吾以来,其最显者司寇忿生,三代之事,其闻于今不详,周公作《立政》而特称之,以教太史。其后周室衰,司寇之子孙亦曰苏公,遭谗作诗以刺暴公,名曰《彼何人斯》。惟此二人,见于《诗》《书》,是以其传至今。自苏氏入秦而平陵侯建、典属国武始显。迁于赵,而并州刺史章、益州长史味道始有闻于世。迁于眉,而至于今无闻。夫是惟谱不立也,自昆吾至《书》之苏公五百有余年,自《书》之苏公至《诗》之苏公二百有余年,自《诗》之苏公至平陵侯建、典属国武,七百有余年,自平陵侯建、典属国武,至并州刺史章二百有余年,自并州刺史章,至益州长史味道五百有余年,自益州长史味道,至吾之高祖二百有余年,以三十年而一易世,则七十有余世也。七十有余世，亦容有贤不贤焉。不贤者随世磨灭，不可得而闻；而贤者独有七人。七十有余世，其贤者亦容不止于七人矣，而其余不传，则谱不立之过也。故洵既为族谱，又从而记其所闻先人之行。昔吾先子尝有言曰："吾年少而亡吾先人，先世之行，吾不及有闻焉。盖尝闻其略曰：苏氏自迁于眉而家于眉山，自高祖泾则已不详。自曾祖钊而后稍可记。曾祖娶黄氏，以侠气闻于乡间。生子五人，而吾祖祜最少最贤，以才干精敏见称，生于唐哀帝之天祐二年，而殁于周世宗之显德五年，盖与五代相终始。殁之一年，而吾太祖始受命。是时王氏、孟氏相继据蜀，蜀之高才大人皆不肯出仕，曰：不足辅。仕于蜀者皆其年少轻锐之士，故蜀以再亡。至太祖受命，而吾祖不及见也。吾祖娶于李氏。李氏，唐之苗裔，太宗之子曹王明之后世曰瑜，为遂州长江尉，失官，家于眉之丹棱。祖母严毅，居家肃然，多才略，犹有窦太后、柴氏主之遗烈①。生子五人，其才皆不同，宗善、宗晏、宗昇，循循无所毁誉；少子宗晁，轻侠难制；而吾父杲最好善，事父母极于孝，与兄弟笃于爱，与朋友笃于信，乡间之人，无亲疏皆敬爱之。娶宋氏夫人，事

---

① 窦太后，是汉文帝刘恒的妻子，汉景帝刘启的母亲，生刘启、刘武。刘恒死后，刘启继位，窦太后开始干预朝政。刘启死后，汉武帝刘彻继位，刘彻年龄尚小，大政由太皇太后主持。窦太后双目失明，但依然将国家治理得井井有条。窦氏出身贫苦，同情百姓，节俭度日，汉文帝在位二十三年，宫室苑囿车骑服御无所增益，为世人所夸。柴氏主，为后周太祖郭威的妻子，世宗柴荣的姑母柴氏。柴氏是尧山（曾属赵州府）人，原为后唐庄宗嫔御。庄宗死后，天成初，柴氏被后唐明宗发放回家，行至河上，突遇暴雨，只得在旅舍等待天气好转。一男子衣弊不能自庇路过门面，柴氏见后大惊道："此何人耶？"店主人道："马步军使郭雀儿（郭威）。"柴氏欲嫁之，父母不同意。柴氏说："此贵人也，不可失。"于是将所带财物分一半给父母，自已留下一半。父母知她性格，便在旅店嫁给郭雀儿。柴氏虽出身于大家，嫁给郭威后依旧贤淑恭让，克勤克俭，威望有加，在丈夫面前说一不二。因未生育，要收侄儿柴荣为义子，郭威当即同意，死后将大位传于柴荣。

上甚孝谨,而御下甚严。生子九人,而吾独存。善治生,有余财。时蜀新破,其达官争弃其田宅以入觐①,吾父独不肯取,曰:'吾恐累吾子。'终其身田不满二顷,屋弊陋不葺也。好施与,曰:'多财而不施,吾恐他人谋我,然施而使人知之,人将以我为好名。'是以施而尤恶使人知之。族叔父玩尝有重狱,将就逮,曰:'入狱而死,妻子以累兄。请为我诇狱之轻重,轻也以肉馈我,重也以菜馈我。馈我以菜,吾将不食而死。'既而得释,玩曰:'吾非无他兄弟,可以寄死生者,惟子。'及将殁,太夫人犹执吾手曰:'盍以是属子之兄弟。'笑曰:'而子贤,虽非吾兄弟,亦将与之;不贤,虽吾兄弟,亦将弃之。属之何益?善教之而已。'遂卒。卒之岁,盖淳化五年。推其生之年,则晋少帝之开运元年也。"此洵尝得之先子云尔。先子讳序,字仲先,生于开宝六年,而殁于庆历七年。娶史氏夫人,生子三人,长曰澹,次曰涣,季则洵也。先子少孤,喜为善而不好读书。晚乃为诗,能白道,敏捷立成,凡数十年得数千篇,上自朝廷郡邑之事,下至乡间子孙畋渔治生之意,皆见于诗。观其诗虽不工,然有以知其表里洞达,豁然伟人也。性简易,无威仪,薄于为己而厚于为人,与人交,无贵贱皆得其欢心。见士大夫曲躬尽敬,人以为谄,及其见田父野老亦然,然后人不以为怪。外貌虽无所不与,然其中心所以轻重人者甚严。居乡间,出入不乘马,曰:"有甚老于我而行者,吾乘马,无以见之。"敝衣恶食处之不耻,务欲以身处众之所恶,盖不学《老子》而与之合。居家不治家事,以家事属诸子。至族人有事就之谋者,常为尽其心,反复而不厌。凶年尝鬻其田以济饥者。既丰,人将偿之,曰:"吾自有以鬻之,非尔故也。"卒

---

① 入觐,谒见皇帝。

不肯受。力为藏退之行，以求不闻于世。然行之既久，则乡人亦多知之，以为古之隐君子莫及也。以涣登朝，授大理评事。史氏夫人，眉之大家，慈仁宽厚。宋氏姑甚严，夫人常能得其欢，以和族人。先公十五年而卒，追封蓬莱县太君。洵闻之，自唐之衰，其贤人皆隐于山泽之间，以避五代之乱。及其后，僭伪之国相继亡灭①，圣人出而四海平一，然其子孙犹不忍去其父祖之故以出仕于天下。是以虽有美才而莫显于世，及其教化洋溢，风俗变改，然后深山穷谷之中，向日之子孙，乃始振迅相与从宦于朝。然其才气，则既已不若其先人质直敦厚，可以重任而无疑也。而其先之行，乃独隐晦而不闻，洵窃深惧焉。于是记其万一而藏之家，以示子孙。至和二年九月一日。

---

① 僭伪之国，指地方割据政权。

苏轼

苏轼(1037—1101)，字子瞻，又字和仲，号东坡居士，世称苏东坡、苏仙。汉族，北宋眉州眉山(今属四川省眉山市)人，祖籍河北栾城，北宋著名文学家、书法家、画家。

嘉祐二年(1057年)，苏轼进士及第。宋神宗时曾在凤翔、杭州、密州、徐州、湖州等地任职。元丰三年(1080年)，因"乌台诗案"受诬陷被贬黄州任团练副使。宋哲宗即位后，曾任翰林学士、侍读学士、礼部尚书等职，并出知杭州、颍州、扬州、定州等地，晚年因新党执政被贬惠州、儋州。宋徽宗时获大赦北还，途中于常州病逝。宋高宗时追赠太师，谥号"文忠"。

苏轼是宋代文学最高成就的代表，并在诗、词、散文、书、画等方面取得了很高的成就。其诗题材广阔，清新豪健，善用夸张比喻，独具风格，与黄庭坚并称"苏黄"；其词开豪放一派，与辛弃疾同是豪放派代表，并称"苏辛"；其散文著述宏富，豪放自如，与欧阳修并称"欧苏"，为"唐宋八大家"之一。苏轼亦善书，为"宋四家"之一；工于画，尤擅墨竹、怪石、枯木等。有《东坡七集》《东坡易传》《东坡乐府》等传世。

放鹤亭记①

　　熙宁十年秋,彭城大水。云龙山人张君之草堂②,水及其半扉。明年春,水落,迁于故居之东,东山之麓。升高而望,得异境焉,作亭于其上。彭城之山,冈岭四合,隐然如大环,独缺其西一面,而山人之亭,适当其缺。春夏之交,草木际天;秋冬雪月,千里一色;风雨晦明之间,俯仰百变。

　　山人有二鹤,甚驯而善飞③,旦则望西山之缺而放焉,纵其所如,或立于陂田④,或翔于云表;暮则傃东山而归⑤。故名之曰"放鹤亭"。

　　郡守苏轼,时从宾佐僚吏往见山人,饮酒于斯亭而乐之。挹山人而告之曰⑥:"子知隐居之乐乎?虽南面之君,未可与易也。《易》曰:

---

① 该文作于元丰元年(1078年),此文的来由是宋神宗熙宁十年(1077年)秋,一场洪水冲毁了云龙山人张天翼的草堂,因此他迁居东山之麓,东山景色奇异,于是他筑亭于其上,早晚放鹤以为乐,过起了闲云野鹤般的生活。当时苏轼任徐州知州,听闻后,特意前来拜访,并留下此篇千古流传的美文。放鹤亭,云龙山隐士张师厚新盖的亭子,因他每天在亭上放双鹤,故称放鹤亭。沈德潜这样评价此文:"插入饮酒一段,见人君不可留意于物,而隐士之居,不妨轻世肆志,此南面之君未易隐居之乐也。中间'而况于鹤乎'一句,玲珑跳脱,宾主分明,极行文之能事。"
② 张君,张师厚,字天骥,又字圣途,居云龙山,号云龙山人。
③ 甚驯而善飞,特别温顺还擅长高飞。
④ 陂田,水边的稻田。
⑤ 傃(sù),向。
⑥ 挹山人,向山人作揖。

'鸣鹤在阴,其子和之。'①《诗》曰:'鹤鸣于九皋,声闻于天。'②盖其为物,清远闲放,超然于尘埃之外,故《易》《诗》人以比贤人君子。隐德之士,狎而玩之,宜若有益而无损者;然卫懿公好鹤则亡其国③。周公作《酒诰》④,卫武作《抑戒》⑤,以为荒惑败乱,无若酒者;而刘伶、阮籍之徒⑥,以此全其真而名后世。嗟夫! 南面之君,虽清远闲放如鹤者,犹不得好,好之则亡其国;而山林遁世之士,虽荒惑败乱如酒者,犹不能为害,而况于鹤乎? 由此观之,其为乐未可以同日而语也。"山人忻然而笑曰:"有是哉!"乃作放鹤、招鹤之歌曰:

鹤飞去兮西山之缺,高翔而下览兮择所适。翻然敛翼⑦,宛将集兮,忽何所见,矫然而复击⑧。独终日于涧谷之间兮,啄苍苔而履白石。

鹤归来兮,东山之阴。其下有人兮,黄冠草屦,葛衣而鼓琴。躬耕而食兮,其余以汝饱。归来归来兮,西山不可以久留。

元丰元年十一月初八日记《放鹤亭记》。

---

① 鸣鹤在阴,其子和之,仙鹤鸣叫在山的北边,它的同类声声应和。
② 鹤鸣于九皋,声闻于天,语出自《诗经·小雅·鹤鸣》,意思是仙鹤在深曲沼泽中鸣叫,它的同类声声应和。
③ 卫懿公好鹤,《左传·闵公二年》:"冬十二月,狄人伐卫。卫懿公好鹤,鹤有乘轩者,将战,国人受甲者皆曰:'使鹤,鹤实有禄位,余焉能战!'公与石祁子玦,与宁庄子矢,使守,曰:'以此赞国,择利而为之。'与夫人绣衣,曰:'听于二子。'渠孔御戎,子伯为右,黄夷前驱,孔婴齐殿。及狄人战于荥泽。卫师败绩,遂灭卫。"
④ 《酒诰》,《尚书》篇名。孔安国传:"康叔监殷民,殷民化纣嗜酒,故以戒酒诰。"
⑤ 《抑戒》,《诗经·大雅》篇名。主要也是批评君主耽于饮酒荒靡朝政的事。
⑥ 刘伶、阮籍,均为魏晋名士,均好饮酒。
⑦ 翻然,转身的样子。
⑧ 矫然而复击,奋飞而冲向高空。

凌虚台记①

国于南山之下,宜若起居饮食与山接也。四方之山,莫高于终南,而都邑之丽山者②,莫近于扶风③。以至近求最高,其势必得。而太守之居④,未尝知有山焉。虽非事之所以损益,而物理有不当然者⑤。此凌虚之所为筑也。

方其未筑也,太守陈公杖履逍遥于其下⑥。见山之出于林木之上者,累累如人之旅行于墙外而见其髻也⑦。曰:"是必有异。"使工凿其前为方池,以其土筑台,高出于屋之檐而止。然后人之至于其上者,恍然不知台之高,而以为山之踊跃奋迅而出也。公曰:"是宜名凌虚。"以告其从事苏轼,而求文以为记。

轼复于公曰:"物之废兴成毁,不可得而知也。昔者荒草野田,霜

---

① 该文是苏轼所作的一篇亭台记,作者写作该文时应当有特定的心境,文章写得颇具颓思。对于本文所想真正表达的主题历代学者也有颇多争论,有人称本文是借题讽刺太守,有人认为该文是作者卖弄自家的悟性,还有人说作者是借题议政。凌虚,即凌空。
② 丽,附着、依附。
③ 扶风,汉置扶风郡,宋为凤翔府治所。
④ 太守,宋时改郡为州或府,郡的最高长官称为太守,此指州府的最高长官"知州"或"知府"。
⑤ 物理,事物的道理。
⑥ 太守陈公,谓陈希亮,字公弼。
⑦ 髻,发髻。古时男女皆留长发,并绾在头顶,称为发髻。

露之所蒙翳①,狐虺之所窜伏②。方是时,岂知有凌虚台耶?废兴成毁,相寻于无穷③,则台之复为荒草野田,皆不可知也。尝试与公登台而望,其东则秦穆之祈年④、橐泉也,其南则汉武之长杨、五柞,而其北则隋之仁寿⑤,唐之九成也⑥。计其一时之盛,宏杰诡丽,坚固而不可动者,岂特百倍于台而已哉?然而数世之后,欲求其仿佛,而破瓦颓垣,无复存者,既已化为禾黍荆棘丘墟陇亩矣,而况于此台欤!夫台犹不足恃以长久,而况于人事之得丧,忽往而忽来者欤!而或者欲以夸世而自足,则过矣。盖世有足恃者,而不在乎台之存亡也。"既以言于公,退而为之记。

喜雨亭记⑦

亭以雨名,志喜也⑧。古者有喜,则以名物,示不忘也。周公得

---

① 翳,遮蔽。
② 狐虺(huǐ),狐狸和毒蛇。
③ 相寻,相继、连续。
④ 秦穆,秦穆公,春秋五霸之一。
⑤ 仁寿,隋代宫名,杨素为隋文帝建造。
⑥ 九成,唐朝宫殿,原名为仁寿宫。
⑦ 该文作于宋神宗嘉祐六年(1061年)十二月,苏轼任凤翔府(今陕西凤翔县)判官,次年春,修治官舍,并作一亭,恰遇久旱得雨,即以"喜雨"命亭。本文虽写亭,但是在亭上所著的笔墨并不多,而是"志喜",通过写前人"志喜"的惯例,来传达"喜雨"的心情。吴楚材、吴调侯在《古文观止》中这样评价该文:"只就喜、雨、亭三字,分写,合写,倒写,顺写,虚写,实写,即小见大,以无化有,意思愈出而不穷,可谓极人才之雅致矣。"
⑧ 志,记录。

禾，以名其书①；汉武得鼎，以名其年②；叔孙胜狄，以名其子③。其喜之大小不齐，其示不忘一也。

予至扶风之明年，始治官舍。为亭于堂之北，而凿池其南，引流种木，以为休息之所。是岁之春，雨麦于岐山之阳④，其占为有年。既而弥月不雨，民方以为忧。越三月，乙卯乃雨，甲子又雨⑤，民以为未足。丁卯大雨，三日乃止。官吏相与庆于庭，商贾相与歌于市，农夫相与忭于野⑥，忧者以喜，病者以愈，而吾亭适成⑦。

于是举酒于亭上，以属客而告之⑧，曰："五日不雨可乎？"曰："五日不雨则无麦。""十日不雨可乎？"曰："十日不雨则无禾。""无麦无禾，岁且荐饥⑨，狱讼繁兴⑩，而盗贼滋炽⑪。则吾与二三子，虽欲优游以乐于此亭，其可得耶？今天不遗斯民，始旱而赐之以雨。使吾与二三子得相与优游以乐于此亭者，皆雨之赐也。其又可忘耶？"

---

① 禾，稻禾。据《尚书·微子之命》记载，周成工的同母弟弟唐叔获得一种"异禾"（两禾共生一穗），于是献给成王，成王又转送给周公，周公作《嘉禾》以作纪念。
② 汉武得鼎，据《史记·孝武本纪》记载，元狩七年（前116年），汾水发现宝鼎，奏闻武帝，令迎鼎至甘泉宫，改年号为元鼎。
③ 孙叔胜狄，据《左传·文公十一年》记载，狄人入侵，鲁文公派大夫叔孙得臣领兵抗击，打了胜仗，并俘获狄军首领侨如，叔孙得臣将儿子宣伯改名侨如，使后人识其功。
④ 雨，此处用作动词，下雨。
⑤ 甲子，指阴历三月十七日。
⑥ 忭，高兴、欢欣。
⑦ 适，刚好。
⑧ 属，劝酒。
⑨ 荐饥，连年饥荒。连岁不熟曰"荐"。
⑩ 狱讼，官司、案件。
⑪ 滋炽，更加猖獗。

既以名亭,又从而歌之,曰:"使天而雨珠,寒者不得以为襦①;使天而雨玉,饥者不得以为粟。一雨三日,伊谁之力?民曰太守。太守不有,归之天子。天子曰不然,归之造物②。造物不自以为功,归之太空。太空冥冥③,不可得而名。吾以名吾亭。"

孟轲论④

昔者仲尼自卫反鲁⑤,网罗三代之旧闻⑥,盖经礼三百,曲礼三千,终年不能究其说⑦。夫子谓子贡曰:"赐,尔以吾为多学而识之者欤?非也,予一贯之。"⑧天下苦其难而莫之能用也,不知夫子之有以贯之也。是故尧、舜、禹、汤、文、武、周公之法度礼乐刑政,与当世之贤人君子百氏之收,百工之技艺,九州之内,四海之外,九夷八蛮之事⑨,荒忽诞谩而不可考者,杂然皆列乎胸中,而有卓然不可乱者,此固有以一之也。是以博学而不乱,深思而不惑,非天下之至精,其孰

---

① 襦,短衣,短袄,此泛指衣服。
② 造物,造物主,大自然的主宰。
③ 冥冥,高远的样子。
④ 本文是苏轼的一篇政论文,主要围绕战国时期儒家代表人物孟子展开议论。然而在文章写作之初,作者并未直接引出主题,而是从孔子的儒道展开,由源到流地展开论述,文章结构纵恣不羁,观点鲜明,值得仔细品读。孟轲,字子舆,战国时邹(山东邹县)人,是儒家学派代表人物。
⑤ 反,通"返"。孔子于鲁定公十四年(前496年)离开鲁国而周游列国,最后从卫国返回鲁国,前后历时十四年。
⑥ 网罗,搜求。
⑦ 究,详尽。
⑧ 语出自《论语·里仁篇》。
⑨ 九夷八蛮,泛指外族。九夷,古代南方九个民族。八蛮,古代八个少数民族。

能与于此？盖尝求之于六经①，至于《诗》与《春秋》之际，而后知圣人之首，始终本末，各有条理。夫王化之本②，始于天下之易行。天下固知有父子也，父子不相贼，而足以为孝矣。天下固知有兄弟也，史弟不相夺，而足以为悌矣。孝悌足而王道备，此固非有深远而难见，勤苦而难行者也。故《诗》之为教也，使人歌舞佚乐③，无所不至，要在于不失正焉而已矣。虽然，圣人固有所甚畏也。一失容者，礼之所由废也。一失言者，义之所由亡也。君臣之相攘，上下之相残，天下大乱，未尝不始于此道。是故《春秋》力争于毫厘之间，而深明乎疑似之际，截然其有所必不可为也。不观于《诗》，无以见王道之易。不观于《春秋》，无以知王政之难。

自孔子没，诸子各以所闻著书，而皆不得其源流，故其言无有统要④，若孟子，可谓深于《诗》而长于《春秋》者矣。其道始于至粗，而极于至精。充乎天地，放乎四海，而毫厘有所计。至宽而不可犯，至密而不可察，此其中必有所守，而后世或未之见也。

且孟子尝有言矣："人能充其无欲为害人之心，而仁不可胜用也。人能充其无欲为穿窬之心⑤，而义不可胜用也。士未可以言而言，是以言餂之也⑥。可以言而不言，是以不言餂之也。是皆穿窬之类也。"唯其不为穿窬也，而义至于不可胜用。唯其未可以言而言、可以言而不言也，而其罪遂至于穿窬。故曰：其道始于至粗，而极于至精。

---

① 六经，指《诗》《书》《礼》《易》《春秋》《乐》六部儒家经典。
② 王化，天子的教化。
③ 佚乐，悠闲安乐。
④ 统要，系统和要领。
⑤ 穿窬，穿逾。指翻墙、偷窃行为。
⑥ 餂，诱取，勾引。

充乎天地,放乎四海,而毫厘有所必计。呜呼,此其所以为孟子欤!后之观孟子者,无观之他,亦观诸此而已矣。

贾谊论①

非才之难,所以自用者实难。惜乎!贾生,王者之佐,而不能自用其才也。

夫君子之所取者远②,则必有所待;所就者大,则必有所忍。古之贤人,皆负可致之才,而卒不能行其万一者③,未必皆其时君之罪,或者其自取也。

愚观贾生之论,如其所言,虽三代何以远过?得君如汉文,犹且以不用死④。然则是天下无尧、舜,终不可有所为耶?仲尼圣人,历试于天下,苟非大无道之国,皆欲勉强扶持,庶几一日得行其道。将之荆,先之以冉有,申之以子夏。君子之欲得其君,如此其勤也。孟子

---

① 该文作于皇祐六年(1061年),苏轼应欧阳修的推荐参加制科考试,制科是皇帝特诏举行的考试,苏轼呈献《进策》五篇的同时,又献《进论》二十五篇,该文就是其中之一。该文立论角度脱俗,前人论贾谊通常从其怀才不遇、当朝统治者昏庸等角度进行论述,而本文则是将矛头指向贾谊自身,认为贾谊不得重用的原因在于自身而非外在环境。本文立论的角度以及论说的技巧还是值得我们学习的。贾谊,洛阳人,世称贾生,西汉政论家。二十岁被汉文帝召为博士,不久升为太中大夫,由于受到守旧权贵的排挤,被贬为长沙王太傅。四年后,又被召为梁怀王太傅,怀王坠马而死,贾谊自伤失职,郁郁而终。

② 所取者,所求取的东西,指功业。

③ 卒,终于。

④ 以不用死,因为不被皇上重用而郁郁而终。

去齐①,三宿而后出昼,犹曰:"王其庶几召我。"君子之不忍弃其君,如此其厚也。公孙丑问曰:"夫子何为不豫?"孟子曰:"方今天下,舍我其谁哉?而吾何为不豫?"君子之爱其身,如此其至也。夫如此而不用,然后知天下果不足与有为,而可以无憾矣。若贾生者,非汉文之不能用生,生之不能用汉文也。

夫绛侯亲握天子玺而授之文帝,灌婴连兵数十万,以决刘、吕之雌雄,又皆高帝之旧将,此其君臣相得之分,岂特父子骨肉手足哉?贾生,洛阳之少年。欲使其一朝之间,尽弃其旧而谋其新,亦已难矣。为贾生者,上得其君,下得其大臣,如绛、灌之属,优游浸渍而深交之,使天子不疑,大臣不忌,然后举天下而唯吾之所欲为,不过十年,可以得志。安有立谈之间,而遽为人"痛哭"哉!观其过湘为赋以吊屈原②,纡郁愤闷③,趯然有远举之志④。其后以自伤哭泣,至于夭绝。是亦不善处穷者也。夫谋之一不见用,则安知终不复用也?不知默默以待其变,而自残至此。呜呼!贾生志大而量小,才有余而识不足也。

古之人,有高世之才,必有遗俗之累⑤。是故非聪明睿智不惑之主,则不能全其用。古今称苻坚得王猛于草茅之中⑥,一朝尽斥去其

---

① 孟子去齐,见《孟子·公孙丑下》。孟子以王道游说齐宣王,不被采用,便辞职离开齐国,在昼地等待了三天,希望齐宣王改悔。

② 观其过湘为赋以吊屈原,指贾谊任长沙王太傅时,路过湘江,写下了《吊屈原赋》。

③ 纡郁,缭绕的样子。

④ 趯然,超然。趯,通"跃"。

⑤ 遗俗,超凡脱俗。

⑥ 苻坚,十六国时秦皇帝,357—385年在位。

旧臣,而与之谋。彼其匹夫略有天下之半,其以此哉!愚深悲生之志,故备论之。亦使人君得如贾生之臣,则知其有猖介之操,一不见用,则忧伤病沮①,不能复振。而为贾生者,亦谨其所发哉②!

前赤壁赋③

壬戌之秋,七月既望④,苏子与客泛舟游于赤壁之下⑤。清风徐来,水波不兴。举酒属客⑥,诵明月之诗⑦,歌窈窕之章⑧。少焉,月出于东山之上,徘徊于斗牛之间。白露横江,水光接天。纵一苇之所如⑨,凌万顷之茫然。浩浩乎如冯虚御风,而不知其所止;飘飘乎如遗世独立,羽化而登仙。

于是饮酒乐甚,扣舷而歌之。歌曰:"桂棹兮兰桨,击空明兮溯流光。渺渺兮予怀,望美人兮天一方。"客有吹洞箫者,倚歌而和之。其

---

① 病沮,颓废,沮丧。

② 所发,所作所为。

③ 此文作于宋神宗元年(1082年)农历七月十六日,当时苏轼正因"乌台诗案"被贬黄州。此时已是苏轼被贬黄州的第五年,虽然作者的境况未发生本质上的改变,但是作者的心境已与初贬黄州时的悲观失落逐渐趋于豁达淡然,因此在对赤壁的景色进行描写时,作者加入了更多对人生的体悟与感怀。方苞评价该文:"所见无绝殊者,而文境邈不可攀,良由身闲地旷,胸无杂物,触处流露,斟酌饱满,不知其所以然而然。岂惟他人不能模仿,即使子瞻更为之,亦不能如此适调而畅遂也。"

④ 望,农历每月十五日。既望,十六日。

⑤ 赤壁,山名。有两处:一在湖北蒲圻,即周瑜破曹操处;一在湖北黄冈,被苏轼误以为前者。

⑥ 属,倾注。此处意思是劝客人饮酒。

⑦ 明月之诗,《诗经·陈风·月出》。

⑧ 窈窕之章,《诗经·周南·关雎》。

⑨ 一苇,指小船。

151

声呜呜然,如怨如慕,如泣如诉;余音袅袅,不绝如缕。舞幽壑之潜蛟,泣孤舟之嫠妇①。

苏子愀然②,正襟危坐,而问客曰:"何为其然也?"客曰:"'月明星稀,乌鹊南飞。'③此非曹孟德之诗乎?西望夏口④,东望武昌,山川相缪,郁乎苍苍,此非孟德之困于周郎者乎?方其破荆州,下江陵,顺流而东也,舳舻千里⑤,旌旗蔽空,酾酒临江⑥,横槊赋诗,固一世之雄也,而今安在哉?况吾与子渔樵于江渚之上,侣鱼虾而友麋鹿,驾一叶之扁舟,举匏樽以相属⑦。寄蜉蝣于天地⑧,渺沧海之一粟。哀吾生之须臾,羡长江之无穷。挟飞仙以遨游,抱明月而长终。知不可乎骤得,托遗响于悲风。"

苏子曰:"客亦知夫水与月乎?逝者如斯,而未尝往也;盈虚者如彼,而卒莫消长也。盖将自其变者而观之,则天地曾不能以一瞬;自其不变者而观之,则物与我皆无尽也,而又何羡乎!且夫天地之间,物各有主,苟非吾之所有,虽一毫而莫取。惟江上之清风,与山间之明月,耳得之而为声,目遇之而成色,取之无禁,用之不竭。是造物者之无尽藏也,而吾与子之所共适。"

---

① 嫠妇,寡妇。
② 愀然,脸色改变,凄怆之貌。
③ 月明星稀,乌鹊南飞,此二句出于曹操《短歌行》。曹操,字孟德。
④ 夏口,今湖北武汉市武昌。
⑤ 舳舻千里,言其船多,前后相接,千里不绝。
⑥ 酾酒,斟酒。
⑦ 匏樽,葫芦制成的酒器。
⑧ 蜉蝣,一种小虫,寿命极短。

客喜而笑,洗盏更酌①。肴核既尽,杯盘狼籍。相与枕藉乎舟中②,不知东方之既白。

后赤壁赋③

是岁十月之望,步自雪堂④,将归于临皋⑤。二客从予过黄泥之坂⑥。霜露既降,木叶尽脱,人影在地,仰见明月,顾而乐之,行歌相答⑦。已而叹曰:"有客无酒,有酒无肴,月白风清,如此良夜何!"客曰:"今者薄暮,举网得鱼,巨口细鳞,状如松江之鲈。顾安所得酒乎?"归而谋诸妇。妇曰:"我有斗酒,藏之久矣,以待子不时之需。"于是携酒与鱼,复游于赤壁之下。江流有声,断岸千尺;山高月小,水落石出。曾日月之几何,而江山不可复识矣。予乃摄衣而上,履巉岩,披蒙茸,踞虎豹,登虬龙,攀栖鹘之危巢,俯冯夷之幽宫。盖二客不能从焉。划然长啸,草木震动,山鸣谷应,风起水涌。予亦悄然而悲,肃然而恐,凛乎其不可留也。反而登舟,放乎中流,听其所止而休焉。

---

① 更酌,重新斟酒。
② 枕藉,相互靠着而睡。藉,垫褥。
③ 此文作于宋神宗元丰五年(1082年),苏轼因"乌台诗案"被贬黄州第三年。七月初游赤壁,写下了《前赤壁赋》,于十月十六日故地重游赤壁,写下了本文。有人称:"若无前赋,不见后赋之妙;若无后赋,也不见前赋之佳。"方苞评价此文:"所见无绝殊者,而文境邈不可攀,良由身闲地旷,胸无杂物,触处流露,斟酌饱满,不知其所以然而然,岂惟他人不能模仿,即使子瞻更为之,亦不能如此适调而畅遂也。"
④ 雪堂,苏轼住所。
⑤ 临皋,亭名,在黄冈县南长江边。
⑥ 黄泥之坂,黄冈东面附近的山坡。坂,斜坡。
⑦ 行歌相答,边走边唱,互相酬答。

时夜将半,四顾寂寥。适有孤鹤①,横江东来。翅如车轮,玄裳缟衣②,戛然长鸣,掠予舟而西也。

须臾客去,予亦就睡。梦一道士,羽衣蹁跹③,过临皋之下,揖予而言曰④:"赤壁之游乐乎?"问其姓名,俯而不答。"呜呼!噫嘻!我知之矣。畴昔之夜⑤,飞鸣而过我者,非子也邪?"道士顾笑,予亦惊寤⑥。开户视之,不见其处。

韩文公庙碑⑦

匹夫而为百世师⑧,一言而为天下法⑨。是皆有以参天地之化⑩,关盛衰之运,其生也有自来,其逝也有所为。故申、吕自岳降⑪,傅说

---

① 适,恰巧。
② 玄裳缟衣,白衣黑裙,此处指仙鹤白身黑尾。
③ 蹁跹(xiān),轻快飘逸的样子。
④ 揖,拱手让礼。
⑤ 畴,发语词。昔之夜,犹言昨夜。
⑥ 寤,醒来。
⑦ 本文是苏轼所写的一篇脍炙人口的碑志文,作于宋哲宗元祐七年(1092年),亦叫《潮州韩文公庙碑》,韩愈曾在潮州为官,潮州人民为了纪念韩愈,于是请苏轼写此文。该碑文不同与普通碑文的写法,并未局限于记录一时一地的事情,而是从千古圣贤的高度来对韩愈进行评述,因此该碑文写得波澜壮阔,气势豪迈。全文多用夸张渲染手法,文中多用骈句、对偶、排比,造成一种一往无前的气势。韩文公,韩愈,谥号文。唐宪宗元和十四年(819年),韩愈因谏迎佛骨,被贬为潮州刺史。
⑧ 百世师,《孟子·尽心下》:"圣人,百世之师也。"
⑨ 天下法,天下人遵循的法则。《礼记·中庸》:"行而世为天下法,言而世为天下则。"
⑩ 参天地之化,赞助天地的化育。
⑪ 申、吕自岳降,《诗·大雅·崧高》:"维岳降神,生甫及申。"传说周宣王、穆王时大臣申侯、吕侯(也称甫侯)诞生时有山岳降神之吉兆。

为列星①,古今所传,不可诬也。孟子曰:"我善养吾浩然之气。"是气也,寓于寻常之中,而塞乎天地之间。卒然遇之,则王公失其贵,晋、楚失其富,良、平失其智②,贲、育失其勇③,仪、秦失其辩④。是孰使之然哉?其必有不依形而立,不恃力而行,不待生而存,不随死而亡者矣。故在天为星辰,在地为河岳,幽则为鬼神,而明则复为人。此理之常,无足怪者。

自东汉以来,道丧文弊,异端并起,历唐贞观、开元之盛,辅以房、杜、姚、宋而不能救⑤。独韩文公起布衣,谈笑而麾之,天下靡然从公,复归于正,盖三百年于此矣。文起八代之衰,而道济天下之溺;忠犯人主之怒,而勇夺三军之帅。此岂非参天地,关盛衰,浩然而独存者乎?

盖尝论天人之辨,以谓人无所不至,惟天不容伪。智可以欺王公,不可以欺豚鱼⑥;力可以得天下,不可以得匹夫匹妇之心。故公之精诚,能开衡山之云,而不能回宪宗之惑;能驯鳄鱼之暴,而不能弭皇甫镈、李逢吉之谤⑦;能信于南海之民,庙食百世,而不能使其身一日

---

① 傅说为列星,傅说为殷高宗武丁时贤相,传其死后为天上星宿,见《庄子·大宗师》。
② 良、平,指张良、陈平。汉高祖刘邦时杰出的谋士。
③ 贲(bì)、育,战国时孟贲、夏育。
④ 仪、秦,战国时著名纵横家,张仪、苏秦。
⑤ 房、杜,指房玄龄、杜如晦,二人均为唐太宗时名相。姚、宋,姚崇、宋璟,指唐玄宗时名相。
⑥ 豚鱼,猪和鱼,指低贱之物。
⑦ 皇甫镈,宪宗时宰相,宪宗见韩愈《潮州谢上表》曾想复用,皇甫镈向皇帝献谗言,导致韩愈复用一事未果。李逢吉,穆宗时宰相,曾制造韩愈与李绅不和的传闻,罢韩愈兵部侍郎之职。

安于朝廷之上。盖公之所能者天也,其所不能者人也。

始潮人未知学,公命进士赵德为之师。自是潮之士,皆笃于文行,延及齐民,至于今,号称易治。信乎孔子之言,"君子学道则爱人,小人学道则易使"也。潮人之事公也,饮食必祭,水旱疾疫,凡有求必祷焉。而庙在刺史公堂之后,民以出入为艰。前太守欲请诸朝作新庙,不果。元祐五年,朝散郎王君涤来守是邦。凡所以养士治民者,一以公为师。民既悦服,则出令曰:"愿新公庙者,听。"民欢趋之,卜地于州城之南七里,期年而庙成。

或曰:"公去国万里,而谪于潮,不能一岁而归。没而有知,其不眷恋于潮也,审矣。"轼曰:"不然!公之神在天下者,如水之在地中,无所往而不在也。而潮人独信之深,思之至,焄蒿凄怆,若或见之。譬如凿井得泉,而曰水专在是,岂理也哉?"元丰七年,诏拜公昌黎伯,故榜曰:"昌黎伯韩文公之庙。"潮人请书其事于石,因作诗以遗之,使歌以祀公。其辞曰:"公昔骑龙白云乡,手抉云汉分天章①,天孙为织云锦裳。飘然乘风来帝旁,下与浊世扫秕糠。西游咸池略扶桑,草木衣被昭回光。追逐李、杜参翱翔②,汗流籍、湜走且僵,灭没倒影不能望。作书抵佛讥君王,要观南海窥衡湘,历舜九嶷吊英、皇③。祝融先驱海若藏④,约束蛟鳄如驱羊。钧天无人帝悲伤⑤,讴吟下招遣巫阳。

---

① 天章,天上的文采。
② 李、杜,指李白、杜甫。
③ 英、皇,指娥皇、女英,舜的两个妃子。
④ 祝融,相传为南方灶神,火神。
⑤ 钧天,天中央,指朝廷。

牺牲鸡卜羞我觞①,于餐荔丹与蕉黄。公不少留我涕滂,翩然被发下大荒②。"

亡妻王氏墓志铭③

治平二年五月丁亥④,赵郡苏轼之妻王氏卒于京师⑤。六月甲午,殡于京城之西。其明年六月壬午,葬于眉之东北彭山县安镇乡可龙里,先君、先夫人墓之西北八步。轼铭其墓曰:

君讳弗,眉之青神人,乡贡进士方之女。生十有六年而归于轼,有子迈。君之未嫁,事父母;既嫁,事吾先君先夫人,皆以谨肃闻。其始,未尝自言其知书也。见轼读书,则终日不去,亦不知其能通也。其后,轼有所忘,君辄能记之。问其他书,则皆略知之,由是始知其敏而静也。

从轼官于凤翔。轼有所为于外,君未尝不问知其详。曰:"子去亲远,不可以不慎。"日以先君之所以戒轼者相语也。轼与客言于外,

---

① 鸡卜,用鸡骨占卜。羞我觞,献酒。
② 大荒,神话传说中山名。
③ 该文为苏轼为其亡妻王弗所写的墓志铭,笔端倾注了深情。苏轼十九岁时与年方十六岁的王弗结为夫妇,少年夫妻,伉俪情深,遗憾的是王弗不到二十七岁便不幸亡故,死后的第二年归葬于故乡四川眉山。王弗去世十年后,苏轼梦中见到亡妻,写下千古传颂的悼亡词《江城子·乙卯正月二十日夜纪梦》:"十年生死两茫茫,不思量,自难忘,千里孤坟无处话凄凉。纵使相逢应不识,尘满面,鬓如霜。夜来幽梦忽还乡,小轩窗,正梳妆。相顾无言惟有泪千行。料得年年肠断处,明月夜、短松冈。"该文与这首词相比,更重于纪实,用平实的语调,记录了王弗倏忽却流光溢彩的一生。
④ 治平二年,1065年,北宋英宗的年号。
⑤ 赵郡,今河北赵县,苏轼祖籍。

君立屏间听之,退必反覆其言,曰:"某人也,言辄持两端①,惟子意之所向,子何用与是人言。"有来求与轼亲厚甚者,君曰:"恐不能久,其与人锐②,其去人必速。"已而果然。将死之岁,其言多可听,类有识者。其死也,盖年二十有七而已。始死,先君命轼曰:"妇从汝于艰难,不可忘也。他日,汝必葬诸其姑之侧。"未期年而先君没,轼谨以遗令葬之,铭曰:

君得从先夫人于九泉,余不能。呜呼哀哉!余永无所依怙③。君虽没,其有与为妇何伤乎。呜呼哀哉!

石钟山记④

《水经》云⑤:"彭蠡之口有石钟山焉⑥。"郦元以为下临深潭,微风鼓浪,水石相搏,声如洪钟。是说也,人常疑之。今以钟磬置水中,虽

---

① 两端,左右摇摆。
② 锐,骤,急剧。
③ 依怙,依靠、依赖。
④ 该文作于宋神宗元丰七年(1084年)六月,这一年其子迈将赴饶州德兴(今属江西)尉,于是苏轼送子至江州湖口,同游石钟山,并写下此篇游记,因为写作此文时苏轼心情是闲适自得的。在文中,作者对石钟山命名的原由进行了一番探索,这种考证既有前代学者对其的记录,同样也有作者亲身游历的见闻,正是因为作者这种亲自探索的求真精神,为文章带来了生气与活力,对今人亦有启发意义。石钟山,在今江西湖口县城,有上、下两山。此指临江的下石钟山。
⑤ 《水经》,我国古代记述河道水系分布情况的地理书,相传为郭璞所作,北魏郦道元为其做注。
⑥ 彭蠡,鄱阳湖,在今江西北部,经湖口入长江。

大风浪不能鸣也,而况石乎!至唐李渤始访其遗踪①,得双石于潭上,扣而聆之,南声函胡,北音清越,桴止响腾②,余韵徐歇。自以为得之矣。然是说也,余尤疑之。石之铿然有声者,所在皆是也,而此独以钟名,何哉?

元丰七年六月丁丑,余自齐安舟行适临汝③,而长子迈将赴饶之德兴尉,送之至湖口,因得观所谓石钟者。寺僧使小童持斧,于乱石间择其一二扣之,硿硿焉。余固笑而不信也。至莫夜月明,独与迈乘小舟,至绝壁下。大石侧立千尺,如猛兽奇鬼,森然欲搏人;而山上栖鹘,闻人声亦惊起,磔磔云霄间;又有若老人咳且笑于山谷中者,或曰此鹳鹤也。余方心动欲还,而大声发于水上,噌吰如钟鼓不绝。舟人大恐。徐而察之,则山下皆石穴罅,不知其浅深,微波入焉,涵淡澎湃而为此也。舟回至两山间,将入港口,有大石当中流,可坐百人,空中而多窍,与风水相吞吐,有窾坎镗鞳之声④,与向之噌吰者相应⑤,如乐作焉。因笑谓迈曰:"汝识之乎?噌吰者,周景王之无射也⑥;窾坎镗鞳者,魏庄子之歌钟也。古之人不余欺也!"

事不目见耳闻,而臆断其有无,可乎?郦元之所见闻,殆与余同,而言之不详;士大夫终不肯以小舟夜泊绝壁之下,故莫能知;而渔工

---

① 李渤,字濬之,唐洛阳人,唐宪宗年间曾任江州(今江西九江)刺史,治湖筑堤,有《辨石钟山记》一文。
② 桴(fú),木质鼓锤。
③ 齐安,指黄州,在今湖北黄冈县西北。临汝,河南汝南,时为汝州州治。当时苏轼由黄州团练副使改官汝州团练副史。
④ 窾(kuǎn)坎,击物声。镗鞳(tāng tà),钟鼓声。
⑤ 噌吰(chēng hóng),响亮厚重的声音。
⑥ 无射,原为我国古代十二乐律之一。此指钟名,故称无射钟。

水师虽知而不能言。此世所以不传也。而陋者乃以斧斤考击而求之，自以为得其实。余是以记之，盖叹郦元之简，而笑李渤之陋也①。

文与可画筼筜谷偃竹记②

竹之始生，一寸之萌耳③，而节叶具焉④。自蜩腹蛇蚹以至于剑拔十寻者⑤，生而有之也。今画者乃节节而为之，叶叶而累之，岂复有竹乎？故画竹必先得成竹于胸中，执笔熟视，乃见其所欲画者，急起从之，振笔直遂，以追其所见，如兔起鹘落⑥，少纵则逝矣。与可之教予如此。予不能然也，而心识其所以然。夫既心识其所以然，而不能然者，内外不一，心手不相应，不学之过也。故凡有见于中而操之不熟者，平居自视了然，而临事忽焉丧之，岂独竹乎？

子由为《墨竹赋》以遗与可曰："庖丁，解牛者也，而养生者取之；轮扁，斫轮者也，而读书者与之。今夫夫子之托于斯竹也⑦，而予以为

---

① 陋，见识低下者。
② 此文又作《筼筜谷偃竹记》，作于神宗元丰二年（1079年），当时苏轼在湖州任知州。该文是一篇叙事抒情散文，由竹子写起，又写到画竹子的技法，引发出画家文与可其人，接着作者又写了一系列自己与画家交往过程中的诙谐往事。文章看似是记事写竹，实际饱含对已故友人的深切怀念。文与可（1018—1079），名同，字与可，号笑笑先生、锦江道人，北宋著名画家，四川梓潼人。因曾任湖州知州，世称文湖州。文与可是苏轼的从表兄，长苏轼十七岁，善画山水石竹，尤工竹，是"文湖州竹派"的开创者。筼筜谷，位于洋州（治所在今陕西洋县），西北五里，其地多竹。筼筜，原为大竹名。偃竹，斜立风中，状若倒伏的竹子。
③ 萌，芽，指竹笋。
④ 节，竹节。
⑤ 蜩腹蛇蚹，形容竹子出土开始脱壳拔节。
⑥ 兔起鹘落，兔子一出现，鹘鸟就从空中冲下来抓住它。这里形容运笔神速。
⑦ 夫子，对读书人的尊称。

有道者则非邪?"子由未尝画也,故得其意而已。若予者,岂独得其意,并得其法。

与可画竹,初不自贵重,四方之人持缣素而请者①,足相蹑于其门②。与可厌之,投诸地而骂曰:"吾将以为袜材。"士大夫传之,以为口实。及与可自洋州还,而余为徐州。与可以书遗余曰:"近语士大夫,吾墨竹一派,近在彭城,可往求之。袜材当萃于子矣。"书尾复写一诗,其略云:"拟将一段鹅溪绢,扫取寒梢万尺长。"予谓与可:"竹长万尺,当用绢二百五十匹,知公倦于笔砚,愿得此绢而已。"与可无以答,则曰:"吾言妄矣。世岂有万尺竹哉?"余因而实之,答其诗曰:"世间亦有千寻竹,月落庭空影许长。"与可笑曰:"苏子辩则辩矣,然二百五十匹绢,吾将买田而归老焉。"因以所画筼筜谷偃竹遗予曰:"此竹数尺耳,而有万尺之势。"筼筜谷在洋州,与可尝令予作洋州三十咏,《筼筜谷》其一也。予诗云:"汉川修竹贱如蓬,斤斧何曾赦箨龙③。料得清贫馋太守④,渭滨千亩在胸中。"与可是日与其妻游谷中,烧笋晚食,发函得诗,失笑喷饭满案。

元丰二年正月二十日,与可没于陈州⑤。是岁七月七日,予在湖州曝书画⑥,见此竹,废卷而哭失声⑦。昔曹孟德祭桥公文,有"车过""腹痛"之语。而予亦载与可畴昔戏笑之言者⑧,以见与可于予亲厚无

---

① 缣素,书画用的白色细绢。
② 足相蹑,脚跟着脚,形容人多。
③ 箨龙,竹笋的别称。箨,笋壳。
④ 太守,指文与可,时任洋州知州。
⑤ 陈州,今河南省淮阳县。
⑥ 曝,晾晒。
⑦ 废,放下。
⑧ 畴昔,从前。

间如此也①。

方山子传②

　　方山子,光、黄间隐人也③。少时慕朱家、郭解为人④,闾里之侠皆宗之⑤。稍壮,折节读书⑥,欲以此驰骋当世,然终不遇。晚乃遁于光、黄间,曰岐亭。庵居蔬食,不与世相闻。弃车马,毁冠服,徒步往来山中,人莫识也。见其所著帽,方耸而高,曰:"此岂古方山冠之遗象乎⑦?"因谓之方山子。

　　余谪居于黄,过岐亭,适见焉⑧。曰:"呜呼!此吾故人陈慥季常也。何为而在此?"方山子亦矍然⑨,问余所以至此者。余告之故。俯而不答,仰而笑,呼余宿其家。环堵萧然⑩,而妻子奴婢皆有自得

---

① 无间,没有隔阂。

② 该文是苏轼为友人方山子所写的传,然而该文并不同普通传记那样对人物生平尽述,而是选取方山子游侠与隐居后的几件小事,但是这区区几件小事便将方山子的精神品貌与人格充分反映出来,足以看出作者对生活细节捕捉的精准与巧妙。方山子,即陈慥(zào),字季常,公弼之子,自称龙丘先生,又曰方舟子,好宾客,喜畜声妓,其妻柳氏凶妒,故苏东坡有诗云:"龙丘居士亦可怜,谈空说有夜不眠。忽闻河东狮子吼,柱杖落手心茫然。"此处所说的河东狮子,指柳氏。

③ 光、黄,指光州、黄州。光州今在河南省潢川县。黄州,治所在今湖北省黄冈县。

④ 朱家、郭解,西汉时两位游侠人士。

⑤ 闾里,乡里。

⑥ 折节,改变气节。

⑦ 方山冠,冠名,汉代祭祀宗庙时乐师所戴。

⑧ 适见,恰好遇见。

⑨ 矍然,惊讶相视的样子。

⑩ 环堵,四壁之内,室内。堵,墙壁。萧然,空寂冷落的样子。

之意。

　　余既耸然异之①。独念方山子少时,使酒好剑,用财如粪土。前十九年,余在岐下②,见方山子从两骑,挟二矢,游西山。鹊起于前,使骑逐而射之,不获。方山子怒马独出③,一发得之。因与余马上论用兵及古今成败,自谓一世豪士。今几日耳,精悍之色犹见于眉间,而岂山中之人哉?

　　然方山子世有勋阀④,当得官,使从事于其间,今已显闻。而其家在洛阳,园宅壮丽与公侯等。河北有田,岁得帛千匹,亦足以富乐。皆弃不取,独来穷山中,此岂无得而然哉?

　　余闻光、黄间多异人,往往阳狂垢污⑤,不可得而见。方山子傥见之欤⑥?

日　喻⑦

　　生而眇者不识日⑧,问之有目者。或告之曰:"日之状如铜盘。"扣

---

① 耸然,吃惊的样子。
② 岐下,岐山下。
③ 怒马,扬鞭催马使其急奔。
④ 勋阀,功臣的门第。阀,古代仕官人家大门外立的左右两柱,用来榜贴功状,左柱叫阀,右柱叫阅。
⑤ 阳狂垢污,假装疯癫,浑身污秽不堪。阳狂,佯狂。
⑥ 傥,或许。
⑦ 该文作于宋神宗元丰元年(1078年),当时苏轼任徐州知州。该文类似韩愈《杂说》一类,主要是通过一系列比喻寓言来劝勉后学"得道"之法要通过勤勉学习才能自然得到。全文多处运用了比喻的方法,将抽象的"求道""悟道"过程形容得十分形象生动,使文章更具感染力,读来既有趣味又引人深思。
⑧ 眇者,指一目失明,此处泛指盲人。

163

盘而得其声，他日闻钟，以为日也。或告之曰："日之光如烛。"扪烛而得其形，他日揣籥①，以为日也。日之与钟、籥亦远矣，而眇者不知其异，以其未尝见而求之人也。

道之难见也甚于日，而人之未达也②，无以异于眇。达者告之，虽有巧譬善导，亦无以过于盘与烛也。自盘而之钟，自烛而之籥，转而相之，岂有既乎？故世之言道者，或即其所见而名之，或莫之见而意之，皆求道之过也。

然则道卒不可求欤？苏子曰："道可致而不可求③。"何谓致？孙武曰④："善战者致人，不致于人。⑤"子夏曰⑥："百工居肆⑦，以成其事，君子学以致其道。"莫之求而自至，斯以为致也欤？

南方多没人，日与水居也，七岁而能涉，十岁而能浮，十五而能浮没矣⑧。夫没者岂苟然哉？必将有得于水之道者⑨。日与水居，则十五而得其道；生不识水，则虽壮⑩，见舟而畏之。故北方之勇者，问于没人，而求其所以浮没矣，以其言试之河，未有不溺者也。故凡不学而务求道，皆北方之学没者也。

---

① 揣，揣度。籥，短笛，古代乐器一种，状如笛子，比笛子短。
② 达，通达，懂得。
③ 致，领会后自然达到。
④ 孙武，春秋时齐国军事家，著《孙子兵法》。
⑤ 致人，指让敌人自投罗网。致于人，使自己陷入敌人的圈套。
⑥ 子夏，孔子学生。
⑦ 肆，作坊、店铺。
⑧ 浮没，潜水。
⑨ 水之道，水性。
⑩ 壮年，三十岁。

昔者以声律取士①,士杂学而不志于道;今者以经术取士②,士求道而不务学。渤海吴君彦律③,有志于学者也,方求举于礼部④,作《日喻》以告之。

答谢民师书⑤

近奉违,亟辱问讯⑥,具审起居佳胜,感慰深矣。轼受性刚简,学迂材下,坐废累年⑦,不敢复齿缙绅⑧。自还海北,见平生亲旧,惘然如隔世人,况与左右无一日之雅,而敢求交乎! 数赐见临,倾盖如故⑨,幸甚过望,不可言也。

所示书教及诗赋杂文⑩,观之熟矣。大略如行云流水,初无定

---

① 声律取士,唐宋科举是要靠作诗、作赋。
② 经术,经学。
③ 吴君彦律,即吴彦律,名琯,字彦律,渤海(今山东信阳县)人,当时任徐州监酒正字,曾与苏轼唱和。
④ 求举于礼部,考进士。
⑤ 该文作于宋哲宗元符三年(1100年)。这一年苏轼从海南儋州遇赦北归,路经广州时结识当时任推官的谢民师,谢民师曾多次登门拜访苏轼,与其探讨诗文写作。苏轼离开苏州后,二人亦有书信来往,此封信是苏轼答谢民师的第二封信。通过该文,我们可以了解一些苏轼对于文学问题的观点与看法。谢民师,谢举廉,字民师,新淦(今江西新干县)人,元丰八年(1085年)进士。苏轼写作此信时,谢民师正在广州任推官。
⑥ 奉,谦词。
⑦ 坐废累年,苏轼绍圣元年(1094年)被贬惠州(今属广东),四年前又谪居儋州(今属海南),元符三年(1100年)方自海南内调,故云坐废累年。坐废,因罪被贬。
⑧ 缙绅,士大夫。
⑨ 倾盖如故,犹一见如故。倾盖,双方道中相遇,停车交谈,两车车盖向前倾斜。
⑩ 书教,指对方书信。

165

质①,但常行于所当行,常止于所不可不止,文理自然,姿态横生。孔子曰:"言之不文,行而不远。"又曰:"辞达而已矣。"②夫言止于达意,即疑若不文,是大不然。求物之妙,如系风捕影,能使是物了然于心者,盖千万人而不一遇也,而况能使了然于口与手者乎?是之谓辞达。辞至于能达,则文不可胜用矣。扬雄好为艰深之辞③,以文浅易之说,若正言之,则人人知之矣。此正所谓雕虫篆刻者④,其《太玄》《法言》⑤,皆是类也。而独悔于赋,何哉?终身雕篆,而独变其音节,便谓之经,可乎?屈原作《离骚经》⑥,盖《风》《雅》之再变者,虽与日月争光可也。可以其似赋而谓之雕虫乎?使贾谊见孔子,升堂有余矣;而乃以赋鄙之,至与司马相如同科。雄之陋如此比者甚众,可与知者道,难与俗人言也。因论文偶及之耳。欧阳文忠公言:"文章如精金美玉,市有定价,非人所能以口舌定贵贱也。"⑦纷纷多言,岂能有益于左右,愧悚不已。

所须惠力法雨堂字⑧,轼本不善作大字,强作终不佳,又舟中局迫难写⑨,未能如教。然轼方过临江,当往游焉。或僧有所欲记录,当为

---

① 初无定质,本无一定的体式。
② 以上两句见《左传·襄公二十五年》引孔子语。
③ 扬雄,西汉末文学家,擅长辞赋。
④ 雕虫篆刻,出自扬雄《法言·吾子》:"或问:'吾子少而好赋?'曰:'然。童子雕虫篆刻。'俄而曰:'壮夫不为也。'"比喻从事微不足道的小技艺。扬雄用以称辞赋写作技巧。
⑤ 《太玄》《法言》,扬雄模仿《易经》《论语》两部著作。
⑥ 《离骚经》,即《离骚》。王逸《楚辞章句》将《离骚》称为《离骚经》。
⑦ 此句出于欧阳修《苏氏文集序》。
⑧ 惠力,寺名,在临江县(今江西漳树市西南)南。临江靠近谢民师家乡新淦,故代惠力寺请苏轼书寺中法雨堂之"法雨"二字。
⑨ 局迫,局促狭窄。

作数句留院中,慰左右念亲之意。今日至峡山寺①,少留即去。愈远,惟万万以时自爱。

游白水书付过②

绍圣元年十月十二日③,与幼子过游白水佛迹院。浴于汤池④,热甚,其源殆可熟物⑤。

循山而东,少北⑥,有悬水百仞⑦。山八九折,折处辄为潭,深者縋石五丈⑧,不得其所止。雪溅雷怒,可喜可畏。水崖有巨人迹数十⑨,所谓佛迹也。

暮归倒行,观山烧火,甚俯仰度数谷,至江山月出,击汰中流,掬弄珠璧。

到家,二鼓,复与过饮酒,食余甘煮菜。顾影颓然。不复甚寐。书以付过。东坡翁。

---

① 峡山寺,在清远峡(今广东清远)。
② 此文又名《佛迹》,是苏轼被贬官惠州时所作,时年作者五十九岁。该文是一篇游记,以时间为线索记述了佛迹院、山火、江月几个片段。文章虽短,然而对于景色的描写却十分形象,语言精炼隽永,诙谐有趣。
③ 绍圣元年,绍圣为宋神宗年号,1049年。
④ 汤池,温泉。
⑤ 熟物,使物变熟。
⑥ 少北,稍微偏北。
⑦ 悬水,指瀑布。
⑧ 縋,绳子吊着物体垂放。
⑨ 水崖,水边山崖。

记承天寺夜游[1]

元丰六年十月十二日夜,解衣欲睡,月色入户,欣然起行。念无与为乐者[2],遂至承天寺寻张怀民[3]。怀民亦未寝,相与步于中庭[4]。

庭下如积水空明,水中藻荇交横[5],盖竹柏影也[6]。

何夜无月?何处无竹柏?但少闲人如吾两人者耳[7]。

记游松风亭[8]

余尝寓居惠州嘉祐寺,纵步松风亭下。足力疲乏,思欲就亭止息。望亭宇,尚在木末,意谓是如何得到?良久,忽曰:"此间有甚么歇不得处?"由是如挂钩之鱼,忽得解脱。若人悟此,虽兵阵相接,鼓

---

[1] 该文作于元丰六年(1038年),是一篇随笔式散文,全文仅有八十五字,记述的是苏轼谪居期间与友人夜间漫步承天寺的一个生活片段。全文虽然短小,但是全文以淡雅的笔触将写景、叙事、抒情融为一体,渲染一种空灵、唯美的境界。《唐宋十大家全集录·东坡全集录》卷九曾评价该文:"仙笔也,读之觉玉宇琼楼,高寒澄澈。"

[2] 念,想,想来,想到。

[3] 张怀民,张梦得,字怀民,又字偓佺,河北清河人,元丰年间谪居黄州,与苏轼兄弟均有交往。

[4] 相与,一起,互相一块儿。

[5] 藻荇,两种水草。

[6] 盖,表推断。

[7] 闲人,作者自称。因苏东坡被贬黄州团练副使,其实为徒有虚名的官职。此处指不被世俗所拖累,悠然赏景的人。

[8] 此文写于绍圣元年(1094年),当时苏轼被贬居惠州。

声如雷霆,进则死敌,退则死法,当恁甚么时①,也不妨熟歇②。

游沙湖

　　黄州东南三十里为沙湖,亦曰螺师店。予买田其间,因往相田得疾。闻麻桥人庞安常善医而聋。遂往求疗。安常虽聋,而颖悟绝人,以纸画字,书不数字,辄深了人意。余戏之曰:"余以手为口,君以眼为耳,皆一时异人也。"

　　疾愈,与之同游清泉寺。寺在蕲水郭门外二里许,有王逸少洗笔泉,水极甘,下临兰溪,溪水西流。余作歌云:"山下兰芽短浸溪,松间沙路净无泥,潇潇暮雨子规啼。谁道人生无再少?君看流水尚能西,休将白发唱黄鸡。"是日剧饮而归。

---

① 恁甚么时,这时。
② 熟歇,好好歇息。

苏辙

苏辙(1039—1112)，字子由，一字同叔，自号颍滨遗老，汉族，眉州眉山(今属四川)人，北宋文学家、诗人、政治家，唐宋八大家之一。

嘉祐二年(1057年)进士。神宗朝，为制置三司条例司属官。因反对王安石变法，出为河南推官。哲宗时，召为秘书省校书郎。元祐元年(1086年)为右司谏，历官御史中丞、尚书右丞、门下侍郎。绍圣元年(1094年)因上书言事忤逆哲宗，出知汝州，贬筠州，再谪雷州安置，移循州。徽宗立，徙永州、岳州，复太中大夫，又降居许州，致仕，遂定居颍川。政和二年(1112年)卒，追复端明殿学士、宣奉大夫。南宋时累赠太师、魏国公，后谥文定。

苏辙与父亲苏洵、兄长苏轼齐名，合称三苏。著有《栾城集》等。

墨竹赋①

　　与可以墨为竹,视之良竹也。② 客见而惊焉,曰:"今夫受命于天,赋形于地,涵濡雨露③,振荡风气,春而萌芽,夏而解弛④,散柯布叶⑤,逮冬而遂。性刚洁而疏直,姿婵娟以闲媚⑥;涉寒暑之徂变⑦,傲冰雪之凌厉;均一气于草木,嗟壤同而性异;信物生之自然,虽造化其能使? 今子研青松之煤,运脱兔之毫⑧,睥睨墙堵⑨,振洒缯绡,须臾而成;郁乎萧骚⑩,曲直横斜,秾纤庳高⑪,窃造物之潜思,赋生意于崇朝。子岂诚有道者邪?"

　　与可听然而笑曰:"夫予之所好者道也,放乎竹矣! 始予隐乎崇山之阳⑫,庐乎修竹之林。视听漠然,无概乎予心。朝与竹乎为游,暮与竹乎为朋,饮食乎竹间,偃息乎竹阴,观竹之变也多矣。若夫风止雨霁,山空日出,猗猗其长,森乎满谷,叶如翠羽,筠如苍玉。澹乎自

---

　① 本文是一篇文赋,是苏辙赞美文与可的墨竹而写的文章,可与本书前所收苏轼《文与可画筼筜谷偃竹记》对照阅读。
　② 良,确实,真正。
　③ 涵濡,沉浸。涵,沾湿。
　④ 解弛,舒放伸展。这里指竹笋叶脱落,开始长成竹子。
　⑤ 柯,指竹子枝。
　⑥ 闲媚,典雅、美好。
　⑦ 徂变,变化。
　⑧ 脱兔之毫,指毛笔。当时多用兔毫制毛笔。
　⑨ 睥睨,侧视。形容高傲的样子。
　⑩ 萧骚,形容风吹拂竹子枝叶发出的声音。
　⑪ 秾,花木繁盛的样子。庳,地下。
　⑫ 阳,山南为阳,山北为阴。

持,凄兮欲滴,蝉鸣鸟噪,人响寂历。忽依风而长啸,眇掩冉以终日。笋含箨而将坠,根得土而横逸。绝涧谷而蔓延,散子孙乎千亿。至若丛薄之馀,斤斧所施,山石荦埆①,荆棘生之。蹇将抽而莫达,纷既折而犹持。气虽伤而益壮,身已病而增奇。凄风号怒乎隙穴,飞雪凝冱乎陂池②;悲众木之无赖,虽百围而莫支。犹复苍然于既寒之后,凛乎无可怜之姿;追松柏以自偶,窃仁人之所为,此则竹之所以为竹也。始也,余见而悦之;今也,悦之而不自知也;忽乎忘笔之在手,与纸之在前,勃然而兴,而修竹森然,虽天造之无朕③,亦何以异于兹焉?"客曰:"盖予闻之:庖丁,解牛者也,而养生者取之;轮扁,斫轮者也,而读书者与之,万物一理也,其所从为之者异尔,况夫夫子之托于斯竹也,而予以为有道者,则非耶?"与可曰:"唯唯!"④

黄楼赋⑤

熙宁十年秋七月乙丑⑥,河决于澶渊⑦,东流入钜野⑧,北溢于济

---

① 荦埆,山多大石的样子。
② 陂池,沼泽和池塘。
③ 天造之无朕,指天衣无缝,天地造物之自然。
④ 唯唯,应诺之声。
⑤ 此文作于元丰元年(1078年),熙宁十年(1077年)四月,苏轼由密州改为徐州。七月黄河在澶渊曹村决口。八月洪水冲及徐州城下,至十月五日方退。太守苏轼因率领军民抗洪有功受到朝廷嘉奖。次年二月,在徐州城之东门建"黄楼"以纪念此事。黄楼建好后,苏辙应邀写作此文。
⑥ 熙宁十年,公元1077年。熙宁,宋神宗年号。
⑦ 河,黄河。澶渊,古湖泊名,又名繁渊。旧址在今河南濮阳市西。
⑧ 钜野,此处为古泽名,位于山东巨野。

南,溢于泗①。八月戊戌,水及彭城下,余兄子瞻适为彭城守。水未至,使民具畚锸②,畜土石,积刍茭,完窒隙穴,以为水备。故水至而民不恐。自戊戌至九月戊申,水及城下者二丈八尺,塞东西北门,水皆自城际山。雨昼夜不止,子瞻衣制履屦,庐于城上,调急夫发禁卒以从事,令民无得窃出避水,以身帅之,与城存亡。故水大至而民不溃。方水之淫也,汗漫千余里③,漂庐舍,败冢墓,老弱蔽川而下,壮者狂走无所得食,槁死于丘陵林木之上。子瞻使习水者浮舟楫载糗饵以济之④,得脱者无数。水既涸⑤,朝廷方塞澶渊,未暇及徐。子瞻曰:"澶渊诚塞,徐则无害,塞不塞天也,不可使徐人重被其患。"乃请增筑徐城,相水之冲,以木堤捍之,水虽复至,不能以病徐也⑥。故水既去,而民益亲。于是即城之东门为大楼焉,垩以黄土,曰:"土实胜水。"徐人相劝成之。辙方从事于宋,将登黄楼,览观山川,吊水之遗迹,乃作黄楼之赋。其辞曰:子瞻与客游于黄楼之上,客仰而望俯而叹曰:"噫嘻!殆哉!在汉元光,河决瓠子,腾蹙钜野⑦,衍溢淮泗,梁楚受害二十余岁。下者为污泽,上者为沮洳⑧。民为鱼鳖,郡县无所。天子封祀太山,徜徉东方,哀民之无辜,流死不藏,使公卿负薪,以塞宣房。瓠子之歌,至今伤之。嗟惟此邦,俯仰千载,河东倾而南泄,蹈汉世之

---

① 泗,源于今山东省泗水县东,四源并发,故名。
② 畚(běn)锸,挖运泥土的工具。
③ 汗漫,漫无边际。
④ 糗(qiǔ)饵,将米麦炒熟制成的食品。
⑤ 水既涸,洪水已经退去。
⑥ 病徐,使徐州遭遇水害。
⑦ 腾蹙,迅速前行貌。
⑧ 沮洳,低湿之地。

遗害。包原隰而为一①,窥吾埔之摧败。吕梁龃龉,横绝乎其前,四山连属,合围乎其外。水洄洑而不进,环孤城以为海。舞鱼龙于隍壑②,阅帆樯于睥睨。方飘风之迅发,震鞞鼓之惊骇。诚蚁穴之不救,分闾阎之横溃。幸冬日之既迫,水泉缩以自退。栖流枿于乔木③,遗枯蚌于水裔。听澶渊之功,非天意吾谁赖。今我与公,冠冕裳衣,设几布筵,斗酒相属,饮酣乐作,开口而笑,夫岂偶然也哉?"子瞻曰:"今夫安于乐者,不知乐之为乐也,必涉于害者而后知之。吾尝与子凭兹栖而四顾,览天宇之宏大,缭青山以为城,引长河而为带。平皋衍其如席④,桑麻蔚乎旌旐。画阡陌之从横,分园庐之向背。放田渔于江浦,散牛羊于烟际。清风时起,微云霍霩⑤。山川开阖,苍莽千里。东望则连山参差,与水背驰。群石倾奔,绝流而西。百步涌波,舟楫纷披。鱼鳖颠沛,没人所嬉。声崩震雷,城堞为危。南望则戏马之台,巨佛之峰,肖乎特起,下窥城中,楼观翱翔,巍峨相重。激水既平,渺莽浮空。骈洲接浦,下与淮通。西望则山断为玦,伤心极目,麦熟乔秀,离离满隰,飞鸿群往,白鸟孤没,横烟澹澹,俯见落日。北望则泗水潢漫⑥,古汴入焉,汇为涛渊,蛟龙所蟠,古木蔽空,乌鸟号呼,贾客连樯,联络城隅。送夕阳之西尽,导明月之东出。金钲涌于青嶂,阴氛为之辟易。窥人寰而直上,委余彩于沙碛。激飞楹而入户,使人体寒而战栗。息汹汹于群动,听川流之荡潏。可以起舞相命,一饮千石,遗弃

---

① 包原隰而为一,将高低地全部淹没。
② 隍壑,护城壕。
③ 枿(niè),树木经砍伐后重新长出的枝条。
④ 平皋,水边平展之地。
⑤ 霍霩,幽邃,云雾浓重的样子。
⑥ 潢漫,水旷远貌。

忧患，超然自得。且子独不见夫昔之居此者乎？前则项籍、刘戊，后则光弼、建封。战马成群，猛士成林。振臂长啸，风动云兴。朱阁青楼，舞女歌童。势穷力竭，化为虚空。山高水深，草生故墟。盖将问其遗老，既已灰灭，而无余矣。故吾将与子吊古人之既逝，闵河决于畴昔①。知变化之无在②，付杯酒以终日。"于是众客释然而笑，颓然就醉，河倾月堕③，携扶而出。

上枢密韩太尉书④

太尉执事⑤：辙生好为文，思之至深。以为文者气之所形，然文不可以学而能，气可以养而致。孟子曰："吾善养吾浩然之气。"⑥今观其文章，宽厚宏博，充乎天地之间，称其气之小大⑦。太史公行天下，周览四海名山大川，与燕、赵间豪俊交游⑧，故其文疏荡，颇有奇气。此二子者，岂尝执笔学为如此之文哉？其气充乎其中而溢乎其貌，动乎

---

① 闵，怜悯。
② 无在，无所不在。
③ 河倾月堕，星河倾斜，表示夜已深，月亮隐没，天快亮了。
④ 此文作于嘉祐二年(1057年)，苏辙进士及第后写给当朝权要韩琦的一封干谒信。干谒之作很容易写得落入俗套套，有谄媚巴结之嫌。但是也有一些干谒之作成为千古名篇，如孟浩然的《望洞庭湖赠张丞相》、李白《与韩荆州书》等。苏辙此文写得不卑不亢，切合身份，立意高远，因而成为干谒文中佳作，被人们传颂，经世不衰。韩太尉，名琦，字稚圭。宋仁宗时枢密使，掌管军事大权。
⑤ 太尉，枢密使的职位相当于秦汉时的太尉，故称韩琦为太尉。执事，指韩琦左右办事人员。
⑥ 语出自《孟子·公孙丑上》。
⑦ 称，相称。
⑧ 燕、赵，泛指北方。燕在今河北北部和辽宁西南部。赵，在今山西中部、北部、陕西东北角和河北西部一带。

其言而见乎其文，而不自知也。

辙生十有九年矣。其居家所与游者，不过其邻里乡党之人；所见不过数百里之间，无高山大野可登览以自广；百氏之书①，虽无所不读，然皆古人之陈迹，不足以激发其志气。恐遂汩没，故决然舍去，求天下奇闻壮观，以知天地之广大。过秦汉之故都，恣观终南、嵩、华之高，北顾黄河之奔流②，慨然想见古之豪杰。至京师，仰观天子宫阙之壮，与仓廪、府库、城池、苑囿之富且大也，而后知天下之巨丽。见翰林欧阳公③，听其议论之宏辩，观其容貌之秀伟，与其门人贤士大夫游，而后知天下之文章聚乎此也。太尉以才略冠天下，天下之所恃以无忧，四夷之所惮以不敢发④，入则周公、召公，出则方叔、召虎。而辙也未之见焉。

且夫人之学也，不志其大，虽多而何为？辙之来也，于山见终南、嵩、华之高，于水见黄河之大且深，于人见欧阳公，而犹以为未见太尉也。故愿得观贤人之光耀，闻一言以自壮，然后可以尽天下之大观而无憾者矣。

辙年少，未能通习吏事。向之来，非有取于斗升之禄⑤，偶然得之，非其所乐。然幸得赐归待选⑥，便得优游数年之间⑦，将归益治其

---

① 百氏之书，诸子百家之书。
② 终南，终南山。嵩，嵩山，古称中岳，在今河南登封北。华，华山，古时称西岳，在今陕西华阴南。
③ 翰林欧阳公，指欧阳修，他曾任翰林学士。苏辙中进士时，他是主考官。
④ 四夷，指当时边境少数民族。
⑤ 斗升之禄，微薄的俸禄，这里指品级不高的官吏。
⑥ 赐归待选，允许我暂时回家，等待吏部的选用。
⑦ 优游，从容闲暇。

文,且学为政。太尉苟以为可教而辱教之,又幸矣①!

答黄庭坚书②

辙之不肖③,何足以求交于鲁直?然家兄子瞻与鲁直往还甚久,辙与鲁直舅氏公择相知不疏④,读君之文,诵其诗,愿一见者久矣。性拙且懒,终不能奉咫尺之书⑤,致殷勤于左右,乃使鲁直以书先之,其为愧恨可量也。

自废弃以来⑥,颓然自放,顽鄙愈甚,见者往往嗤笑,而鲁直犹有以取之。观鲁直之书所以见爱者,与辙之爱鲁直无异也。然则书之先后,不君则我,未足以为恨也。

比闻鲁直吏事之余,独居而蔬食,陶然自得。盖古之君子不用于

---

① 又幸矣,又使我感到荣幸了。
② 本文写于元丰年间,当时苏辙因其兄苏轼乌台诗案牵连被贬谪监筠州盐酒税。当时黄庭坚则在知吉州太和(今江西泰和)任上,与筠州相距不远。该文写作缘由是早在元丰元年(1078年),黄庭坚写信给苏轼,在信中他表达了对苏辙的钦佩之情:"极叹其沉冥游刃与世故,以为古人不过如此。"(《与苏子瞻书》)数年后,他又主动致信苏辙,欲与苏辙结交。黄庭坚,字鲁直,自号山谷道人,又好涪翁,洪州分宁(今江西修水)人。历任校书郎、著作佐郎、国史编修等职。哲宗时期新党执政,贬为涪州别驾,再贬羁管宜州,卒于贬所。工诗文,与苏轼齐名,有"苏黄"之称。
③ 不肖,不才。
④ 公择,指黄庭坚的舅父李常,字公择,南昌军建昌(今江西南城)人,历任户部尚书、御史中丞兼侍郎读等职。
⑤ 咫尺之书,代指书信。
⑥ 废弃,指被贬谪罢官。

177

世,必寄于物以自遣。阮籍以酒①,嵇康以琴②。阮无酒,稽无琴,则其食草木而友麋鹿③,有不安者矣。独颜氏子饮水啜菽,居于陋巷,无假于外④,而不改其乐,此孔子所以叹其不可及人也。今鲁直目不求色,口不求味,此其中所有过人远矣。而犹以问人,何也?闻鲁直喜与禅僧语,盖聊以是探其有无耶?渐寒,比日起居甚安⑤,惟以时自重⑥。

武昌九曲亭记⑦

子瞻迁于齐安⑧,庐于江上⑨。齐安无名山,而江之南武昌诸山,陂陁蔓延⑩,涧谷深密,中有浮图精舍⑪,西曰西山,东曰寒溪。依山

---

① 阮籍,字嗣宗,三国魏陈留尉氏县(今属河南)人。他处于魏晋易代之际,不满现实,纵酒自放,以求自全。
② 嵇康,三国魏谯郡(今安徽宿县)人。因不满司马氏欲篡魏,终被司马氏所杀。
③ 食草木而友麋鹿,此指隐者高远的境界。
④ 不假于外,不借助于外物。
⑤ 起居,作息,指日常生活。
⑥ 惟以时自重,书信中的套语,类似于现在的"冬安""夏祺"一类。
⑦ 本文约写于元丰五年(1082年),苏轼在元丰二年(1079年)时,因御史舒亶、李定在其诗中寻章摘句、断章取义,告发他讪谤新政而入狱,这就是历史上有名的"乌台诗案"。同年十二月苏轼被贬黄州,苏辙也因此受到牵连谪居筠州(今江西高安)。兄弟二人感情甚好,为了慰藉相思之苦,苏辙于次年五月特地到黄州探视兄长,与苏轼同游武昌(今湖北鄂州)西山,事后写下此文纪念。本文虽表面看来是一篇亭记,实则是一篇山水游记,但是本文写景的部分却寥寥,重点落在与兄同游这件事情本身。
⑧ 迁,贬官远调。
⑨ 庐,这里用作动词,结庐,居住。
⑩ 陂陁,山坡、山冈。
⑪ 浮图,指佛教徒。精舍,修行人的住处,指佛舍。

临壑,隐蔽松枥,萧然绝俗,车马之迹不至。每风止日出,江水伏息,子瞻杖策载酒,乘渔舟,乱流而南。山中有二三子,好客而喜游。闻子瞻至,幅巾迎笑,相携徜徉而上。穷山之深,力极而息,扫叶席草,酌酒相劳。意适忘反,往往留宿于山上。以此居齐安三年,不知其久也。

然将适西山,行于松柏之间,羊肠九曲,而获少平①。游者至此必息,倚怪石,荫茂木,俯视大江,仰瞻陵阜,旁瞩溪谷,风云变化,林麓向背,皆效于左右。有废亭焉,其遗址甚狭,不足以席众客。其旁古木数十,其大皆百围千尺,不可加以斤斧。子瞻每至其下,辄睥睨终日。一旦大风雷雨,拔去其一,斥其所据,亭得以广。子瞻与客入山视之,笑曰:"兹欲以成吾亭邪?"遂相与营之。亭成,而西山之胜始具。子瞻于是最乐。

余少年,从子瞻游。有山可登,有水可浮,子瞻未始不褰裳先之②。有不得至,为之怅然移日③。至其翩然独往,逍遥泉石之上,撷林卉,拾涧实,酌水而饮之,见者以为仙也。盖天下之乐无穷,而以适意为悦。方其得意,万物无以易之。及其既厌④,未有不洒然自笑者也。譬之饮食,杂陈于前,要之一饱,而同委于臭腐。夫孰知得失之所在?惟其无愧于中,无责于外,而姑寓焉⑤。此子瞻之所以有乐于是也。

---

① 少,稍微。
② 褰(qiān),把衣服提起来。
③ 移日,日影移动,指时间长。
④ 厌,通"餍",满足。
⑤ 姑寓,姑且寄托。

179

杭州龙井院讷斋记①

  钱塘有大法师曰辩才②,初住上天竺山③,以天台法化吴越④。吴越人归之如佛出世,事之如养父母,金帛之施,不求而至。居天竺十四年,有利其富者,迫而逐之,师忻然舍去,不以为恨。吴越之人,涕泣而从之者如归市,天竺之众,分散四去。事闻于朝,明年,俾复其旧。师黾俛而还⑤,如不得已。吴越之人,争出其力,以成就废缺,众复大集。

  无几何,师告其众曰:"吾虽未尝争也,不幸而立于争地。久居而不去,使人以己是非彼,非沙门也⑥。天竺之南山,山深而木茂,泉甘而石峻,汝舍我,我将老于是。"言已,策杖而往,以茅竹自覆,声动吴越。人复致其所有,镵崄堙圮⑦,筑室而奉之。不期年而荒榛岩石之间,台观飞涌,丹垩炳焕⑧,如天帝释宫。师自是谢事,不复出入。高

---

  ① 此文是苏辙受杭州道潜禅师之邀为其僧舍"讷斋"而作的一篇记。由于本文所写的对象是佛界法师,因此写法上要与世俗人俗事有所区别,既要符合法师的身份,又要与僧院环境相符。时代散文家茅坤评价此文"近禅旨",这与苏辙平日来的禅学修养不无关系,这种"禅旨"体现在事件、人物、言行等多个方面,值得今人细细体味品读。
  ② 钱塘,县名,今杭州。大法师,通晓佛教教义的人。辩才,僧人徐元净的法号。徐元净,字无象,杭州於潜人,十岁出家,二十五岁获赐紫衣及辩才法号。
  ③ 上天竺,天竺山在杭州灵隐寺南,山有上、下天竺寺。
  ④ 天台,指佛教天台宗。化,教化。
  ⑤ 黾俛(mǐn miǎn),勉强。
  ⑥ 沙门,指佛教。
  ⑦ 镵(chán),通"巉",险峻。堙,堵塞不通。圮,坍塌。
  ⑧ 丹垩(è)炳焕,粉刷的墙壁色彩鲜明。

邮秦观太虚名其所居曰"讷斋"①。道潜师参寥告予为记②。

予闻之,师始以法教人,叩之必鸣,如千石钟;来不失时,如沧海潮。故人以"辩"名之。及其退居此山,闭门燕坐③,寂嘿终日④。叶落根荣如冬枯木,风止浪静如古涧水,故人以"讷"名之。虽然,此非师之大全也。彼其全者,不大不小,不长不短,不垢不净,不辩不讷,而又何以名之? 虽然,乐其出而高其退,喜其辩而贵其讷,此众人意也,则其以名斋也亦宜。系之以词曰:

以辩见我,既非见我。以讷见我,亦几于妄。有叩而应,时止而止。非辩非讷,如如不动。诸佛既然,我亦如是。

东轩记⑤

余既以罪谪监筠州盐酒税,未至,大雨,筠水泛滥,蔑南市⑥,登北岸,败刺史府门。盐酒税治舍俯江之湄⑦,水患尤甚。既至,敝不可

---

① 秦观,字少游,一字太虚,高邮(今属江苏)人,北宋著名词人。
② 参寥,道潜法师的法号。
③ 燕坐,安闲静坐。燕,同"宴",安闲。
④ 寂嘿,静默。嘿同"默"。
⑤ 本文写于元丰三年(1080年),此前苏辙受其兄苏轼"乌台诗案"牵连,谪居筠州(江西高安)任监督盐酒税时所作。本文可分为两部分,前一部分记述上任之初的生活,后一段抒情。苏辙所任的监盐酒税是负责市场管理的一个小官职,主要负责向市场内盐酒商征税。被这种繁琐俗务缠身,与苏辙人生理想、抱负相距甚远,故苏辙写作此文来排遣这种琐碎烦躁的心情。
⑥ 蔑,毁灭,淹没。
⑦ 湄(chún),水边。

处,乃告于郡,假部使者府以居①。郡怜其无归也②,许之。岁十二月,乃克支其欹斜③,补其圮缺④,辟听事堂之东为轩,种杉二本,竹百个,以为宴休之所。然盐酒税旧以三吏共事,余至,其二人者适皆罢去,事委于一。昼则坐市区鬻盐、沽酒、税豚鱼,与市人争寻尺以自效。暮归筋力疲废,辄昏然就睡,不知夜之既旦。旦则复出营职,终不能安于所谓东轩者。每旦暮出入其旁,顾之未尝不哑然自笑也。

余昔少年读书,窃尝怪颜子以箪食瓢饮居于陋巷,人不堪其忧,颜子不改其乐⑤。私以为虽不欲仕,然抱关击柝⑥,尚可自养,而不害于学,何至困辱贫窭自苦如此?及来筠州,勤劳盐米之间,无一日之休,虽欲弃尘垢,解羁絷⑦,自放于道德之场,而事每劫而留之。然后知颜子之所以甘心贫贱,不肯求斗升之禄以自给者,良心其害于学故也。嗟夫!士方其未闻大道,沉酣势利,以玉帛子女自厚,自以为乐矣。及其循理以求道,落其华而收其实,从容自得,不知夫天地之为大与死生之为变,而况其下者乎?故其乐也,足以易穷饿而不怨,虽南面之王,不能加之。盖非有德不能任也。余方区区欲磨洗浊污,睎圣贤之万一,自视缺然而欲庶几颜氏之乐,宜其不可得哉!若夫孔子周行天下,高为鲁司寇⑧,下为乘田委吏⑨,惟其所遇,无所不可,彼盖

---

① 假,借。
② 无归,无处安身。
③ 欹(qī),倾斜,歪倒。
④ 圮,倒塌,坍塌。
⑤ 此处见《论语·雍也》,主要讲述颜回安贫乐道之事。
⑥ 抱关,守护大门。击柝,守夜打更。
⑦ 羁絷(zhí),比喻仕途的束缚。
⑧ 司寇,古代官名,掌管刑狱。
⑨ 乘田,古代管理牧场的小官。委吏,古代负责仓库保管、会计事务的小官。

达者之事,而非学者之所望也。

余既以谴来此,虽知桎梏之害而势不得去①。独幸岁月之久,世或哀而怜之,使得归伏田里,治先人之敝庐②,为环堵之室而居之,然后追求颜氏之乐,怀思东轩,优游以忘其老③。然而非所敢望也。

元丰三年十二月初八日,眉阳苏辙记。

黄州快哉亭记④

江出西陵⑤,始得平地,其流奔放肆大。南合沅湘⑥,北会汉沔⑦,其势益张。至于赤壁下⑧,波流浸灌,与海相若。清河张君梦得谪居齐安,即其庐之西南为亭,以览观江流之胜,而余兄子瞻名之曰"快哉"。盖亭之所见,南北百里,东西一舍。涛澜汹涌,风云开阖。昼则舟楫出没于其前,夜则鱼龙悲啸于其下。变化倏忽,动心骇目,不可久视。今乃得玩之几席之上,举目而足。西望武昌诸山,冈陵起伏,

---

① 桎梏,脚镣和手铐。比喻一切束缚人的东西。
② 敝庐,破旧的房子,比喻家产。
③ 优游,闲游。
④ 亭记通常内容以介绍亭台营造、修葺的历史沿革为主,往往会加入一些作者的议论感慨。本文虽为亭记,但是本文表面叙事,实则写人,亭台山水只是为了揭示主题而设的一个引子,对亭主人不以贬谪为意,旷达自放的生活态度予以赞扬才是本文之主旨。黄州,今湖北黄冈。
⑤ 江出西陵,江,长江。出,流出。西陵,西陵峡,又名夷陵峡,长江三峡之一,在湖北宜昌西北。
⑥ 沅,沅水(也称沅江)。湘,湘江。两水都在长江南岸,流入洞庭湖,注入长江。
⑦ 汉沔(miǎn),就是汉水。汉水源出陕西宁羌,初名漾水,东流经沔县南,称沔水,又东经褒城,纳褒水,始称汉水。汉水在长江北岸。
⑧ 赤壁,指赤鼻矶,在黄州西部。因发音被误认为"赤壁"。

草木行列,烟消日出,渔夫樵父之舍,皆可指数。此其所以为"快哉"者也。至于长洲之滨,故城之墟,曹孟德、孙仲谋之所睥睨①,周瑜、陆逊之所骋骛②,其流风遗迹,亦足以称快世俗。

昔楚襄王从宋玉、景差于兰台之宫,有风飒然至者,王披襟当之,曰:"快哉,此风!寡人所与庶人共者耶?"宋玉曰:"此独大王之雄风耳,庶人安得共之!"玉之言盖有讽焉。夫风无雌雄之异,而人有遇不遇之变。楚王之所以为乐,与庶人之所以为忧,此则人之变也,而风何与焉?士生于世,使其中不自得,将何往而非病?使其中坦然,不以物伤性,将何适而非快?今张君不以谪为患,窃会计之余功,而自放山水之间,此其中宜有以过人者。将蓬户瓮牖无所不快③,而况乎濯长江之清流,揖西山之白云,穷耳目之胜以自适也哉!不然,连山绝壑,长林古木,振之以清风,照之以明月,此皆骚人思士之所以悲伤憔悴而不能胜者,乌睹其为快也哉④!

元丰六年十一月朔日,赵郡苏辙记⑤。

---

① 曹操,字孟德。孙权。字仲谋。睥睨,斜视的样子,引申为傲视。赤壁之战时,曹操、孙权都有并吞对方的气概。

② 骋骛,犹言"驰马",形容他们驰骋疆场。周瑜、陆逊均为三国时东吴的重要将领。周瑜曾破曹操于赤壁,陆逊曾袭关羽于荆州,败刘备于夷陵,破魏将曹休于皖城。

③ 蓬户瓮牖,蓬户,用蓬草编门。瓮牖,用破瓮做窗。蓬、瓮,名词作状语。

④ 乌……哉,哪里……呢。乌,哪里。

⑤ 朔,夏历每月初一。赵郡,苏辙先世为赵郡栾城(今河北赵县)人。

为兄轼下狱上书①

　　臣闻困急而呼天,疾痛而呼父母者②,人之至情也。臣虽草芥之微③,而有危迫之恳,惟天地父母哀而怜之!

　　臣早失怙恃④,惟兄轼一人,相须为命。今者窃闻其得罪逮捕赴狱,举家惊号,忧在不测。臣窃思念,轼居家在官,无大过恶。惟是赋性愚直,好谈古今得失,前后上章论事⑤,其言不一。陛下圣德广大,不加谴责。轼狂狷寡虑⑥,窃恃天地包含之恩,不自抑畏。顷年,通判杭州及知密州日,每遇物托兴,作为歌诗,语或轻发。向者曾经臣寮缴进,陛下置而不问。轼感荷恩贷,自此深自悔咎,不敢复有所为。但其旧诗已自传播。臣诚哀轼愚于自信,不知文字轻易,迹涉不逊⑦,虽改过自新,而已陷于刑辟,不可救止。

----

　　① 该文写于宋神宗元丰二年(1079年)。这年八月,苏轼因"乌台诗案"而入狱,苏辙写下这篇文章呈交神宗皇帝,希望皇帝开恩,能够"乞纳在身官,以赎兄轼","免下狱死",希望皇上能够赦免苏轼的死罪。此文对于苏轼脱罪是否起到了作用不得而知,然苏轼、苏辙兄弟二人患难与共的手足情足以让人为之感动。《宋史·苏辙传》就曾称赞道:"辙与兄进退出处,无不相同,患难之中,友爱弥笃。无少怨尤,近古罕见。"
　　② 此二句语出自《史记·屈原贾生列传》:"人穷则反本,故劳苦倦极,未尝不呼天地;疾痛惨怛,未尝不呼父母也。"
　　③ 草芥,比喻卑微没有价值。芥,小草。
　　④ 怙恃,意指父母。语本《诗经·小雅·蓼莪》:"无父何怙,无母何恃。"后怙恃代指父母。
　　⑤ 前后上章论事,指苏轼在乌台诗案前奏章《议学校贡举状》《谏买浙灯状》《上神宗皇帝书》《再上皇帝书》《上皇帝书》《论河北京东盗贼状》《徐州上皇帝书》等。
　　⑥ 狂狷,狂妄自大,偏激放纵。为人行为放荡,考虑问题不全面。
　　⑦ 迹涉,近似于。不逊,不敬。

轼之将就逮也，使谓臣曰："轼早衰多病，必死于牢狱。死固分也，然所恨者，少抱有为之志，而遇不世出之主，虽龃龉于当年①，终欲效尺寸于晚节。今遇此祸，虽欲改过自新，洗心以事明主，其道无由。况立朝最孤，左右亲近，必无为言者。惟兄弟之亲，试求哀于陛下而已。"臣窃哀其志，不胜手足之情，故为冒死一言。

昔汉淳于公得罪，其女子缇萦，请没为官婢，以赎其父。汉文因之，遂罢肉刑。②今臣蝼蚁之诚，虽万万不及缇萦，而陛下聪明仁圣，过于汉文远甚。臣欲乞纳在身官，以赎兄轼，非敢望末减其罪，但得免下狱死为幸。兄轼所犯，若显有文字，必不敢拒抗不承，以重得罪。若蒙陛下哀怜，赦其万死，使得出于牢狱，则死而复生，宜何以报！臣愿与兄轼洗心改过，粉骨报效。惟陛下所使，死而后已。

臣不胜孤危迫切、无所告诉，归诚陛下，惟宽其狂妄，特许所乞，臣无任祈天请命激切陨越之至③。

六国论④

愚读六国世家⑤，窃怪天下之诸侯⑥，以五倍之地，十倍之众，发

---

① 龃龉，本义是上下齿参差不齐。这里指仕途不顺。
② 事见《史记·孝文本纪》。汉文帝时，太仓令淳于意因罪系狱，按律当受肉刑。其女缇萦为父请求没身为奴，以赎父亲。文帝怜之，以除肉刑，从轻论罪，减轻处罚。
③ 陨越之至，封建社会上皇帝的套语，意谓冒犯皇帝，罪该万死。
④ 本文写于嘉祐五年（1060年），是苏轼参加制科考试时的答卷。本文评论了当年六国灭亡的原因，试图让宋朝皇帝能够以古鉴今，从历史中汲取经验教训。
⑤ 六国世家，指《史记》中记载齐、楚、韩、赵、魏、燕六个诸侯国事迹的文章。世家，《史记》中传记的一种体裁，主要叙述世袭封国的诸侯的事迹。
⑥ 窃，私下。

愤西向,以攻山西千里之秦,而不免于死亡。常为之深思远虑,以为必有可以自安之计,盖未尝不咎其当时之士虑患之疏,而见利之浅,且不知天下之势也。

夫秦之所以与诸侯争天下者,不在齐、楚、燕、赵也,而在韩、魏之郊;诸侯之所与秦争天下者,不在齐、楚、燕、赵也,而在韩、魏之野。秦之有韩、魏,譬如人之有腹心之疾也①。韩、魏塞秦之冲,而蔽山东之诸侯②,故夫天下之所重者,莫如韩、魏也。昔者范雎用于秦而收韩,商鞅用于秦而收魏,昭王未得韩、魏之心,而出兵以攻齐之刚、寿③,而范雎以为忧④。然则秦之所忌者可以见矣。

秦之用兵于燕、赵,秦之危事也。越韩过魏,而攻人之国都,燕、赵拒之于前,而韩、魏乘之于后,此危道也。而秦之攻燕、赵,未尝有韩、魏之忧,则韩、魏之附秦故也。夫韩、魏诸侯之障,而使秦人得出入于其间,此岂知天下之势邪!委区区之韩、魏,以当强虎狼之秦,彼安得不折而入于秦哉?韩、魏折而入于秦,然后秦人得通其兵于东诸侯,而使天下偏受其祸。夫韩、魏不能独当秦,而天下之诸侯,藉之以蔽其西,故莫如厚韩亲魏以摈秦⑤。秦人不敢逾韩、魏以窥齐、楚、燕、赵之国,而齐、楚、燕、赵之国,因得以自完于其间矣。以四无事之国,佐当寇之韩、魏,使韩、魏无东顾之忧,而为天下出身以当秦兵;以二国委秦,而四国休息于内,以阴助其急,若此,可以应夫无穷。彼秦者

---

① 腹心之疾,比喻根本的祸患。
② 山东之诸侯,这里指齐、楚、燕、赵四个诸侯国。山东,指崤山以东。
③ 刚、寿,齐邑,在今山东平县西南,地在韩、魏之东。
④ 范雎,魏国人,因在魏遭诬被辱,更名逃往秦国,游说秦昭王采取"远交近攻"的策略,使秦国强大起来。任秦相,封应侯。
⑤ 厚,优待、重视。

将何为哉？不知出此，而乃贪疆埸尺寸之利①，背盟败约，以自相屠灭，秦兵未出，而天下诸侯已自困矣。至于秦人得伺其隙以取其国，可不悲哉！

三国论②

天下皆怯而独勇，则勇者胜；皆暗而独智③，则智者胜。勇而遇勇，则勇者不足恃也④；智而遇智，则智者不足用也。夫唯智勇之不足以定天下，是以天下之难，蜂起而难平。

盖尝闻之，古者英雄之君，其遇智勇也，以不智不勇，而后真智大勇乃可得而见也。悲夫！世之英雄，其处于世，亦有幸不幸邪？汉高祖⑤、唐太宗⑥，是以智勇独过天下而得之者也；曹公、孙、刘是以智勇

---

① 埸（yì），边界。
② 该文同《六国论》一样，都是苏辙在嘉祐五年（1060年）参加制科考试时所写。该文也是一篇评论历史的文章，同样具有讽谏的作用。该文的角度同以往人们评述三国三方如何角力相持的文章略有不同，该文的重点落在了刘备为何在三国纷争中失败这个问题上，将刘备与汉高祖刘邦进行对比，从比较中总结刘备的弱点，从而揭示他在三国鼎立的局面中落败、痛失天下的原因。
③ 暗，愚昧，糊涂。
④ 恃，依仗。
⑤ 汉高祖，刘邦（公元前256—前195），沛丰邑中阳里人，汉朝开国皇帝。
⑥ 唐太宗，李世民。唐高祖李渊的第二个儿子。隋末与其父起义反隋。李渊称帝，封李世民为秦王。武德九年（626年）继帝位，次年，改元贞观。在位期间励精图治，使当时社会经济有了较大的发展与恢复，被史家誉为"贞观之治"。

相遇而失之者也①。以智攻智,以勇击勇,此譬如两虎相摔②,齿牙气力,无以相胜,其势足以相扰,而不足以相毙。当此之时,惜乎无有以汉高帝之事制之者也。

昔者项籍乘百战百胜之威,而执诸侯之柄,咄嗟叱咤,奋其暴怒,西向以逆高祖,其势飘忽震荡如风雨之至。天下之人,以为遂无汉矣。然高帝以其不智不勇之身,横塞其冲,徘徊而不进,其顽钝椎鲁,足以为笑于天下,而卒能摧折项氏而待其死,此其故何也?夫人之勇力,用而不已,则必有所耗竭;而其智虑久而无成,则亦必有所倦怠而不举。彼欲就其所长以制我于一时,而我闭而拒之,使之失其所求,逡巡求去而不能去③,而项籍固已惫矣。

今夫曹公、孙权、刘备,此三人者,皆知以其才相取,而未知以不才取人也。世之言者曰:孙不如曹,而刘不如孙。刘备唯智短而勇不足,故有所不若于二人者,而不知因其所不足以求胜,则亦已惑矣。盖刘备之才,近似于高祖,而不知所以用之之术。昔高祖之所以自用

---

① 曹公,指曹操,三国时期政治家,军事家,诗人。字孟德,小名阿瞒,谯(安徽亳县)人。东汉末,他在镇压黄巾起义中逐步扩大自己的势力,并迎汉献帝于许昌,挟天子以令诸侯,先后削平了吕布等割据势力。官渡之战破袁绍后逐步统一北方。后进位为丞相,封魏王。子曹丕称帝,追尊曹操为魏武帝。孙,孙权,字仲谋,吴郡富春(今浙江富阳)人。东汉末,继其兄孙策据江东六郡。建安十三年(208年),孙权联合刘备,于赤壁大败曹操。继又联曹反蜀,杀刘备大将关羽,夺取荆州,后又在彝陵之战中大败刘备。黄龙元年(229年),称帝武昌(今湖北鄂城),国号吴,旋迁都建业(今江苏南京)。在位期间,对江南地区开发颇有贡献。刘,刘备,三国时蜀汉的建业者。221—223年在位。字玄德,涿郡涿县(今属河北)人。汉远支皇族。东汉末起兵镇压黄巾起义,先后投靠公孙瓒、陶谦、曹操、袁绍、刘表,后联和孙吴击败曹操于赤壁,趁机占领荆州,又夺取了益州和汉中。公元221年称帝于成都,与魏、吴三国鼎立。孙权袭取荆州,杀关羽,刘备不忍其忿,大举攻吴,在彝陵之战中被东吴大将陆逊打得大败,不久病逝于白帝城(今重庆市奉节东)。

② 摔(zuó),搏斗、冲突。

③ 逡巡,游移不定的样子。

其才者,其道有三焉耳:先据势胜之地,以示天下之形;广收信、越出奇之将①,以自辅其所不逮;有果锐刚猛之气而不用,以深折项籍猖狂之势。此三事者,三国之君,其才皆无有能行之者。独一刘备近之而未至,其中犹有翘然自喜之心,欲为椎鲁而不能纯,欲为果锐而不能达,二者交战于中,而未有所定。是故所为而不成,所欲而不遂。弃天下而入巴蜀,则非地也;用诸葛孔明治国之才,而当纷纭征伐之冲,则非将也;不忍忿忿之心②,犯其所短,而自将以攻人,则是其气不足尚也。嗟夫!方其奔走于二袁之间,困于吕布而狼狈于荆州③,百败而其志不折,不可谓无高祖之风矣,而终不知所以自用之方。夫古之英雄,唯汉高帝为不可及也夫!

孟德传④

孟德者,神勇之退卒也⑤。少而好山林,既为兵,不获如志⑥。嘉

---

① 信,指韩信。越指彭越,字仲,昌邑(今山东金乡)人。楚汉战争时,率三万人马归附刘邦,略定梁地,曾屡断项羽粮道。汉朝建立后,封梁王,终因被告发谋反而被刘邦所杀。

② 忿忿,指心中不平。

③ 吕布,字奉先,东汉五原九原(今内蒙古包头西北)人,善骑射,有勇力,曾投靠董卓,誓为父子。后又与司徒王允合谋,杀董卓,封为温侯。又依袁术,投袁绍,被曹操所杀。狼狈于荆州,指刘备初起时经常寄人篱下,曾投靠荆州牧刘表等事。刘表时荆州的治所在襄阳(今湖北襄樊),刘备时荆州的治所在今湖北荆州。

④ 本文是一篇传记,传记的主人公是北宋正规军神勇部的一名叫孟德的士兵。此人的经历甚是传奇,此人逃离了军队,还曾经遁隐山林与猛兽搏斗,顽强生活。本文写作方法不同于传统以《史记》为代表的传记的写法,本文并未交代传记主人的生平,而是直接进入主题。

⑤ 神勇,北宋正规军的一部。

⑥ 如志,实现志愿。

祐中戍秦州①,秦中多名山②,德出其妻③,以其子与人④,而逃至华山下,以其衣易一刀十饼,携以入山,自念:"吾禁军也,今至此,擒亦死,无食亦死,遇虎狼毒蛇亦死,此三死者吾不复恤矣⑤。"惟山之深者往焉,食其饼既尽,取草根木实食之。一日十病十愈,吐利胀懑无所不至⑥。既数月,安之如食五谷,以此入山二年而不饥。然遇猛兽者数矣,亦辄不死。德之言曰:"凡猛兽类能识人气,未至百步辄伏而号,其声震山谷。德以不顾死,未尝为动。须臾,奋跃如将搏焉,不至十数步则止而坐,逡巡弭耳而去⑦。试之前后如一。"

后至商州,不知其商州也,为候者所执。德自分死矣。知商州宋孝孙谓之曰:"吾视汝非恶人也,类有道者。"德具道本末,乃使为自告者置之秦州。张公安道适知秦州,德称病得除兵籍为民,至今往来诸山中,亦无他异能⑧。

夫孟德可谓有道者也。世之君子皆有所顾,故有所慕,有所畏。慕与畏交于胸中未必用也,而其色见于面颜,人望而知之。故弱者见侮,强者见笑,未有特立于世者也。今孟德其中无所顾,其浩然之气发越于外,不自见而物见之矣。推此道也,虽列于天地可也,曾何猛兽之足道哉?

---

① 嘉祐,宋仁宗赵祯的年号(1056—1063年)。
② 秦州,地名,宋时治所在今甘肃天水。
③ 出,休弃。
④ 与人,送与他人。
⑤ 恤,害怕。
⑥ 懑,气闷、胸闷。
⑦ 逡巡,犹疑不前,迟疑不决的样子。
⑧ 异能,特殊的才能。

《古今家戒》叙①

老子曰:"慈故能勇,俭故能广。"②或曰:"慈则安能勇?"曰:"父母之于子也,爱之深,故其为之虑事也精③。以深爱而行精虑,故其为之避害也速而就利也果,此慈之所以能勇也。非父母之贤于人,势有所必至矣。"辙少而读书,见父母之戒其子者,谆谆乎惟恐其不尽也④,恻恻乎惟恐其不入也⑤,曰:"呜呼!此父母之心也哉!"师之于弟子也,为之规矩以授之,贤者引之,不贤者不强也。君之于臣也,为之号令以戒之⑥,能者予之⑦,不能者不取也。臣之于君也,可则谏,否则去。子之于父也,以几谏不敢显⑧,皆有礼存焉。父母则不然,子虽不肖⑨,岂有弃子者哉!是以尽其有以告之,无憾而后止。《诗》曰:"泂酌彼行潦,挹彼注兹,可以馈饎⑩。岂弟君子,民之父母。"⑪夫虽行潦之

---

① 该文是苏辙为太常少卿、长沙人孙景修所编著的《古今家诫》所写的序。本文虽为家诫,但是全文却是对慈与勇二者关系的探讨,全文节奏舒缓而自然,写父母之情那一段更是缠绵悱恻,情真意切。
② 广,拥有很多。语出自《老子》第六十七章。
③ 精,精密、细致。
④ 谆谆,教诲不倦的样子。
⑤ 恻恻,恳切、诚恳的样子。
⑥ 戒,禁。
⑦ 予之,指授予官职。
⑧ 几谏,婉言规劝。《论语·里仁》:"事父母几谏。"何晏集解引包咸注:"几,微也。当微谏纳善言于父母。"
⑨ 不肖,不贤。
⑩ 馈饎(fēn chì),煮饭做酒。
⑪ 岂弟,同恺悌,和善。此处语出自《诗经·大雅·泂酌》。

陋①,而无所弃,犹父母之无弃子也。故父母之于子,人伦之极也。虽其不贤,及其为子言也必忠且尽,而况其贤者乎?

太常少卿长沙孙公景修少孤而教于母②,母贤,能就其业。既老,而念母之心不忘,为《贤母录》,以致其意。既又集《古今家戒》,得四十九人,以示辙曰:"古有为是书者,而其文不完。吾病焉,是以为此合众父母之心,以遗天下之人,庶几有益乎!"③辙读之而叹曰:"虽有悍子,忿斗于市,莫之能止也,闻父之声则敛手而退④,市人之过之者亦莫不泣也。慈孝之心人皆有之,特患无以发之耳。今是书也,要将以发之欤?虽广之天下可也。自周公以来至于今⑤,父戒四十五,母戒四,公又将益广之未止也。"

待月轩记⑥

昔予游庐山,见隐者焉,为予言性命之理曰⑦:"性犹日也,身犹月

---

① 陋,鄙陋,指积水不洁净。
② 太常少卿,官职名,太常寺的副长官,掌礼仪祭祀等事情。孤,小时候失去父亲。
③ 庶几,差不多,大概。
④ 敛手,收手,缩手。
⑤ 周公,周武王弟,辅佐武王灭商,武王死后,成王年幼,由他摄政。
⑥ 本文作于宋徽宗大观元年(1107年)。此时苏辙已是一位年近古稀的老人,贬谪归来居颍昌已有三年。适逢新屋落成,于是写诗作记。本文对于性理问题的探索有很浓的道教色彩,这与苏辙本人对于老庄思想的喜好不无关系。文中寄托了作者的性情,既包括了对于"道"的执着,也包括了对苦难的超越,是一篇明志之作。
⑦ 性命之理,中国古代哲学命题之一,指性与命的关系。《易经·乾卦》:"乾道变化,各正性命。"我国古代哲学家认为,人、物之性都是天生的,人性是天道或天理在人身上的体现。

也。"予疑而诘也①。则曰:"人始有性而已,性之所寓为身。天始有日而已,日之所寓为月。日出于东。方其出也,物咸赖焉②。有目者以视,有手者以执,有足者以履,至于山石草木亦非日不遂。及其入也,天下黯然,无物不废,然日则未始有变也。惟其所寓,则有盈阙。一盈一阙者,月也。惟性亦然,出生入死,出而生者,未尝增也。入而死者,未尝耗也,性一而已。惟其所寓,则有死生。一生一死者身也。虽有生死,然而死此生彼,未尝息也。身与月皆然,古之治术者知之,故日出于卯,谓之命,月之所在,谓之身,日入地中,虽未尝变,而不为世用,复出于东,然后物无不睹,非命而何?月不自明,由日以为明。以日之远近,为月之盈阙③,非身而何?此术也④,而合于道。世之治术者,知其说不知其所以说也。"

予异其言而志之久矣。筑室于斯,辟其东南为小轩。轩之前廓然无障,几与天际。每月之望,开户以须月之至。月入吾轩,则吾坐于轩上,与之徘徊而不去。一夕举酒延客⑤,道隐者之语,客漫不喻曰⑥:"吾尝治术矣,初不闻是说也。"予为之反复其理,客徐悟曰:"唯唯。"⑦因志其言于壁。

---

① 诘,追问。
② 赖,依赖、依靠。
③ 盈阙,圆缺。
④ 此术也,指学问。
⑤ 延客,邀请客人。
⑥ 漫不喻,全然不知晓。漫,全然、浑然。
⑦ 唯唯,应答词,表示肯定。

历代论引①

予少而力学②,先君③,予师也,亡兄子瞻④,予师友也。父兄之学,皆以古今成败得失为议论之要。以为士生于世,治气养心,无恶于身,推是以施之人,不为苟生也。不幸不用,犹当以其所知,著之翰墨,使人有闻焉。予既壮而仕。仕宦之余,未尝废书,为《诗》《春秋》集传⑤,因古之遗文,而得圣贤处身临事之微意,喟然太息,知先儒昔有所未悟也。其后复作《古史》,所论益广,以为略备矣。元符庚辰⑥,蒙恩归自岭南,卜居颍川⑦。身世相忘,俯仰六年⑧,洗然无所用心⑨,复自放图史之间。偶有所感,时复论著。然已老矣,目眩于观书,手战于执笔,心烦于虑事,其于平昔之文益以疏矣。然心所嗜,不能自已,辄存之于纸。凡四十有五篇,分五卷。

---

① 苏辙晚年闲居颍昌(今河南许昌),作《历代论》四十五篇。《历代论》主要是以评价各朝得失为主。本文是《历代论》的"引","引"是一种文体名称,唐代以后开始有这种文体,大致如序而稍微简短。

② 力学,努力学习。

③ 先,对死去人的尊称。

④ 亡兄子瞻,苏轼亡于宋徽宗建中靖国元年(1101年),此文作于徽宗崇宁五年(1106年),时苏轼已去世五年。

⑤ 《诗》《春秋》集传,苏辙曾为《诗》《春秋》作解释性文字,著有《诗集传》《春秋集解》。

⑥ 元符,宋哲宗赵煦的年号。

⑦ 卜居,选择定居的地方。

⑧ 俯仰六年,据此可以推知此文作于徽宗崇宁五年(1106年)。俯仰,周旋应付。

⑨ 洗然,形容一尘不染。

汉文帝①

老子曰:"柔胜刚,弱胜强。"②汉文帝以柔御天下,刚强者皆乘风而靡。尉佗称号南越③,帝复其坟墓④,召贵其兄弟。佗去帝号,俯伏称臣。匈奴桀骜,陵驾中国⑤。帝屈体遗书⑥,厚以缯絮⑦。虽未能调伏⑧,然兵革之祸⑨,比武帝世,十一二耳。吴王濞包藏祸心⑩,

---

① 本文选自苏辙《历代论》,该书所选的四十五篇,都是"一事一论",本文论的是"汉文帝以柔御天下,刚强者皆乘风而靡"。汉文帝,即西汉皇帝刘恒,公元前180—前175年在位。吕后时,他以代王入为皇帝。施行"与民休息"的政策,减轻地税、赋役和刑狱,使农业生产有所恢复和发展,又削弱了诸侯的势力,巩固中央政权。旧时常将他的统治与景帝并举,称为"文景之治"。
② 此句分别出自《老子》三十六章、七十八章。
③ 尉佗称号南越,尉佗姓赵,真定人。秦时曾任南海龙川(今广东龙川西北)令和南海(治所在今广东广州市)尉。秦亡自立为南越王。汉高祖十一年(前196年)帝遣陆贾使南越,封赵佗为南越王。汉高祖后四年(前184年),因不准铁器入岭南,"佗乃自尊号为南越武帝"。
④ 帝复其坟墓,孝文帝元年(前179年)文帝在真定为赵佗修建坟墓,还设置守丧的官舍,按年节奉祀。并找其兄弟,封官,赐以丰厚的财物。
⑤ 陵驾中国,高于中国地区之上。
⑥ 帝屈体遗书,皇帝放低身段给匈奴写信。
⑦ 厚以缯絮,指汉文帝前六年(前174年),汉遗匈奴书云:"使者言单于自将伐国有功,甚苦兵事。服绣袷绮衣、绣袷长襦、锦袷袍各一,比余一,黄金饰具带一,黄金胥纰一,绣十匹,锦三十匹,赤绨、绿缯各四十匹,使中大夫意、谒者令肩遗单于。"
⑧ 未能调伏,指文帝的怀柔和亲政策,并未使匈奴放弃对汉的侵扰和掠夺。如文帝前十四年(前166)和文帝后六年(前158)匈奴都率大军入塞。
⑨ 兵戈,兵器、甲衣的总称。此处代指战争。
⑩ 吴王濞包藏祸心,吴王濞即刘濞,西汉诸侯王,是汉高祖刘邦的侄子,封吴王。他在封地铸钱、煮盐,积聚经济实力,并招纳"奸人",扩张势力,企图篡夺帝位。

称病不朝。帝赐之几仗①，濞无所发怒，乱以不作。使文帝尚在，不出十年，濞亦已老死，则东南之乱，无由起矣。至景帝不能忍，用晁错之计，削诸侯地。濞因之号召七国，西向入关。汉遣三十六将军，竭天下之力，仅乃破之。错言：诸侯强大，削之亦反，不削亦反；削之，反疾而祸小，不削，反迟而祸大。世皆以其言为信，吾以为不然。诚如文帝忍而不削，濞必未反。迁延数岁之后，变故不一，徐因其变而为之备，所以制之者，固多术矣。猛虎在山，日食牛羊，人不能堪，荷戈而往刺之②，幸则虎毙，不幸则人死，其为害亟矣。晁错之计，何以异此！若能高其垣墙，深其陷阱，时伺而谨防之，虎安能必为害。此则文帝之所以备吴也。呜呼！为天下虑患，而使好名贪利小丈夫制之，其不为晁错者鲜矣！

子瞻和陶渊明诗集引③

东坡先生谪居儋耳④，置家罗浮之下⑤，独与幼子过负担渡海⑥。葺茅竹而居之，日啖荼芋⑦，而华屋玉食之念不存在于胸中。

---

① 几仗，古时常以赐几杖表示敬老。
② 荷戈，肩扛着打虎的工具。
③ 陶渊明是东晋著名诗人，因厌恶黑暗的官场，毅然辞官归隐田园，创作了大量田园风光诗篇。苏轼晚年经历了数次贬谪，思想上愈来愈与陶渊明产生共鸣，于是把自己的和诗与陶渊明的诗集集成一集，并请弟弟苏辙作序。
④ 东坡先生，即苏轼。苏轼贬至黄州（今湖北黄冈）后，生活困难。他的好友马正卿为他请得城东营房十亩，供他垦殖，以增加收入。这块废地，就是东坡。苏轼替自己取号"东坡居士"。儋耳，今海南儋州。苏轼于绍圣四年（1097年）四月，从惠州（今广东惠阳）贬至儋耳。
⑤ 罗浮，罗浮山，在今广东东江北岸。
⑥ 过，苏轼的小儿子，字叔党，也称小坡，著有《斜川集》。
⑦ 荼(tú)芋，山芋。

197

平生无所嗜好,以图史为园囿,文章为鼓吹①,至此亦皆罢去。独喜为诗,精深华妙,不见老人衰惫之气。

是时,辙亦迁海康②,书来告曰:"古之诗人有拟古之作矣③,未有追和古人者也。追和古人,则始于东坡。吾于诗人,无所甚好,独好渊明之诗。渊明作诗不多,然其诗质而实绮,癯而实腴④,自曹、刘、鲍、谢、李、杜诸人皆莫及也⑤。吾前后和其诗凡百数十篇,至其得意,自谓不甚愧渊明。今将集而并录之,以遗后之君子,子为我志之。然吾于渊明,岂独好其诗也哉?如其为人,实有感焉。渊明临终,疏告俨等:'吾少而穷苦,每以家贫,东西游走。性刚才拙,与物多忤,自量为己必贻俗患,黾勉辞世,使汝等幼而饥寒。'渊明此语,盖实录也。吾今真有此病而不早自知,半生出仕⑥,以犯世患,此所以深服渊明,欲以晚节师范其万一也。"

嗟夫!渊明不肯为五斗米一束带见乡里小人,而子瞻出仕三十余年,为狱吏所折困,终不能悛,以陷于大难,乃欲以桑榆之末景,自托于渊明,其谁肯信之?虽然,子瞻之仕,其出入进退,犹可考也。后之君子,其必在以处之矣。

辙少而无师,子瞻既冠而学成⑦,先君命辙师焉。子瞻尝称辙诗

---

① 鼓吹,各类合奏的乐器。
② 海康,广东雷州半岛中部。
③ 拟古之作,模拟汉代古诗的作品。
④ 癯(qú),清瘦。
⑤ 曹、刘、鲍、谢、李、杜,分别指曹植、刘桢、鲍照、谢灵运、李白、杜甫,这些人在诗歌领域均有一定的建树。
⑥ 半生出仕,做了半世的官。
⑦ 既冠,年已二十。古代男子年二十行加冠礼。

有古人之风，自以为不若也。然自其斥居东坡，其学日进，沛然如川之方至①。其诗比杜子美、李太白为有余，遂与渊明比。辙虽驰骤从之，常出其后。其和渊明，辙继之者亦一二焉。

绍圣四年十二月—十九日海康城南东斋引②。

巢谷传③

巢谷，字元修，父中世，眉山农家也④。少从士大夫读书，老为里校师⑤。谷幼传父学，虽朴而博。举进士京师，见举武艺者，心好之。谷素多力，遂弃其旧学，畜弓箭⑥，习骑射。久之，业成而不中第。

闻西边多骁勇，骑射击刺，为四方冠，去游秦凤泾原间⑦。所至友其秀杰，有韩存宝者，尤与之善，谷教之兵书，二人相与为金石交⑧。熙宁中⑨，存宝为河州将，有功，号熙河名将，朝廷稍奇之。会泸州蛮乞弟扰边，诸郡不能制，乃命存宝出兵讨之。存宝不习蛮事，邀谷至

---

① 沛然，水流湍急的样子。
② 绍圣四年，1097年。
③ 本文约写于哲宗元符二年（1099年），当时苏辙贬官循州。自哲宗亲政、新党复出，苏氏兄弟便因政治理念与当权派相左而屡遭排挤与贬谪。在苏轼兄弟遇难之际，巢谷已是一位七十有三的老人，他不顾病体与政治方面的忌讳特意从万里以外的家乡赶至岭南看望苏氏兄弟，很可惜，巢谷看望苏轼的愿望并未完成便死在了去往儋州的路上。这种道义上的支持很让苏辙感动，于是他写下此文来记录巢谷的义举。
④ 眉山，今四川眉山。
⑤ 里校，乡里的学校。
⑥ 畜，同"蓄"，积蓄、储藏。
⑦ 秦凤，路名，治所在秦州。泾原，秦凤路有泾州，治所在泾州（今甘肃泾川）。
⑧ 金石交，即金石之交，比喻友情坚贞。
⑨ 熙宁，宋神宗赵顼年号（1068—1077年）。

军中问焉。及存宝得罪,将就逮,自料必死,谓谷曰:"我泾原武夫,死非所惜,顾妻子不免寒饿①。橐中有银数百两②,非君莫使遗之者。"谷许诺,即变姓名,怀银步行,往授其子,人无知者。存宝死,谷逃避江淮间,会赦乃出。

予以乡间故,幼而识之,知其志节,缓急可托者也。予之在朝,谷浮沉里中,未尝一见。

绍圣初,予以罪谪居筠州,自筠徙雷,徙循。予兄子瞻亦自惠再徙昌化。士大夫皆讳与予兄弟游,平生亲友无复相闻者。谷独慨然,自眉山诵言,欲徒步访吾兄弟。闻者皆笑其狂。元符二年春正月,自梅州遗予书曰:"我万里步行见公,不自意全,今至梅矣。不旬日必见,死无恨矣。"予惊喜曰:"此非今世人,古之人也!"既见,握手相泣,已而道平生,逾月不厌。时谷年七十有三矣,瘦瘠多病,非复昔日元修也。将复见子瞻于海南,予愍其老且病,止之曰:"君意则善,然自此至儋数千里,复当渡海,非老人事也。"谷曰:"我自视未即死也,公无止我!"留之,不可。阅其橐中,无数千钱,予方乏困,亦强资遣之。船行至新会③,有蛮隶窃其橐装以逃,获于新州,谷从之至新,遂病死。予闻,哭之失声,恨其不用吾言,然亦奇其不用吾言而行其志也。

昔赵襄子厄于晋阳,知伯率韩、魏决水围之。城不沉者三版,县釜而爨④,易子而食,群臣皆懈,惟高恭不失人臣之礼。及襄子用张孟

---

① 顾,只是。
② 橐(tuó),一种无底的口袋,两头都是口,用时将两头扎紧。
③ 新会,今广州新会与江门之间。
④ 爨(cuàn),烧火做饭。

谈计,三家之围解,行赏群臣,以恭为先。谈曰:"晋阳之难,惟恭无功,曷为先之?"襄子曰:"晋阳之难,群臣皆懈①,惟恭不失人臣之礼,吾是以先之。"②谷于朋友之义,实无愧高恭者,惜其不遇襄子,而前遇存宝,后遇予兄弟。予方杂居南夷,与之起居出入,盖将终焉,虽知其贤,尚何以发之③?闻谷有子蒙在泾原军中,故为作传,异日以授之。谷,始名縠,及见之循州,改名谷云。

---

① 懈,懈怠而无礼。
② 见《史记·赵世家》。
③ 发之,宣传。

曾巩

曾巩(1019—1083),字子固,建昌军南丰(今江西省南丰县)人,后居临川,北宋散文家、史学家、政治家。曾巩出身儒学世家,祖父曾致尧、父亲曾易占皆为北宋名臣。曾巩天资聪慧,记忆力超群,幼时读诗书,脱口能吟诵,年十二即能为文。嘉祐二年(1057年),进士及第,任太平州司法参军,以明习律令,量刑适当而闻名。熙宁二年(1069年),任《宋英宗实录》检讨,不久被外放越州通判。熙宁五年(1072年)后,历任齐州、襄州、洪州、福州、明州、亳州、沧州等知州。元丰四年(1081年),以史学才能被委任史官修撰,管勾编修院,判太常寺兼礼仪事。元丰五年(1082年),卒于江宁府(今江苏南京),追谥为"文定"。曾巩为政廉洁奉公,勤于政事,关心民生疾苦,与曾肇、曾布、曾纡、曾纮、曾协、曾敦并称"南丰七曾"。曾巩文学成就突出,其文古雅、平正、冲和,位列唐宋八大家,世称"南丰先生"。存世著作主要有《曾巩集》《元丰类稿》《隆平集》等。

寄欧阳舍人书①

巩顿首再拜,舍人先生:

去秋人还,蒙赐书及所撰先大父墓碑铭。反复观诵,感与惭并。夫铭志之著于世,义近于史,而亦有与史异者。盖史之于善恶,无所不书,而铭者,盖古之人有功德材行志义之美者,惧后世之不知,则必铭而见之。或纳于庙,或存于墓,一也。苟其人之恶②,则于铭乎何有?此其所以与史异也。其辞之作,所以使死者无有所憾,生者得致其严③。而善人喜于见传,则勇于自立④;恶人无有所纪,则以愧而惧。至于通材达识⑤,义烈节士,嘉言善状,皆见于篇,则足为后法⑥。警劝之道,非近乎史,其将安近?

及世之衰,为人之子孙者,一欲褒扬其亲而不本乎理。故虽恶人,皆务勒铭,以夸后世。立言者既莫之拒而不为,又以其子孙之所请也,书其恶焉,则人情之所不得,于是乎铭始不实。后之作铭者,常观其人。苟托之非人,则书之非公与是,则不足以行世而传后。故千

---

① 此文作于庆历七年(1047年),当时欧阳修受邀为曾巩的祖父曾志尧撰写墓志铭,曾巩收到墓志铭后写此文表示感谢。此文不仅表达了曾巩对欧阳修的感激之情,同时也在文中称赞了欧阳修的道德文章。此文被后人评价甚高,很多学者都认为该文是曾巩最佳作品。吴楚材、吴调侯评价该文:"在南丰集中,应推为第一。"舍人,官名。欧阳修于庆历五年(1045年)降知制诰,庆历八年(1048年)才转为舍人。此处称其为舍人,可能是因其尝知制诰而通称之。

② 苟,假如。

③ 致其严,表示对他的尊敬。

④ 自立,有可立于世的德行。

⑤ 达识,高明通达的识见。

⑥ 法,榜样。

百年来,公卿大夫至于里巷之士,莫不有铭,而传者盖少。其故非他,托之非人,书之非公与是故也。

然则孰为其人而能尽公与是欤?非畜道德而能文章者①,无以为也。盖有道德者之于恶人,则不受而铭之,于众人则能辨焉。而人之行,有情善而迹非②,有意奸而外淑,有善恶相悬而不可以实指,有实大于名,有名侈于实。犹之用人,非畜道德者,恶能辨之不惑,议之不徇③? 不惑不徇,则公且是矣。而其辞之不工,则世犹不传,于是又在其文章兼胜焉。故曰,非畜道德而能文章者无以为也,岂非然哉!

然畜道德而能文章者,虽或并世而有④,亦或数十年或一二百年而有之。其传之难如此,其遇之难又如此。若先生之道德文章,固所谓数百年而有者也。先祖之言行卓卓⑤,幸遇而得铭,其公与是,其传世行后无疑也。而世之学者,每观传记所书古人之事,至其所可感,则往往嚍然不知涕之流落也⑥,况其子孙也哉?况巩也哉?其追睎祖德而思所以传之之繇,则知先生推一赐于巩而及其三世。其感与报,宜若何而图之?

抑又思若巩之浅薄滞拙,而先生进之,先祖之屯蹶否塞以死⑦,而先生显之,则世之魁闳豪杰不世出之士,其谁不愿进于门?潜遁幽抑之士⑧,其谁不有望于世?善谁不为,而恶谁不愧以惧?为人之父祖

---

① 畜,同"蓄",具备。
② 情善,内心善良。
③ 徇,徇私,袒护。
④ 并世,同时代。
⑤ 卓卓,特异貌。
⑥ 嚍(xì),悲伤,痛苦。
⑦ 屯蹶否塞,处境艰难不顺。
⑧ 潜遁幽抑之士,指隐士。

者,孰不欲教其子孙?为人之子孙者,孰不欲宠荣其父祖?此数美者,一归于先生。既拜赐之辱,且敢进其所以然。所谕世族之次,敢不承教而加详焉①?愧甚,不宣②。巩再拜。

墨池记③

临川之城东④,有地隐然而高⑤,以临于溪⑥,曰新城。新城之上,有池洼然而方以长,曰王羲之之墨池者⑦,荀伯子《临川记》云也⑧。羲之尝慕张芝,临池学书,池水尽黑,此为其故迹,岂信然邪?

方羲之之不可强以仕,而尝极东方,出沧海,以娱其意于山水之间;岂其徜徉肆恣,而又尝自休于此邪?羲之之书晚乃善⑨,则其所能,盖亦以精力自致者,非天成也。然后世未有能及者,岂其学不如彼邪?则学固岂可以少哉,况欲深造道德者邪?

墨池之上,今为州学舍。教授王君盛恐其不章也,书"晋王右军

---

① 加详,加以详细研究。
② 不宣,书不尽意。
③ 此文作于宋仁宗庆历八年(1048年),当时曾巩正在临川为父守孝,侍奉继母,抚养弟妹,由于没有官职与收入,因此生活非常拮据。虽然曾巩屡试不中,然而文章却非常有名。临川州学教授王盛有意借王羲之遗迹来勉励后学,请曾巩为之作序。此文对后世影响很大,明代宋濂《送东阳马生序》以及清代袁弘《黄生借书说》在立意上都有取法《墨池记》之处。该文语言精炼典雅、纡徐婉曲、严谨绵密,是曾巩的一篇代表作。
④ 临川,地名。今江西临川市。
⑤ 隐然,突起的样子。
⑥ 临,靠近。
⑦ 王羲之,字逸之,晋朝临沂(今山东临沂)人。官至右将军,会稽内史,故世称王右军。著名书法家,世人尊称为"书圣"。
⑧ 荀伯子,南朝宋颖阴人,曾任临川内史,著有《临川记》六卷。
⑨ 善,精妙。

墨池"之六字于楹间以揭之。又告于巩曰:"愿有记。"推王君之心,岂爱人之善,虽一能不以废,而因以及乎其迹邪?其亦欲推其事以勉其学者邪?夫人之有一能而使后人尚之如此,况仁人庄士之遗风余思被于来世者何如哉[1]!

庆历八年九月十二日,曾巩记。

醒心亭记[2]

滁州之西南,泉水之涯[3],欧阳公作州之二年,构亭曰"丰乐",自为记,以见其名义。既又直丰乐之东几百步[4],得山之高,构亭曰"醒心",使巩记之。

凡公与州之宾客者游焉,则必即丰乐以饮。或醉且劳矣,则必即醒心而望,以见夫群山之相环,云烟之相滋[5],旷野之无穷,草树众而泉石嘉,使目新乎其所睹,耳新乎其所闻,则其心洒然而醒,更欲久而忘归也,故即其事之所以然而为名,取韩子退之《北湖》之诗云[6]。噫!其可谓善取乐于山泉之间,而名之以见其实,又善者矣。

---

[1] 被于,影响到。仁人庄士,泛指有学问和道德修养的人。

[2] 该文写于庆历七年(1047年),欧阳修嘱托曾巩为作此文,欧阳修在滁州任太守时多出建亭,也为此写下了很多千古名作如《醉翁亭记》《丰乐亭记》等,因此曾巩此文所写的也是欧阳修之乐。有人曾说,该文应该对比着《丰乐亭记》《醉翁亭记》才能更有意味。

[3] 涯,水边。

[4] 既,不久。直,遇到,面对。

[5] 滋,滋生。此处指云蒸霞蔚的样子。

[6] 《北湖》,见韩愈《奉和虢州刘给事使君三堂新题二十一咏》其八,诗云:"闻说游湖棹,寻常到此回。应留醒心处,准拟醉时来。"

虽然,公之作乐,吾能言之,吾君优游而无为于上,吾民给足而无憾于下。天下之学者,皆为才且良;夷狄鸟兽草木之生者①,皆得其宜,公乐也。一山之隅,一泉之旁,岂公乐哉?乃公所寄意于此也。

若公之贤,韩子殁数百年而始有之。今同游之宾客,尚未知公之难遇也。后百千年,有慕公之为人,而览公之迹,思欲见之,有不可及之叹,然后知公之难遇也。则凡同游于此者,其可不喜且幸欤!而巩也,又得以文词托名于公文之次,其又不喜且幸欤②!

庆历七年八月十五日记。

南轩记③

得邻之茆地④,蕃之⑤,树竹木,灌蔬于其间,结茅以自休⑥,嚣然而乐。世固有处廊庙之贵⑦,抗万乘之富⑧,吾不愿易也。

人之性不同,于是知伏闲隐奥⑨,吾性所最宜。驱之就烦,非其器所长,况使之争于势利、爱恶、毁誉之间邪?然吾亲之养无以修,吾之

---

① 夷狄,周边少数民族。
② 幸,幸运。
③ 《南轩记》是曾巩以自家茅草房为对象所写的文章,题写在家中破壁上,具有座右铭性质。《南轩记》主要写曾巩切身的人生感悟,语言朴实,析理透彻,是曾巩文章中的佳作。
④ 茆(máo)地,草地。
⑤ 蕃之,蕃同"藩",围上篱笆。
⑥ 结茅,搭建茅屋。
⑦ 廊庙,代指朝廷。
⑧ 万乘,指天子、帝王。
⑨ 奥,山坳,泛指偏僻处。

昆弟饭菽藿羹之无以继①,吾之役于物,或田于食,或野于宿,不得常此处也,其能无焰然于心邪②?

少而思,凡吾之拂性苦形而役于物者,有以为之矣。士固有所勤,有所肆,识其皆受之于天而顺之,则吾亦无处而非其乐,独何必休于是邪?顾吾之所好者远,无与处于是也。然而六艺百家史氏之籍,笺疏之书,与夫论美刺非、感微托远、山镵冢刻、浮夸诡异之文章,下至兵权、历法、星官、乐工、山农、野圃、方言、地记、佛老所传,吾悉得于此。皆伏羲以来,下更秦汉至今,圣人贤者魁杰之材,殚岁月,惫精思,日夜各推所长,分辨万事之说,其于天地万物,小大之际,修身理人,国家天下治乱安危存亡之致,罔不毕载。处与吾俱,可当所谓益者之友非邪?

吾窥圣人旨意所出,以去疑解蔽。贤人智者所称事引类,始终之概以自广③,养吾心以忠,约守而恕者行之④。其过也改,趋之以勇,而至之以不止,此吾之所以求于内者。得其时则行,守深山长谷而不出者,非也;不得其时则止,仆仆然求行其道者⑤,亦非也。吾之不足于义,或爱而誉之者,过也;吾之足于义,或恶而毁之者亦过也。彼何与于我哉?此吾之所任乎天与人者。然则吾之所学者虽博,而所守者可谓简;所言虽近而易知,而所任者可谓重也。

书之南轩之壁间,蚤夜觉观焉⑥,以自进也。南丰曾巩记。

---

① 菽,豆类。藿,嫩豆叶。
② 焰然于心,指内心焦灼。
③ 自广,扩大自己的见闻。
④ 约守,约束节制。
⑤ 仆仆然,劳顿辛苦的样子。
⑥ 蚤,同"早"。

拟岘台记①

　　尚书司门员外郎晋国裴君②,治抚之二年,因城之东隅作台以游,而命之曰拟岘台③,谓其山溪之形,拟乎岘山也。数与其属与州之寄客者游其间④,独求记于予。

　　初,州之东,其城因大丘⑤,其隍因大溪⑥,其隅因客土以出溪上。其外连山高陵,野林荒墟,远近高下,壮大闳廓,怪奇可喜之观,环抚之东南者,可坐而见也。然而雨隳潦毁⑦,盖藏弃委于榛丛茀草之间⑧,未有即而爱之者也。君得之而喜,增甓与土,易其破缺,去榛与草,发其亢爽,缭以横槛,覆以高甍,因而为台,以脱埃氛,绝烦嚣,出云气而临风雨。然后溪之平沙漫流,微风远响,与夫浪波汹涌,破山拔木之奔放,至于高桅劲橹,沙禽水兽,下上而浮沉者,皆出乎履舄之下⑨。山之苍颜秀壁,巅岩拔出,挟光景而薄星辰。至于平冈长陆,虎豹居而

----

① 该文作于宋仁宗嘉祐二年(1057年),这一年曾巩与其弟、妹夫六人及第。在返回南丰的途中,应抚州知州裴材之请,写了这篇亭台记。有人曾说该文与欧阳修的《醉翁亭记》神思相通,朱熹却说该文不及欧阳修之处在于"纡徐曲折"处。该文还带有曾巩早年痕迹,文风繁弦急管,一气奔泻而下,与后期作品有较大差异,体现出一种别样的文风。拟岘台,在临川(江西)城内。临川为抚州治所所在地。岘,山名。在今湖北襄阳以南汉水岸边,西晋羊祜登此山而发人生易逝之悲,山因人而著名。

② 尚书司门员外郎,为尚书省刑部的属员,掌管国门的启闭。晋国裴君,指裴材,事迹不详。晋国,指裴材的祖先,今山西省一带。

③ 拟,比拟。

④ 数,屡次,多次。

⑤ 大丘,指羊角山。

⑥ 隍,护城濠。大溪,指汝水。汝水又名临川江、连昌江、抚河,古称盱水。

⑦ 雨隳潦毁,指城墙被雨水冲刷毁坏。隳,毁坏。潦,雨水。

⑧ 弃委,废弃。

⑨ 履舄(xì),鞋子。单底鞋为履,复底而着木者为舄。

209

龙蛇走,与夫荒蹊丛落,树阴晻暖①,游人行旅,隐见而断续者,皆出乎衽席之内。若夫云烟开敛,日光出没,四时朝暮,雨旸明晦②,变化不同,则虽览之不厌,而虽有智者,亦不能穷其状也。或饮者淋漓,歌者激烈;或靓观微步,旁皇徙倚。则得于耳目与得之于心者,虽所寓之乐有殊,而亦各适其适也。

抚非通道,故贵人蓄贾之游不至③。多良田,故水旱螟螣之灾少。④ 其民乐于耕桑以自足,故牛马之牧于山谷者不收,五谷之积于郊野者不垣,而晏然不知枹鼓之警⑤,发召之役也⑥。君既因其主俗,而治以简静⑦,故得以休其暇日,而寓其乐于此。州人士女,乐其安且治,而又得游观之美,亦将同其乐也。故予为之记。其成之年月日,嘉祐二年之九月九日也。

筠州学记⑧

周衰,先王之迹熄。至汉,六艺出于秦火之余⑨,士学于百家之

---

① 晻,则"暗"。
② 旸(yáng),晴天。
③ 贾,商人。
④ 螟螣(téng),吃庄稼的害虫。
⑤ 晏然,安然。枹,鼓锤。以枹击鼓,指战事。
⑥ 发召之役,征召士兵的军役。
⑦ 简静,指不扰民。
⑧ 宋代庆历年间朝廷诏令天下广设太学,记学之文于是也便在宋代多了起来。这篇学记是筠州设立太学后邀请曾巩所作,创作时间大概在治平三年(1066年)或次年。曾巩的学记一向被后代评价很高,桐城派的作家刘开就曾将曾巩的学记、欧阳修的叙事、韩愈的碑志、苏洵的策论、王安石的序经相提并论,可见其水平之高。筠州,江西高安县,与曾巩故里同属江南西路。筠州在治平三年(1066年)立学,此记当作是年或次年。
⑨ 秦火,指秦始皇三十四年(前213年)焚书坑儒事件。

后。言道德者,矜高远而遗世用①;语政理者,务卑近而非师古。刑名兵家之术②,则狃于暴诈③,惟知经者为善矣,又争为章句训诂之学④,以其私见妄,穿凿为说,故先王之道不明,而学者靡然溺于所习⑤。当是时,能明先王之道者,扬雄而已。而雄之书,世未知好也。然士之出于其时者,皆勇于自立。无苟简之心,其取予进退去就,必度于礼义。及其已衰,而缙绅之徒,抗志于强暴之间,至于废锢杀戮,而其操愈厉者,相望于先后。故虽有不轨之臣,犹徘徊没世,不敢遂其篡夺⑥。

自此至于魏晋以来,其风俗之弊,人材之乏久矣。以迄于今,士乃特有起于千载之外,明先王之道,以寤后之学者⑦。世虽不能皆知其意,而往往好之。故习其说者,论道德之旨,而知应务之非近;议从政之体,而知法古之非迂。不乱于百家,不蔽于传疏⑧。其所知者若此,此汉之士所不能及。然能尊而守之者,则未必众也。故乐易敦朴之俗微,而诡欺薄恶之习胜。此俗化之美,所以未及于汉也。

夫所闻或浅,而其义甚高,与所知有余,而其守不足者,其故何哉?由汉之士察举于乡闾,⑨故不能不笃于自修。今之士选用于文

---

① 矜,崇尚。
② 刑名,法家的一个派别。
③ 狃(niǔ),熟悉、习惯。
④ 章句,分章析句地解释古代著述。
⑤ 靡然,全部倒下,犹言全部。
⑥ 篡夺,篡夺政权。
⑦ 寤,同"悟",醒悟、启迪。
⑧ 传疏,解释经义的文字。
⑨ 察举,选拔,此指举孝廉。汉武帝元光元年(前134年)确立两汉选拔官员察举制度。乡闾,乡里。

章,故不得不笃于所学。至于循习之深,则得于心者,亦不自知其至也。由是观之,则上所好,下必有甚者焉。岂非信欤!令汉与今有教化开导之方,有庠序养成之法,则士于学行,岂有彼此之偏,先后之过乎?夫《大学》之道,将欲诚意、正心、修身,以治其国家天下,而必本于先致其知。则知者固善之端,而人之所难至也。以今之士,于人所难至者既几矣,则上之施化,莫易于斯时,顾所以导之如何尔。

筠为州,在大江之西,其地僻绝。当庆历之初①,诏天下立学,而筠独不能应诏,州之士以为病②。至治平三年③,始告于知州事尚书都官郎中董君仪。董君乃与通判州事国子博士郑君蒨相州之东南,得亢爽之地,筑宫于其上。斋祭之室,诵讲之堂,休宿之庐,至于庖湢库庾,各以序为。经始于其春,而落成于八月之望。既而来学者常数十百人,二君乃以书走京师,请记于予。

予谓二君之于政,可谓知所务矣。使筠之士相与升降乎其中④,讲先王之遗文,以致其知,其贤者超然自信而独立,其中材勉焉以待上之教化,则是宫之作,非独使夫来者玩思于空言,以干世取禄而已⑤。故为之著予之所闻者以为记,而使归刻焉。

---

① 庆历,宋仁宗年号。
② 病,缺憾。
③ 治平,宋英宗年号。
④ 升降,犹言出入。
⑤ 干世,迎合世俗以求利禄功名。干,求。

宜黄县县学记①

　　古之人,自家至于天子之国皆有学②,自幼至于长,未尝去于学之中。学有《诗》《书》六艺③、弦歌洗爵④、俯仰之容⑤、升降之节⑥,以习其心体、耳目、手足之举措;又有祭祀、乡射、养老之礼⑦,以习恭让;进材、论狱、出兵⑧、授捷之法⑨,以习其从事。师友以解其惑,劝惩以勉其进,戒其不率,其所为具如此。而其大要,则务使人人学其性,不独防其邪僻放肆也。虽有刚柔缓急之异,皆可以进之中,而无过不及。使其识之明,气之充于其心,则用之于进退语默之际,而无不得其宜;临之以祸福死生之故,无足动其意者。为天下之士,为所以养其身之备如此,则又使知天地事物之变,古今治乱之理,至于损益废置、先后始终之要,无所不知。其在堂户之上,而四海九州之业⑩、万世之策皆

---

　① 宜黄在今江西抚州地区,宋代属江南西路抚州府管辖。宋仁宗皇祐元年(1049年),在县令李详的主持下,开始建县学。竣工后,曾巩应宜黄县有关人士的邀请,写了这篇学记。该文与前文《筠州学记》均为曾巩学记的名篇。
　② 有学,设有学校。《礼记·学记》:"古之教者,家有塾,党有庠,术有序,国有学。"
　③ 六艺,六种本领,指礼、乐、射、御、书、数。
　④ 洗爵,清洗酒器再酌酒敬客。
　⑤ 容,仪容。
　⑥ 节,规矩。
　⑦ 养老,古代对年高德劭者及时享以酒食而求其谋,称为养老乞言。
　⑧ 出兵,出征。
　⑨ 授捷,打仗归来以所割敌人左耳祭告先祖,谓之授捷。
　⑩ 四海九州,泛指天下。

得,及出而履天下之任①,列百官之中,则随所施为,无不可者。何则?其素所学问然也。

盖凡人之起居、饮食、动作之小事,至于修身为国家天下之大体,皆自学出,而无斯须去于教也②。其动于视听四支者③,必使其洽于内④;其谨于初者,必使其要于终。驯之以自然,而待之以积久。噫!何其至也。故其俗之成,则刑罚措;其材之成,则三公百官得其士;其为法之永,则中材可以守;其入人之深,则虽更衰世而不乱。为教之极至此,鼓舞天下,而人不知其从之,岂用力也哉!

及三代衰,圣人之制作尽坏,千余年之间,学有存者,亦非古法。人之体性之举动⑤,唯其所自肆,而临政治人之方,固不素讲。士有聪明朴茂之质,而无教养之渐,则其材之不成,固然。盖以不学未成之材,而为天下之吏,又承衰弊之后,而治不教之民。呜呼!仁政之所以不行,贼盗刑罚之所以积,其不以此也欤!

宋兴几百年矣⑥。庆历三年,天子图当世之务,而以学为先,于是天下之学乃得立。而方此之时,抚州之宜黄犹不能有学。士之学者皆相率而寓于州,以群聚讲习。其明年,天下之学复废,士亦皆散去,而春秋释奠之事以著于令,则常以庙祀孔氏,庙不复理⑦。

皇祐元年,会令李君详至,始议立学。而县之士某某与其徒皆自

---

① 履,履行,实践。
② 斯须,一会儿。
③ 四支,四肢。
④ 内,内心。
⑤ 体性,性格。自肆,自我放纵。
⑥ 几,将近。
⑦ 理,治。

以谓得发愤于此,莫不相励而趋为之。故其材不赋而羡,匠不发而多。其成也,积屋之区若干,而门序正位,讲艺之堂、栖士之舍皆足。积器之数若干,而祀饮寝食之用皆具。其像孔氏而下,从祭之士皆备①。其书经史百氏、翰林子墨之文章无外求者。其相基会作之本末,总为日若干而已,何其周且速也!当四方学废之初,有司之议,固以谓学者人情之所不乐。及观此学之作,在其废学数年之后,唯其令之一唱,而四境之内响应而图之,如恐不及。则夫言人之情不乐于学者,其果然也与?

宜黄之学者,固多良士。而李君之为令,威行爱立,讼清事举,其政又良也。夫及良令之时,而顺其慕学发愤之俗,作为宫室教肄之所②,以至图书器用之须③,莫不皆有,以养其良材之士。虽古之去今远矣,然圣人之典籍皆在,其言可考,其法可求,使其相与学而明之,礼乐节文之详④,固有所不得为者。若夫正心修身,为国家天下之大务,则在其进之而已。使一人之行修移之于一家,一家之行修移之于乡邻族党,则一县之风俗成,人材出矣。教化之行,道德之归,非远人也,可不勉与!县之士来请曰:"愿有记。"其记之。十二月某日也。

---

① 从祭之士,指随着孔子一道享受祭祀的先哲。
② 教肄,教授和学习。
③ 须,同"需"。
④ 节文,指礼仪。

道山亭记①

　　闽，故隶周者也。至秦，开其地，列于中国②，始并为闽中郡③。自粤之太末，与吴之豫章④，为其通路。其路在闽者，陆出则阸于两山之间⑤，山相属无间断⑥，累数驿乃一得平地⑦，小为县，大为州，然其四顾亦山也。其途或逆坂如缘絙⑧，或垂崖如一发，或侧径钩出于不测之溪上：皆石芒峭发，择然后可投步。负戴者虽其土人⑨，犹侧足然后能进。非其土人，罕不踬也⑩。其溪行，则水皆自高泻下，石错出其间，如林立，如士骑满野，千里下上，不见首尾。水行其隙间，或衡缩蟉糅⑪，或逆走旁射，其状若蚓结，若虫镂，其旋若轮，其激若矢。舟溯

---

　　① 该文作于元丰二年（1079年）曾巩知明州任上，应当时福州前任知州程师梦之请而作，当时作者已经六十一岁。福州前任知州程孟曾于福州知州期间在福州城西乌石山上筑一亭以观风景。乌石山在唐天宝年间曾奉敕命改名闽山，程师孟将其改名道山，他认为从此山上观察福州景物可以同海上三神山蓬莱、方丈、瀛州相比。曾巩十分欣赏程师梦随遇而安的心态，因此欣然受邀写作此文。
　　② 中国，华夏民族上古建都于黄河流域，以为居天下之中心，自称中国。
　　③ 并，合并。周朝时居住在福建及浙江南部的闽人共分为七族，称七闽。秦合七闽为闽中郡。治所在冶县（今福州市）。
　　④ 豫章，郡名，治所在今江西省南昌市。
　　⑤ 阸（è），阻塞。
　　⑥ 相属，相连接。
　　⑦ 累，连接。
　　⑧ 逆坂，迎着坡而上。缘絙（gēng），沿着绳索走，形容险绝。
　　⑨ 负戴者，运送东西的人。戴，头顶东西。
　　⑩ 踬（zhì），跌倒。
　　⑪ 蟉糅（liú），屈曲混杂。

沿者①,投便利,失毫分,辄破溺。虽其土长川居之人,非生而习水事者,不敢以舟楫自任也。其水陆之险如此。汉尝处其众江淮之间而虚其地,盖以其陿②多阻,岂虚也哉?

福州治侯官,于闽为土中,所谓闽中也。其地于闽为最平以广,四出之山皆远,而长江在其南③,大海在其东,其城之内外皆涂,旁有沟,沟通潮汐,舟载者昼夜属于门庭。麓多桀木,而匠多良能,人以屋室巨丽相矜④,虽下贫必丰其居,而佛、老子之徒,其宫又特盛。城之中三山,西曰闽山,东曰九仙山,北曰粤王山,三山者鼎趾立。其附山,盖佛、老子之宫以数十百,其瑰诡殊绝之状,盖已尽人力。

光禄卿、直昭文馆程公为是州⑤,得闽山嵚崟之际,为亭于其处,其山川之胜,城邑之大,宫室之荣,不下簟席而尽于四瞩⑥。程公以谓在江海之上,为登览之观,可比于道家所谓蓬莱、方丈、瀛州之山⑦,故名之曰"道山之亭"。闽以险且远,故仕者常惮往,程公能因其地之善,以寓其耳目之乐,非独忘其远且险,又将抗其思于埃壒之外⑧,其志壮哉!

程公于是州以治行闻,既新其城,又新其学,而其余功又及于此。

---

① 溯沿,逆流而上或顺流而下。
② 陿,同"狭"。
③ 长江,为闽江。
④ 矜,夸耀。
⑤ 昭文馆,朝廷藏经籍图书之所,与集贤院、史馆并称"三馆"。
⑥ 簟席,供人坐的竹席。
⑦ 蓬莱、方丈、瀛州之山,指古代三仙山。
⑧ 埃壒(ài),指尘埃。

盖其岁满就更广州①,拜谏议大夫,又拜给事中、集贤殿修撰②,今为越州③,字公辟,名师孟云。

学舍记④

予幼则从先生受书⑤,然是时,方乐与家人童子嬉戏上下,未知好也。十六七时,窥六经之言⑥,与古今文章有过人者,知好之,则于是锐意欲与之并。

而是时,家事亦滋出⑦。由斯以来,西北则行陈、蔡、谯、苦、淮、汴、睢、泗⑧,出于京师;东方则绝江舟漕河之渠⑨,逾五湖,并封、禺、会稽之山,出于东海上;南方则载大江,临夏口而望洞庭,转彭蠡⑩,上

---

① 满,指任期满。
② 集贤殿修,官名。集贤殿,即集贤院,掌管秘书图籍诸事。
③ 越州,州名,治所在今浙江省绍兴市。
④ 该文写于至和元年(1054年),写作该文时曾巩已三十六岁,却处于人生困境之中,此前曾父曾易占被人诬陷而失官,曾巩家道自此没落,为了维持生计,只好率领弟辈躬耕陇亩,该文可以看做是曾巩前半生的自传,记述了曾巩在困境中苦苦挣扎的岁月,同时也体现出他奋发向上,不甘沉沦的抗争精神。
⑤ 受,通"授"。
⑥ 六经,指《诗》《书》《礼》《易》《春秋》《乐》六部儒家经典。
⑦ 滋出,层出不穷。滋,增益,加多。
⑧ 陈,州名,春秋时陈国故地,治所在河南省淮阳县。蔡,州名,春秋时蔡国故地,今在河南省汝南县。谯,县名,治所自今河南省杞县东至江苏省,入泗水。汴,水命,在河南省境内,南流入淮。淮,水名,由河南经安徽、江苏入海。泗,水名,由山东经江苏入淮。
⑨ 绝江,横渡长江。
⑩ 彭蠡,湖名。在今湖北武汉汉口。

庾岭①,由浈阳之泷②,至南海上。此予之所涉世而奔走也③。蛟鱼汹涌湍石之川,巅崖莽林貙虺之聚,与夫雨旸寒燠、风波雾毒不测之危,此予之所单游远寓而冒犯以勤也。衣食药物,庐舍器用,箕筥碎细之间,此予之所经营以养也。天倾地坏④,殊州独哭,数千里之远,抱丧而南⑤,积时之劳,乃毕大事,此予之所遭祸而忧艰也。太夫人所志⑥,与夫弟婚妹嫁,四时之祠,属人外亲之问,王事之输⑦,此予之所皇皇而不足也⑧。予于是力疲意耗,而又多疾,言之所序,盖其一二之粗也。得其闲时,挟书以学,于夫为身治人,世用之损益,考观讲解,有不能至者。故不得专力尽思,琢雕文章,以载私心难见之情,而追古今之作者为并,以足予之所好慕,此予之所自视而嗟也。

今天子至和之初⑨,予之侵扰多事故益甚⑩,予之力无以为,乃休于家,而即其旁之草舍以学。或疾其卑,或议其隘者,予顾而笑曰:"是予之宜也。予之劳心困形,以役于事者,有以为之矣。予之卑巷

---

① 庾岭,指大庾岭,又称梅岭,南北交通要道,五岭之一。在今江西大余、广东南雄交界处。
② 浈(zhēn)阳,古县名,治所在今广东英德县东。
③ 涉世,步入社会。
④ 天倾地坏,指父亲去世。
⑤ 抱丧而南,指扶灵柩回南方。
⑥ 太夫人,指曾巩的继母朱氏。所志,所嘱托的事情。
⑦ 王事之输,指向官府缴纳赋税一类的事务。
⑧ 皇皇,同"惶惶"。
⑨ 至和,指宋仁宗年号。
⑩ 侵扰,干扰。

穷庐,冗衣耷饭①,芑苋之羹②,隐约而安者,固予之所以遂其志而有待也。予之疾则有之,可以进于道者,学之有不至。至于文章,平生之所好慕,为之有不暇也。若夫土坚木好、高大之观,固世之聪明豪隽挟长而有恃者所得为③,若予之拙,岂能易而志彼哉?"

遂历道其少长出处,与夫好慕之心,以为《学舍记》。

越州赵公救灾记④

熙宁八年夏⑤,吴越大旱⑥。九月,资政殿大学士知越州赵公,前民之未饥,为书问属县:"灾所被者几乡?民能自食者有几?当廪于官者几人?沟防构筑可僦民使治之者几所?库钱仓粟可发者几何?富人可募出粟者几家?僧道士食之羡粟书于籍者其几具存⑦?"使各书以对⑧,而谨其备⑨。

---

① 冗衣耷(lóng)饭,粗衣粗饭。
② 芑苋(qǐ xiàn),泛指野菜。
③ 挟长,依仗自己的长处。
④ 此文是曾巩对越州县令赵抃(biàn)救灾事件的记述,此文不仅是为了对赵抃救灾的事件予以赞扬,更重要的一点是记述本次救灾的经过,希望对后来官员救灾有所借鉴。乾隆皇帝就曾在《御选唐宋文醇》中说:"赵抃救灾之法尽善尽美,而巩所记又复详尽明确,司牧之臣案间必备之书。"越州,治所在山阴(今浙江绍兴)。赵抃,衢州西安(今浙江衢县)人,宋仁宗景祐元年(1034年)进士,官拜殿中侍御史,弹劾不避权贵,京师目为"铁面御史"。熙宁七年(1074年)知越州。
⑤ 熙宁八年,公元1075年。熙宁是宋神宗赵顼(xū)的年号。
⑥ 吴越,春秋时代两国名,今苏南、浙北一带。
⑦ 羡粟,余粮。
⑧ 对,指汇报。
⑨ 谨,谨慎。

州县吏录民之孤老疾弱不能自食者二万一千九百余人以告①。故事②,岁廪穷人,当给粟三千石而止。公敛富人所输③,及僧道士食之羡者,得粟四万八千余石,佐其费④。使自十月朔,人受粟日一升,幼小半之。忧其众相蹂也,使受粟者男女异日,而人受二日之食。忧其流亡也,于城市郊野为给粟之所凡五十有七,使各以便受之而告以去其家者勿给。计官为不足用也,取吏之不在职而寓于境者,给其食而任以事。不能自食者,有是具也。能自食者,为之告富人无得闭粜⑤。又为之官粟,得五万二千余石,平其价予民。为粜粟之所凡十有八,使籴者自便如受粟⑥。又僦民完成四千一百丈,为工三万八千,计其佣与钱,又与粟再倍之。民取息钱者⑦,告富人纵予之而待熟⑧,官为责其偿。弃男女者,使人得收养之。

明年春,大疫。为病坊⑨,处疾病之无归者。募僧二人,属以视医药饮食⑩,令无失所恃。凡死者,使在处随收瘗之⑪。

法,廪穷人尽三月当止,是岁尽五月而止。事有非便文者⑫,公一

---

① 告,上报。
② 故事,旧例,旧规矩。
③ 敛,收集,聚集。
④ 佐,帮助,赞助。
⑤ 粜(tiào),卖出粮食。
⑥ 籴(dí),买进粮食。
⑦ 取息钱,借贷款。
⑧ 纵予,放手贷给。熟,指庄稼成熟。
⑨ 病坊,犹言病院。
⑩ 属,嘱,拜托。
⑪ 瘗(yì),埋葬。
⑫ 便文,适合公文的规定。

以自任,不以累其属。有上请者,或便宜多辄行①。公于此时,蚤夜悉心力不少懈②,事细巨必躬亲。给病者药食多出私钱。民不幸罹旱疫③,得免于转死④;虽死得无失敛埋,皆公力也。

是时旱疫被吴越,民饥馑疾疠,死者殆半,灾未有巨于此也。天子东向忧劳,州县推布上恩,人人尽其力。公所拊循⑤,民尤以为得其依归。所以经营绥辑先后终始之际⑥,委曲纤悉,无不备者。其施虽在越,其仁足以示天下;其事虽行于一时,其法足以传后。盖灾沴之行,治世不能使之无,而能为之备。民病而后图之,与夫先事而为计者,则有间矣;不习而有为,与夫素得之者,则有间矣⑦。予故采于越,得公所推行,乐为之识其详⑧,岂独以慰越人之思,半使吏之有志于民者不幸而遇岁之灾,推公之所已试,其科条可不待顷而具⑨,则公之泽岂小且近乎!

公元丰二年以大学士加太子少保致仕⑩,家于衢。其直道正行在于朝廷⑪,岂弟之实在于身者⑫,此不著。著其荒政可师者⑬,以为《越州赵公救灾记》云。

---

① 便宜,指对救灾有利。
② 蚤,同"早"。
③ 罹(lí),遭遇。
④ 转死,辗转死去。指流亡而死去。
⑤ 拊循,抚慰。拊,同"抚"。
⑥ 绥辑,安顿。
⑦ 有间,指距离相距很远。
⑧ 识,同"志",记述。
⑨ 科条,法令条例。
⑩ 元丰二年,公元1079年。元丰,宋神宗年号。致仕,交还官职,辞职退休。
⑪ 直道正行,正直的德行。
⑫ 岂弟,恺悌,慈祥和蔼。
⑬ 荒政,救灾的措施。师,效法。

秃秃记①

秃秃,高密孙齐儿也②。齐明法③,得嘉州司法。先娶杜氏,留高密。更绐娶周氏④,与抵蜀。罢归⑤,周氏恚齐绐⑥,告县。齐赀谢得释⑦。授歙州休宁县尉,与杜氏俱迎之官,再期,得告归。周氏复恚,求绝,齐急曰:"为若出杜氏。"祝发以誓。周氏可之。

齐独之休宁,得娼陈氏,又纳之。代受抚州司法,归间周氏,不复见,使人窃取其所产子,合杜氏、陈氏,载之抚州。明道二年正月,至是月,周氏亦与其弟来,欲入据其署,吏遮以告齐⑧。齐在宝应佛寺受租米,趋归,捽挽置庑下⑨,出伪券曰⑩:"若佣也,何敢尔!"辨于州,不直。周氏诉于江西转运使,不听。久之,以布衣书里姓联诉事,行道上乞食。

肖贯守饶州,驰告贯。饶州,江东也,不当受诉。贯受不拒,转运使始遣吏祝应言为覆。周氏引产子为据,齐惧子见事得,即送匿旁方

---

① 该文虽为记,实际上是一篇墓志铭,本文背后还有一段比较传奇的故事。曾巩的朋友,抚州司法张彦博,在改造其所住寝室时,在墙角发掘一小儿墓穴,引出来一桩十三年前的谋杀案。张彦博审理了此案,并将小儿安葬在城外,请曾巩写下此记,刻于石,纳于墓穴中。
② 高密,县名,在今山东胶县西北。
③ 明法,熟悉法令。
④ 绐,欺骗。
⑤ 罢,被免职。
⑥ 恚(huì),愤恨。
⑦ 赀(zī)谢,用钱财谢罪。
⑧ 遮,阻拦。
⑨ 置庑(wǔ)下,放在堂下的走廊上。
⑩ 伪券,假的契约。

政舍。又惧,则收以归,扼其喉,不死。陈氏从旁引儿足,倒持之,抑其首瓮水中,乃死,秃秃也。召役者邓旺,穿寝后垣下为坎,深四尺,瘗其中①,生五岁云。狱上更赦,犹停齐官,徙濠州,八月也。

庆历三年十月二十二日,司法张彦博改作寝庐②,治地得坎中死儿,验问知状者,小吏熊简对如此。又召邓旺诘之,合狱辞,留州者毕是,惟杀秃秃状盖不见。与予言而悲之,遂以棺服敛之,设酒脯奠焉。以钱与浮图人升伦③,买砖为圹,城南五里张氏林下瘗之,治地后十日也。

呜呼!人固择于禽兽夷狄也。禽兽夷狄于其配合孕养④,知不相祸也,相祸则其类绝也久矣。如齐何议焉?买石刻其事,纳之圹中,以慰秃秃,且有警也。事始末,惟杜氏一无忌言。二十九日,南丰曾巩作。

祭亡妻晁氏文⑤

子有仁孝之行,勤俭之德。宏裕端庄⑥,聪明静默。穷达能安⑦,死生不惑。可以齐古淑人⑧,为世常则。归我之昔,明年始笄⑨。言

---

① 瘗(yì),埋葬。
② 寝庐,卧室所在的房屋。
③ 浮图人,指佛教徒。
④ 配合,此处指交配。孕养,孕育生养后代。
⑤ 该文作于宋英宗治平元年(1064年),是曾巩为悼念其亡故妻子晁文柔所写的一篇祭文。曾巩于皇祐二年(1050年)与光禄少卿晁宗格之女结为夫妇,虽然他们的婚姻仅有十二年,期间曾巩家道坎坷,晁氏陪伴曾巩度过十年艰苦困顿时光,无奈曾巩方始发达之时,晁氏却突发疾病离世,享年二十六岁。曾巩怀着无比悲痛的心情写作此文,一方面歌颂妻子高尚贤淑的品格,一方面充满了对妻子的感激与怀念。
⑥ 宏裕,宽宏大度。
⑦ 穷达,困难与显达时。
⑧ 齐,比。
⑨ 笄,指女子可以盘发插笄的年龄,代指成年。

无疵悔①,动应衡规②。亲疏悦慕,稚艾嗟咨③。事姑之礼④,左右无违。服难体顺,惟日孜孜。谐我属人,又笃以私。有犯不校,有劳不施。人隆己约,乃以为宜。衣有穿弊,珥无光辉⑤。口顺吾性,余复何为。纷纶世务,逼仄群疑。子陈得失,效若蓍龟⑥。及其既退,婉婉其仪。不矜以色,不伐以辞。幽闲深谧,度量谁窥? 吾贫口众,智不继资。脱粟藜藿,具无盐醯⑦,人不堪忧,子独怡怡。缩综虽爱,不偏以慈。训诲惟谨,曰宜幼时。我扶我翼,共处穷羁。锄荒补漏,细大无遗。

呜呼! 天祸我家,降集凶厉。始来京师,辛丑之岁⑧。子之方壮,疾疹中伤。孰云此日,一女先亡。子虽自达⑨,病岂宜然? 自秋至春,有益无痊。迎医市药,我力为殚。术宁非善? 不胜于天。将逝之夕,逆知其期。语论自若,精神不衰。遍召室人,告以长归。

呜呼哀哉! 父失贤女,姑亡孝妇,子丧严师,吾亏益友。岁时虽往,悲酸则新。禫月之终⑩,奠此一尊。教养二子,期获子心。时良返子⑪,托葬先林⑫。言如不复,谁谓我人。长号叙哀,寓以斯文。

---

① 疵悔,值得后悔的缺点及过失。
② 衡规,权衡是否符合礼仪与规范。
③ 稚艾,老少。
④ 姑,指丈夫的母亲。
⑤ 珥,耳环。
⑥ 蓍(shī)龟,用蓍草与龟壳进行占卜。
⑦ 醯(xī),醋。
⑧ 辛丑之岁,指公元1061年。
⑨ 自达,自己看得开。
⑩ 禫(dàn)月,除却丧服之月。
⑪ 返子,护送灵柩回故乡。
⑫ 先林,安葬先人的墓地。

赠黎安二生序①

赵郡苏轼②,余之同年友也③。自蜀以书至京师遗余④,称蜀之士,曰黎生、安生者。既而黎生携其文数十万言,安生携其文亦数千言,辱以顾余。读其文,诚闳壮隽伟,善反复驰骋,穷尽事理;而其材力之放纵,若不可极者也。二生固可谓魁奇特起之士,而苏君固可谓善知人者也。

顷之,黎生补江陵府司法参军⑤。将行,请予言以为赠。余曰:"余之知生,既得之于心矣,乃将以言相求于外邪?"黎生曰:"生与安生之学于斯文⑥,里之人皆笑以为迂阔。今求子之言,盖将解惑于里人。"余闻之,自顾而笑⑦。

夫世之迂阔,孰有甚于予乎?知信乎古,而不知合乎世;知志乎道,而不知同乎俗。此余所以困于今而不自知也。世之迂阔,孰有甚于予乎?今生之迂,特以文不近俗,迂之小者耳,患为笑于里之人。

---

① 该文是曾巩所写的一篇赠序,约作于英宗治平年间。此文写作的背景正是当时宋初文风仍有沿袭晚唐五代颓靡的风气,夸声色,讲对偶,空洞卑弱的"时文"泛滥一时。而在仁宗嘉祐二年(1057 年),欧阳修主持科场,力黜"太学体",提拔了一系列古文人才,风气才有所转变。即便如此,在很长一段时间里,古文与时文两种势力仍在对抗较量。蜀士黎、安二生学习古文,反被乡人讥笑"迂阔",曾巩写此文对他们坚持古文写作予以劝勉,同时也在文中自勉,坚定自己"信乎古""志乎道"的信念。

② 赵郡,今河南赵县,苏轼祖籍地。

③ 同年,同榜考取进士称为同年。

④ 遗,赠送。

⑤ 江陵府,今湖北江陵县。司法参军,简称司法,掌管州府的议法断刑。

⑥ 斯文,指欧阳修倡导的与"太学体"相对的平易畅达的古文。

⑦ 自顾,自思。

若余之迂大矣,使生持吾言而归,且重得罪,庸讵止于笑乎①?

然则若余之于生,将何言哉?谓余之迂为善,则其患若此;谓为不善,则有以合乎世,必违乎古,有以同乎俗,必离乎道矣。生其无急于解里人之惑,则于是焉,必能择而取之。

遂书以赠二生,并示苏君②,以为何如也?

《李白诗集》后序③

《李白诗集》二十卷,旧七百七十六篇,今千有一篇,杂著六十篇者,知制诰常山宋敏求次道之所广也④。次道既以类广白诗,自为序,而未考次其作之先后。余得其书,乃考其先后而次第之⑤。

盖白蜀郡人⑥,初隐岷山⑦,出居襄汉之间⑧,南游江淮,至楚观云梦。云梦许氏者,高宗时宰相圉师之家也,以女妻白⑨,因留云梦者三

---

① 庸讵,难道。止,仅仅。
② 示,给人看。
③ 此篇后序主要是对李白生平及经历的考辨,显示了作者的学术功力与视野,由于已有唐人李阳冰、魏颢及宋人宋敏求等人作序,曾巩便未在文中对李白的作品进行品评,以免重复。
④ 宋敏求,字次道,赵州平棘(河北赵县)人,因赵州古属常山县,故称郡望。北宋著名藏书家,与宋祁合修《新唐书》,著有《长安志》等。
⑤ 次第,按序排列。
⑥ 蜀郡,秦始皇所设,治所在今四川成都。
⑦ 岷山,四川西北部。
⑧ 襄汉,襄阳、汉水。
⑨ 女,许圉师孙女。

年①，去之齐鲁，居徂徕山竹溪。入吴，至长安，明皇闻其名，召见以为翰林供奉，顷之不合去。北抵赵、魏、燕、晋，西抵歧、邠，历商於，至洛阳，游梁最久。复之齐鲁，南浮淮泗，再入吴，转徙金陵，上秋浦、浔阳。天宝十四载，安禄山反，明年明皇在蜀，永王璘节度东南，白时卧庐山，璘迫致之。璘军败丹阳②，白奔亡至宿松，坐系浔阳狱。宣抚大使崔涣与御史中丞宋若思验治白，以为罪薄宜贳，而若思军赴河南，遂释白囚，使谋其军事，上书肃宗，荐白材可用，不报③。是时，白年五十有七矣。乾元元年，终以污璘事长流夜郎，遂泛洞庭，上峡江，至巫山，以赦得释。憩岳阳、江夏④，久之复如浔阳，过金陵，徘徊于历阳、宣城二郡。其族人阳冰为当涂令，白过之，以病卒。年六十有四，是时宝应元年也⑤。其始终所更涉如此⑥，此白之诗书所自叙可考者也。

范传正为白墓志，称白"偶乘扁舟，一日千里，或遇胜景，终年不移"，则见于白之自叙者，盖亦其略也。旧史称白山东人⑦，为翰林待诏，又称永王璘节度扬州，白在宣城谒见，遂辟为从事⑧。而新书又称白流放夜郎⑨，还浔阳，坐事下狱，宋若思释之者，皆不合于白之自叙。

---

① 云梦，古泽名，此泛指春秋战国时楚王游猎的区域，包括今湖南、湖北的江汉平原。
② 丹阳，今江苏镇江。
③ 不报，不作答复。指皇上没有批准。
④ 江夏，今湖北武昌。
⑤ 宝应，唐代宗年号(762—763)。
⑥ 更涉，经历。
⑦ 旧史，指《旧唐书》。
⑧ 从事，官名，幕府佐僚。
⑨ 新书，指《新唐书》。

盖史误也。

白之诗，连类引义，虽中于法度者寡，然其辞闳肆隽伟，殆骚人所不及①，近世所未有也。旧史称："白有逸才，志气宏放，飘然有超世之心。"余以为实录，而新书不著其语，故录之，使览者得详焉。

《战国策》目录序②

刘向所定《战国策》三十三篇③，《崇文总目》称十一篇者阙④。臣访之士大夫家，始尽得其书，正其误谬，而疑其不可考者，然后《战国策》三十三篇复完。

---

① 骚人，诗人。
② 嘉祐五年(1060年)至治平二年(1065年)，曾巩经欧阳修举荐入史馆，校勘书籍。凡是经过整理校勘的书籍都要写一篇目录序，介绍该书的作者、篇数、撰写、流传及整理评价情况，若要写作目录序定要具备一定的文献学、目录学功底，同时还要具备辨章学术、考镜源流的眼界与学识。曾巩这篇文章不仅介绍了《战国策》流传情况，更重要的是他还对《战国策》中"法"与"道"的关系进行考辨，加入了自己对问题的观点与评判，论辩内容相当精彩，因此这篇目录序成为千古文学佳作，被后人所肯定和传唱。《战国策》相传是战国时代各国史官、策士文章的辑录，成书于西汉末期，刘向将其编订为三十三篇，以为内容均是"战国时游士辅所之国，为之策谋"，遂定名为《战国策》。
③ 刘向，本名更生，字子政，沛人，汉皇族楚元王(刘交)四世孙，西汉末年的经学家、目录学家和文学家，成帝时任光禄大夫，终中垒校尉。所著的《别录》是我国最早的目录学著作。
④ 《崇文总目》，书目总集，宋初以昭文、史馆、集贤三馆分别贮书，太平兴国三年(978年)为三院新修书院，次年赐名崇文院。端拱元年(988年)分三馆书万余卷，别建书库曰秘阁，与三馆合称四馆。景祐元年(1034年)，命王尧臣、王洙、欧阳修等以四馆所藏校正条目，分类编次，至庆历元年(1041年)编成六十六卷，仁宗赐名《崇文总目》。原本每条下有叙释，南宋时删除，后全书不存。清修《四库全书》，据天一阁抄本，以《永乐大典》补入，厘定为十二卷，是为今本。

叙曰:向叙此书,言周之先①,明教化,修法度,所以大治;及其后,谋诈用,而仁义之路塞,所以大乱;其说既美矣。卒以谓此书战国之谋士,度时君之所能行,不得不然;则可谓惑于流俗,而不笃于自信者也②。

夫孔、孟之时,去周之初已数百岁,其旧法已亡,旧俗已熄久矣;二子乃独明先王之道,以谓不可改者,岂将强天下之主后世之所不可为哉?亦将因其所遇之时,所遭之变,而为当世之法,使不失乎先王之意而已。

二帝、三王之治③,其变固殊,其法固异,而其为国家天下之意,本末先后,未尝不同也。二子之道如是而已。盖法者,所以适变也④,不必尽同;道者,所以立本也,不可不一⑤;此理之不易者也。故二子者守此,岂好为异论哉?能勿苟而已矣。可谓不惑于流俗而笃于自信者也。

战国之游士则不然。不知道之可信,而乐于说之易合。其设心,注意,偷为一切之计而已。故论诈之便而讳其败,言战之善而蔽其患。其相率而为之者,莫不有利焉,而不胜其害也;有得焉,而不胜其失也。卒至苏秦、商鞅、孙膑、吴起、李斯之徒,以亡其身;而诸侯及秦用之者,亦灭其国。其为世之大祸明矣,而俗犹莫之寤也。

惟先王之道,因时适变⑥,为法不同,而考之无疵,用之无弊。故古之圣贤,未有以此而易彼也。

或曰:"邪说之害正也,宜放而绝之。此书之不泯,其可乎?"对

---

① 周之先,周朝前期。
② 笃,坚定。
③ 二帝,指尧、舜。三王,指夏商周三代开国君王。
④ 适变,适应时代的变化。
⑤ 不一,不保持一致。
⑥ 适变,适应时代的变化。

曰:"君子之禁邪说也,固将明其说于天下,使当世之人皆知其说之不可从,然后以禁则齐;使后世之人皆知其说之不可为,然后以戒则明;岂必灭其籍哉?放而绝之,莫善于是。是以孟子之书,有为神农之言者,有为墨子之言者,皆著而非之。至此书之作,则上继春秋,下至楚汉之起,二百四十五年之间,载其行事,固不可得而废也。"

此书有高诱注者二十一篇①,或曰三十二篇,《崇文总目》存者八篇,今存者十篇。

《列女传》目录序②

刘向所叙《列女传》,凡八篇,事具《汉书》向列传③。而《隋书》④及《崇文总目》⑤皆称向《列女传》十五篇,曹大家注⑥。以《颂义》考

---

① 高诱,东汉涿县(今河北涿县)人,注释古籍的著名学者,除注《战国策》外,还有《孟子章句》(佚)、《孝经注》(佚)、《淮南子注》《吕氏春秋注》等。

② 该文作于嘉祐六年到治平四年(1061—1067)期间,《列女传》是汉代刘向所著,第一部为我国妇女所写的传记。书中收录了旧史遗文中一百零五名妇女的事迹,按照妇女的德行将其划分为"母仪""贤明""仁智""贞顺""节义""辨通""孽嬖"七类。另有《颂义》篇。该书流传至北宋,很多内容已有错讹,曾巩在史馆整理文献时,对该书进行了整理并写下了该文。

③ 具,陈述。向列传,刘向列传。

④ 《隋书》,二十四史之一,唐魏徵所撰,八十五卷。

⑤ 《崇文总目》,书目总集,宋初以昭文、史馆、集贤三馆分别贮书,太平兴国三年(978年)为三院新修书院,次年赐名崇文院。端拱元年(988年)分三馆书万余卷,别建书库曰秘阁,与三馆合称四馆。景祐元年(1034年),命王尧臣、王洙、欧阳修等以四馆所藏校正条目,分类编次,至庆历元年(1041年)编成六十六卷,仁宗赐名《崇文总目》。原本每条下有叙释,南宋时删除,后全书不存。清修《四库全书》,据天一阁抄本,以《永乐大典》补入,厘定为十二卷,是为今本。

⑥ 曹大家(gū),班固的妹妹班昭,嫁给曹世叔。夫亡,汉和帝召入宫中,号"曹大家"。大家,古代对女子的尊称。

之,盖大家所注,离其七篇为十四,与《颂义》凡十五篇,而益以陈婴母及东汉以来凡十六事,非向书本然也。盖向旧书之亡久矣。嘉祐中,集贤校理苏颂始以《颂义》为篇次①,复定其书为八篇,与十五篇者并藏于馆阁。而《隋书》以《颂义》为刘歆作,与向列传不合。今验《颂义》之文,盖向之自叙。又《艺文志》有向《列女传颂图》,明非歆作也。自唐之乱,古书之在者少矣,而《唐志》录《列女传》凡十六家,至大家注十五篇者亦无录,然其书今在。则古书之或有录而亡,或无录而在者,亦众矣,非可惜哉!今校雠其八篇及其十五篇者已定,可缮写。

初,汉承秦之敝,风俗已大坏矣,而成帝后宫赵、卫之属尤自放②。向以谓王政必自内始,故列古女善恶所以致兴亡者以戒天子,此向述作之大意也。其言大任之娠文王也③,目不视恶色,耳不听淫声,口不出敖言。又以谓古之人胎教者皆如此。夫能正其视听言动者,皆大人之事,而有道者之所畏也。顾令天下之女子能之,何其盛也!以臣所闻,盖为之师傅保姆之助④,《诗》《书》图史之戒,珩璜琚瑀之节⑤,威仪动作之度。其教之者虽有此具,然古之君子,未尝不以身化也。故《家人》之义归于反身⑥,《二南》之业本于文王,夫岂自外至哉!世皆知文王之所以兴,能得内助,而不知所以然者,盖本于文王之躬化,故内则后妃有《关雎》之行,外则群臣有《二南》之美,与之相成。其推而及远,则商辛之昏俗,江汉之小国,兔罝之野人,莫不好善而不自知,此所谓身修故国家天下治者也。后世自学问之士,多徇于外物而

---

① 集贤校理,官名,全称集贤殿校理,为校勘书籍之职。
② 赵,指赵飞燕及妹妹。卫,指卫婕妤。均为汉成帝嫔妃,恃娇专宠,霍乱朝政。
③ 大任,周文王之母,姓任。大同"太"。
④ 保姆,古代君主妻妾中专职抚养子女的人。
⑤ 珩璜琚瑀,指佩玉。
⑥ 《家人》指《易·家人》:"威如之疾,反身之谓也。"反身,反观自身。

不安其守,其家室既不见可法,故竟于邪侈,岂独无相成之道哉!士之苟于自恕,顾利冒耻而不知反己者①,往往以家自累故也。故曰:"身不行道,不行于妻子。"信哉!如此人者,非素处显也,然去《二南》之风亦已远矣,况于南向天下之主哉!向之所述,劝戒之意可谓笃矣。

然向号博极群书,而此传称《诗》《芣苢》《柏舟》《大车》②之类,与今序《诗》者之说尤乖异,盖不可考。至于《式微》之一篇,又以谓二人之作。岂其所取者博,故不能无失欤?其言象计谋杀舜及舜所以自脱者,颇合于《孟子》。然此《传》或有之,而《孟子》所不道者③,盖亦不足道也。凡后世诸儒之言经传者,固多如此,览者采其有补,而择其是非可也。故为之叙论以发其端云。

《南齐书》目录序④

《南齐书》八纪⑤,十一志⑥,四十列传⑦,合五十九篇,梁萧子显

---

① 顾利冒耻,见利忘义,不顾廉耻。
② 《芣苢》《柏舟》《大车》三篇均为《诗经》中篇目。
③ 不道,不记载,不说。
④ 《南齐书》是记述南朝齐一代的史书,南齐是南北朝时期继刘宋后建立的一个王朝,立国仅二十四年。这部史书是开国皇帝萧道成的孙子萧子显所写,萧子显对自己的祖父与家族有过度维护溢美之嫌,因此该书作为史书,有失客观,后人对这部史书颇多非议。曾巩也持类似的观点,认为萧子显并不具备史学家的素养,因此也提出自己对史书与史官的一系列看法。
⑤ 纪,亦称"本纪",古代史书的一种体裁,多用来记述帝王的主要事迹或一代大事。
⑥ 志,古代史书的一种体裁,记述典章制度以及州县制、山川地理的变革情况。《史记》中称作"书",班固《汉书》称为"志"。
⑦ 列传,古代史书的一种体裁,记载帝王以外各类历史人物的事迹。

撰①。始,江淹已为《十志》②,沈约又为《齐纪》③,而子显自表武帝④,别为此书。臣等因校正其讹谬,而叙其篇目曰:

将以是非得失、兴坏理乱之故而为法戒,则必得其所托,而后能传于久,此史之所以作也。然而所托不得其人,则或失其意,或乱其实,或析理之不通,或设辞之不善,故虽有殊功懿德非常之迹⑤,将暗而不章,郁而不发,而梼杌嵬琐、奸回凶慝之形⑥,可幸而掩也。

尝试论之。古之所谓良史者,其明必足以周万事之理,其道必足以适天下之用,其智必足以通难知之意,其文必足以发难显之情,然后其任可得而称也。

何以知其然也?昔者唐虞有神明之性⑦,有微妙之德,使由之者不能知,知之者不能名,以为治天下之本。号令之所布,法度之所设,其言至约,其体至备,以为治天下之具,而为二典者推而明之。所记者岂独其迹也?并与其深微之意而传之,小大精粗无不尽也,本末先后无不白也。使诵其说者如出乎其时,求其旨者如即乎其人。是可不谓明足以周万事之理,道足以适天下之用,知足以通难知之意,文足以发难显之情者乎?则方是之时,岂特任政者皆天下之士哉?盖

---

① 梁,南朝梁代(502—557)。萧子显,字景阳,南兰陵郡(今江苏苏州)人,官至吏部尚书,著有《南齐书》等。
② 江淹,字文通,济阳考城(今河南兰考)人。南朝齐、梁时著名作家。《十志》,记载南朝齐代史书,江淹所编,已佚。
③ 沈约,字休文,吴兴武康(今浙江湖州市)人。历仕宋、齐、梁三朝。所著《齐纪》已佚,另有《宋书》传世。
④ 武帝,梁武帝萧衍。
⑤ 懿德,美德。
⑥ 梼杌,古代怪兽名,此处指恶人。嵬琐,卑劣猥琐。奸回,奸诈。凶慝,凶恶。
⑦ 唐虞,即尧、舜,均为古代贤明君主。

执简操笔而随者,亦皆圣人之徒也。

两汉以来,为史者去之远矣。司马迁从五帝三王既没数千载之后,秦火之余①,因散绝残脱之经,以及传记百家之说,区区掇拾,以集著其善恶之迹、兴废之端,又创己意,以为本纪、世家、八书②、列传之文,斯亦可谓奇矣。然而蔽害天下之圣法,是非颠倒而采摭谬乱者,亦岂少哉?是岂可不谓明不足以周万事之理,道不足以适天下之用,智不足以通难知之意,文不足以发难显之情者乎?

夫自三代以后,为史者如迁之文,亦不可不谓隽伟拔出之才、非常之士也。然顾以谓明不足以周万事之理③,道不足以适天下之用,智不足以通难知之意,文不足以发难显之情者,何哉?盖圣贤之高致④,迁、固有不能纯达其情而见之于后者矣,故不得而与之也。迁之得失如此,况其他邪?至于宋、齐、梁、陈、后魏、后周之书⑤,盖无以议为也。

子显之于斯文,喜自驰骋,其更改破析、刻雕藻缋之变尤多⑥,而其文益下,岂夫材固不可以强而有邪!数世之史既然,故其事迹暧昧,虽有随世以就功名之君,相与合谋之臣,未有赫然得倾动天下之

---

① 秦火,指秦始皇三十四年(前213年)焚书坑儒事件。
② 八书,指《史记》中《礼书》《乐书》《律书》《历书》《天官书》《封禅书》《河渠书》《平准书》等八篇文章。
③ 顾,反而,却。
④ 高致,高尚的品格或情趣。
⑤ 宋、齐、梁、陈、后魏、后周之书,指沈约《宋书》、萧子显《南齐书》、姚思廉《梁书》及《陈书》、魏收《魏书》、令狐德《周书》。为记载南北朝这六个朝代的史书。
⑥ 藻缋(huì),指文采。

耳目，播天下之口者也。而一时偷夺倾危①、悖礼反义之人②，亦幸而不暴著于世，岂非所托不得其人故也？可不惜哉！

　　盖史者所以明夫治天下之道也，故为之者亦必天下之材，然后其任可得而称也。岂可忽哉！岂可忽哉！

---

　　① 偷夺倾危，指用阴谋篡夺政权，颠覆国家之人。
　　② 悖礼反义，违背礼仪的人。

王安石

　　王安石(1021—1086),字介甫,号半山,临川(今江西抚州市临川区)人,北宋著名的思想家、政治家、文学家、改革家。庆历二年(1042年),王安石进士及第。历任扬州签判、鄞县知县、舒州通判等职,政绩显著。熙宁二年(1069年),任参知政事,次年拜相,主持变法。因守旧派反对,熙宁七年(1074年)罢相。一年后,宋神宗再次起用,旋又罢相,退居江宁。元祐元年(1086年),保守派得势,新法皆废,郁然病逝于钟山(今江苏南京),赠太傅。绍圣元年(1094年),获谥"文",故世称王文公。王安石潜心研究经学,著书立说,被誉为"通儒",创"荆公新学",促进宋代疑经变古学风的形成。哲学上,用"五行说"阐述宇宙生成,丰富和发展了中国古代朴素唯物主义思想;其哲学命题"新故相除",把中国古代辩证法推到一个新的高度。王安石在文学上具有突出成就。其散文论点鲜明、逻辑严密,有很强的说服力,充分发挥了古文的实际功用;短文简洁峻切、短小精悍,名列"唐宋八大家"。其诗"学杜得其瘦硬",擅长于说理与修辞,晚年诗风含蓄深沉、深婉不迫,以丰神远韵的风格在北宋诗坛自成一家,世称"王荆公体"。有《王临川集》《临川集拾遗》等存世。

本朝百年无事札子①

臣前蒙陛下问及本朝所以享国百年②,天下无事之故。臣以浅陋,误承圣问,迫于日暮③,不敢久留,语不及悉,遂辞而退。窃惟念圣问及此,天下之福,而臣遂无一言之献,非近臣所以事君之义④,故敢昧冒而粗有所陈。

伏惟太祖躬上智独见之明,而周知人物之情伪,指挥付托必尽其材,变置施设必当其务。故能驾驭将帅,训齐士卒⑤,外以捍夷狄,内以平中国。于是除苛赋,止虐刑,废强横之藩镇,诛贪残之官吏,躬以简俭为天下先。其于出政发令之间,一以安利元元为事。太宗承之以聪武,真宗守之以谦仁,以至仁宗、英宗,无有逸德⑥。此所以享国百年而天下无事也。

仁宗在位,历年最久。臣于时实备从官⑦,施为本末⑧,臣所亲见。尝试为陛下陈其一二,而陛下详择其可,亦足以申鉴于方今。伏

---

① 本文写于熙宁元年(1068年),是王安石所写的一篇奏扎,宋神宗即位几年后,就召见翰林学士询问祖宗守天下能百年无大变天下太平的原因,本文就是王安石回应的。据说宋神宗看完王安石的分析后第二日便召王安石询问治国良方。本文条理清晰,切中肯綮,有着很强的节奏感与说服力,可以说是一首至尾,如笔一书,不蔓不枝,步步为营。宋人陈骙(kuí)在《文则》中评论此文:"文简而理周,斯得其简也。"
② 百年,自宋太祖建国(960年)至本文熙宁元年(1068年),共百余年。
③ 迫于日暮,迫于时间限制。日暮,此处代指时间。
④ 近臣,因为当时王安石任翰林学士,因此自称近臣。
⑤ 训齐,加强训练。
⑥ 逸德,失德。
⑦ 备丛官,备位侍从之官。指任知制诰。
⑧ 施为本末,政治措施的始终。

惟仁宗之为君也，仰畏天，俯畏人；宽仁恭俭，出于自然，而忠恕诚悫，终始如一。未尝妄兴一役，未尝妄杀一人；断狱务在生之，而特恶吏之残扰。宁屈己弃财于夷狄，而终不忍加兵。刑平而公，赏重而信。纳用谏官御史，公听并观，而不蔽于偏至之谗。因任众人耳目，拔举疏远，而随之以相坐之法。盖监司之吏以至州县，无敢暴虐残酷，擅有调发以伤百姓。

自夏人顺服，蛮夷遂无大变，边人父子夫妇得免于兵死，而中国之人安逸蕃息，以至今日者，未尝妄兴一役，未尝妄杀一人，断狱务在生之，而特恶吏之残扰，宁屈己弃财于夷狄，而不忍加兵之效也。大臣贵戚、左右近习①，莫敢强横犯法，其自重慎，或甚于闾巷之人，此刑平而公之效也。募天下骁雄横猾以为兵，几至百万，非有良将以御之，而谋变者辄败；聚天下财物，虽有文籍，委之府史，非有能吏以钩考，而断盗者辄发；凶年饥岁，流者填道，死者相枕，而寇攘者辄得。此赏重而信之效也。大臣贵戚、左右近习，莫能大擅威福，广私货赂，一有奸慝②，随辄上闻；贪邪横猾，虽间或见用，未尝得久。此纳用谏官、御史，公听并观，而不蔽于偏至之谗之效也。自县令京官以至监司台阁③，升擢之任，虽不皆得人，然一时之所谓才士，亦罕蔽塞而不见收举者，此因任众人之耳目，拔举疏远，而随之以相坐之法之效也。升遐之日，天下号恸，如丧考妣，此宽仁恭俭，出于自然，忠恕诚悫，终始如一之效也。

---

① 左右近习，指宦官。
② 慝，邪恶。
③ 台阁，中央政府机构。

然本朝累世因循末俗之弊，而无亲友群臣之议。人君朝夕与处，不过宦官女子；出而视事，又不过有司之细故。未尝如古大有力之君，与学士大夫讨论先王之法，以措之天下也。一切因任自然之理势，而精神之运有所不加，名实之间有所不察。君子非不见贵，然小人亦得厕其间；正论非不见容，然邪说亦有时而用。以诗赋记诵求天下之士，而无学校养成之法；以科名资历叙朝廷之位，而无官司课试之方。监司无检察之人①，守将非选择之吏。转徙之亟既难于考绩，而游谈之众因得以乱真。交私养望者多得显官，独立营职者或见排沮。故上下偷惰取容而已，虽有能者在职，亦无以异于庸人。农民坏于繇役，而未尝特见救恤，又不为之设官，以修其水土之利。兵士杂于疲老，而未尝申敕训练，又不为之择将，而久其疆场之权。宿卫则聚卒伍无赖之人，而未有以变五代姑息羁縻之俗；宗室则无教训选举之实，而未有以合先王亲疏隆杀之宜。其于理财，大抵无法，故虽俭约而民不富，虽忧勤而国不强。赖非夷狄昌炽之时，又无尧、汤水旱之变，故天下无事，过于百年。虽曰人事，亦天助也。盖累圣相继，仰畏天，俯畏人，宽仁恭俭，忠恕诚悫，此其所以获天助也。

伏惟陛下躬上圣之质，承无穷之绪，知天助之不可常恃，知人事之不可怠终，则大有为之时，正在今日。臣不敢辄废将明之义②，而苟逃讳忌之诛。伏惟陛下幸赦而留神，则天下之福也。取进止。

---

① 监司，宋代各路分设安抚、转运、提点刑狱、提举常平四司，其中转运使、提点刑狱有监察本路官吏之责，称监司。

② 将明，奉行职责，阐明事理。出自《诗·大雅·烝民》："肃肃王命，仲山甫将之；邦国若否，仲山甫明之。"

伤仲永①

　　金溪民方仲永②,世隶耕。仲永生五年,未尝识书具,忽啼求之。父异焉,借旁近与之,即书诗四句,并自为其名。其诗以养父母、收族为意,传一乡秀才观之。自是指物作诗立就,其文理皆有可观者。邑人奇之,稍稍宾客其父,或以钱币乞之。父利其然也,日扳仲永环谒于邑人③,不使学。

　　余闻之也久。明道中,从先人还家,于舅家见之,十二三矣。令作诗,不能称前时之闻。又七年,还自扬州,复到舅家问焉。曰:"泯然众人矣④。"

　　王子曰:仲永之通悟⑤,受之天也。其受之天也,贤于材人远矣。卒之为众人,则其受于人者不至也。彼其受之天也,如此其贤也,不受之人,且为众人;今夫不受之天,固众人,又不受之人,得为众人而已耶?

---

　　① 本文写于庆历三年(1043年),是一篇因事抒感,叙议结合的散文名篇。该文主要讲述一位神童因为后天教育不足沦为庸人的故事,从而强调后天教育对成才的重要性。
　　② 金溪,宋代县名,属江南西路抚州,治所在今江西金溪县。
　　③ 扳,拉着,挽引。环谒,四处拜访。
　　④ 泯然,消失殆尽。
　　⑤ 通悟,通达,悟性。

材　论[1]

　　天下之患,不患材之不众,患上之人不欲其众[2];不患士之不为,患上之人不使其为也。夫材之用,国之栋梁也,得之则安以荣,失之则亡以辱。然上之人不欲其众、不使其为者,何也?是有三蔽焉[3]。其敢蔽者,以为吾之位可以去辱绝危,终身无天下之患,材之得失无补于治乱之去辱绝危之数[4],故偃然肆吾之志[5],而卒入于败乱危辱,此一蔽也。又或以谓吾之爵禄贵富足以诱天下之士,荣辱忧戚在我,是否可以坐骄天下之士[6],而其将无不趋我者,则亦卒入于败乱危辱而已,此亦一蔽也。又或不求所以养育取用之道,而諰諰然以为天下实无材[7],则亦卒入于败乱危辱而已,此亦一蔽也。此三蔽者,其为患则同。然而,用心非不善,而犹可以论其失者,独以天下为无材者耳。盖其心非不欲用天下之材,特未知其故也。

　　且人之有材能者,其形何以异于人哉?惟其遇事而事治,画策而利害得,治国而国安利,此其所以异于人也。故上之人苟不能精察

---

[1] 本文作于嘉祐年间,是一篇驳论型的论说文。从题目看来本文是一篇专讲人才问题的文章,王安石认为改革的关键在于人才,因此他在文中论述了对人才选拔的重要性与任用方法,论辩具有很强的针对性,有的放矢,切中肯綮,体现出改革家的宏图大略。
[2] 上之人,指居高位的统治者,此处代指皇帝。
[3] 蔽,遮挡、蒙蔽。
[4] 数,气数、命运。
[5] 偃然,安逸的样子。
[6] 坐骄,安然不动,傲视天下。
[7] 諰諰(xǐ xǐ)然,担心害怕的样子。

之、审用之,则虽抱皋、夔、稷、契之智①,且不能自异于众,况其下者乎?世之蔽者方曰:"人之有异能于其身,犹锥之在囊,其末立见,故未有有实而不可见者也。"此徒有见于锥之在囊,而固未睹夫马之在厩也。驽骥杂处②,其所以饮水、食刍、嘶鸣、蹄啮③,求其所以异者盖寡。及其引重车,取夷路,不屡策,不烦御,一顿其辔而千里已至矣④。当是之时,使驽马并驱,则虽倾轮绝勒,败筋伤骨,不舍昼夜而追之,辽乎其不可以及也,夫然后骐骥、騕褭与驽骀别矣⑤。古之人君,知其如此,故不以天下为无材,尽其道以求而试之耳,试之之道,在当其所能而已。

夫南越之修竿⑥,镞以百炼之精金,羽以秋鹗之劲翮⑦,加强弩之上而彍之千步之外⑧,虽有犀兕之捍⑨,无不立穿而死者,此天下之利器,而决胜觌武之所宝也⑩。然而不知其所宜用,而以敲扑,则无以异于朽槁之梃也。是知虽得天下之瑰材桀智,而用之不得其方,亦若此矣。古之人君,知其如此,于是铢量其能而审处之,使大者小者、长者短者、强者弱者无不适其任者焉。其如是则士之愚蒙鄙陋者,皆能奋其所知以效小事,况其贤能、智力卓荦者乎⑪?呜呼!后之在位者,盖

---

① 皋,皋陶,姓偃,相传被舜任命为掌管刑法的官。稷,历山代之子,名农,能种植百谷,为五谷之神。契,相传为舜的大臣,主管教化,为商朝祖先。
② 驽,劣马。骥,千里马。
③ 啮,咬。
④ 一顿其辔,一拉马的缰绳。
⑤ 骐骥、騕(yǎo)褭(niǎo),骏马名。驽骀,劣马。
⑥ 修竿,长的箭。
⑦ 劲翮(hé),坚硬的翎管,可造箭尾。
⑧ 彍,张满弓。
⑨ 犀兕,犀牛。此处泛指猛兽。
⑩ 觌(dí)武,以武力相见,打仗的意思。
⑪ 卓荦,优秀特出,不受拘束。

未尝求其说而试之以实也,而坐曰天下果无材,亦未之思而已矣。

或曰:"古之人于材有以教育成就之,而子独言其求而用之者,何也?"曰:"天下法度未立之先,必先索天下之材而用之。如能用天下之材,则能复先王之法度。能复先王之法度,则天下之小事无不如先王时矣,此吾所以独言求而用之之道也。"

噫!今天下盖尝患无材。吾闻之,六国合从,而辩说之材出;刘、项并世,而筹划战斗之徒起;唐太宗欲治,而谟谋谏诤之佐来①。此数辈者,方此数君未出之时,盖未尝有也;人君苟欲之,斯至矣。今亦患上之不求之、不用之耳。天下之广,人物之众,而曰果无材可用者,吾不信也。

上人书②

尝谓文者,礼教治政云尔③。其书诸策而传之人④,大体归然而已⑤。而曰"言之不文,行之不远"⑥云者,徒谓"辞之不可以已也",非圣人作文之本意也。

自孔子之死久,韩子作,望圣人于百千年中,卓然也。独子厚名与韩并,子厚非韩比也,然其文卒配韩以传,亦豪杰可畏者也。韩子

---

① 谟谋,计策,策略。
② 本文是王安石早年所写的一封书信,在信中他陈述了自己对于文学的两点主张,一是文章需要有利于社会,二是文章需要形式与内容一致统一。该文观点明确、清晰,把道理一气说尽,体现出他一贯遒劲豪迈的风格,但是也有人批评该文的观点过于偏狭,透露出一种实用主义的倾向。上人,呈现给人。
③ 治政,办理政事。
④ 诸,之于。
⑤ 大体归然,大致归结为这样。
⑥ 言之不文,行之不远,文章缺乏文采也不会流传很广。

尝语人文矣,曰云云,子厚亦曰云云。疑二子者,徒语人以其辞耳,作文之本意,不如是其已也。孟子曰:"君子欲其自得之也。自得之,则居之安;居之安,则资之深;资之深,则取诸左右逢其原。"①独谓孟子之云尔,非直施于文而已,然亦可托以为作文之本意。

且所谓文者,务为有补于世而已矣;所谓辞者,犹器之有刻镂绘画也。诚使巧且华,不必适用;诚使适用,亦不必巧且华。要之,以适用为本,以刻镂绘画为之容而已。不适用,非所以为器也。不为之容,其亦若是乎?否也。然容亦未可已也,勿先之②,其可也。

某学文久,数挟此说以自治。始欲书之策而传之人,其试于事者③,则有待矣。其为是非耶?未能自定也。执事正人也④,不阿其所好者⑤,书杂文十篇献左右,愿赐之教,使之是非有定焉。

答曾子固书⑥

某启:久以疾病不为问,岂胜向往。前书疑子固于读经有所不

---

① 见《孟子·离娄下》。大意是君子钻研学问要有自己的心得,有了自己的心得就能居于道之内,取资于道就会深,运用起来就会左右逢源。
② 勿先之,不要将其放在第一位。
③ 试于事,付诸实践。
④ 执事,上书的对象。
⑤ 阿,曲从。
⑥ 《答曾子固书》写作时间不详,有人推测是王安石晚期作品。曾巩与王安石是多年挚友,二人志同道合,常通信探讨问题。但曾巩思想比较保守,他对于王安石变法改革有颇多非议,这封信就是王安石就曾巩对于他改革变法观点的一些不同意见的辩驳。曾子固,即曾巩。

暇①，故语及之。连得书②，疑某所谓经者佛经也，而教之以佛经之乱俗③。某但言读经，则何以别于中国圣人之经，子固读吾书每如此，亦某所以疑子固于读经有所不暇也。

然世之不见全经久矣，读经而已，则不足以知经。故某自百家诸子之书，至于《难经》《素问》《本草》④、诸小说，无所不读；农夫女工，无所不问，然后于经为能知其大体而无疑。

盖后世学者，与先王之时异矣。不如是，不足以尽圣人故也。扬雄虽为不好非圣人之书⑤，然而墨、晏、邹、庄、申、韩亦何所不读⑥？彼致其知而后读，以有所去取，故异学不能乱也。惟其不能乱，故能有所去取者，所以明吾道而已。子固视吾所知，为尚可以异学乱之者乎⑦？非知我也。

方今乱俗不在于佛，乃在于学士大夫沉没利欲，以言相尚⑧，不知自治而已。子固以为如何？苦寒，比日侍奉万福，自爱。

---

① 经，儒家经典。
② 连，连续。
③ 乱俗，迷惑世人，败乱风俗。
④ 《难经》《素问》《本草》，均为医药书籍。
⑤ 杨雄，字紫云，西汉儒家学者。
⑥ 墨，指墨翟，墨家创始人，著有《墨子》。晏，晏子，春秋时齐国大夫，后人搜集他的言行，编写了《晏子春秋》。邹，指邹衍，战国齐国人，阴阳家代表，著有《邹子》。庄，指庄周，战国时宋人，道家代表人物，著有《庄子》。申，指申不害，战国时郑国人，早期法家代表人物，著有《申子》。韩，韩非子，战国时法家代表人物，著有《韩非子》。
⑦ 异学，异端学说。
⑧ 相尚，互相推崇、吹捧。

答司马谏议书①

　　某启②：昨日蒙教，窃以为与君实游处相好之日久③，而议事每不合，所操之术多异故也④。虽欲强聒⑤，终必不蒙见察，故略上报，不复一自辨。重念蒙君实视遇厚，于反复不宜卤莽⑥，故今具道所以，冀君实或见恕也。

　　盖儒者所争，尤在名实，名实已明，而天下之理得矣。今君实所以见教者，以为侵官⑦、生事⑧、征利⑨、拒谏⑩，以致天下怨谤也。某则以为受命于人主，议法度而修之于朝廷，以授之于有司，不为侵官；举先王之政，以兴利除弊，不为生事；为天下理财，不为征利；辟邪说⑪，难

---

① 　该文的写作背景是宋神宗熙宁二年（1069年），王安石担任参知政事，针对北宋王朝存在的种种弊政而提出变法的主张，在财政、军事方面提出了一系列改革措施。熙宁三年（1070年）司马光写了一篇《与王介甫书》，这封长信以咄咄逼人的口吻对王安石变法予以指责。于是便有了王安石的这封三百余字的短信，在信中驳斥了司马光的保守错误观点，并表示了自己革新的立场与决心。文章言简意赅，锐利谨严，表现了王安石雄健、峭拔的论说风格。
② 　某启，旧式信函的开头格式。
③ 　君实，司马光的字。游处，友好交往。
④ 　所操之术，指彼此在政治上的一些主张。
⑤ 　强聒（guō），勉强说给人听。聒，喧扰，嘈杂。
⑥ 　反复，指书信来往。
⑦ 　侵官，侵犯原来官吏的职权。
⑧ 　生事，凭空制造事端，生事扰民。
⑨ 　征利，求财，谋利。
⑩ 　拒谏，拒绝批评建议。
⑪ 　辟邪说，批驳错误的言论。

壬人①，不为拒谏。至于怨诽之多，则固前知其如此也。人习于苟且非一日，士大夫多以不恤国事、同俗自媚于众为善，上乃欲变此，而某不量敌之众寡，欲出力助上以抗之，则众何为而不汹汹然？盘庚之迁②，胥怨者民也，非特朝廷士大夫而已。盘庚不为怨者故改其度，度义而后动，是而不见可悔故也。如君实责我以在位久，未能助上大有为，以膏泽斯民③，则某知罪矣；如曰今日当一切不事事，守前所为而已，则非某之所敢知。

无由会晤，不任区区向往之至④。

答钱公辅学士书⑤

比蒙以铭文见属⑥，足下于世为闻人，力足以得显者铭父母⑦，乃以属于不腆之文⑧，似其意非苟然，故辄为之而不辞。不图乃犹未副所欲，欲有所增损。鄙文自有意义，不可改也。宜以见还，而求能如

---

① 难壬人，非难巧言献媚的奸佞之徒。
② 盘庚之迁，指盘庚将都城奄（今山东曲阜）迁至亳之殷地（今河南安阳），曾遭到全国上下的反对。
③ 膏泽斯民，施恩惠给人民。
④ 区区，自谦之辞。向往之至，仰慕到极点。
⑤ 该文作于宋仁宗至和二年（1055年），王安石当时在朝中任群牧判官，年三十五。写作此文的缘由是朝中同僚钱公辅请王安石为他去世的母亲写作一篇墓志铭，王安石答应了。但墓志铭写好后，却得到钱公辅"未副所欲"的回信，希望王安石能够"有所增损"。此举让王安石出乎意料，他拒绝改动，并要求将此封墓志铭收回。钱公辅，字君倚，常州武进（今属江苏）人。皇祐元年（1049年）进士。仁宗时为太常丞、集贤校理，曾通判越州，至和二年（1055年），为集贤院学士。
⑥ 比，近。蒙，承蒙。
⑦ 力足以得显者铭父母，能够请到地位显贵的人为父母写墓志铭。
⑧ 腆，美好。文，此处指王安石为钱公辅所撰《永安县太君蒋氏墓志铭》。

足下意者为之耳。

家庙以今法准之,恐足下未得立也。足下虽多闻,要与识者讲之。如得甲科为通判,通判之署,有池台竹林之胜,此何足以为太夫人之荣,而必欲书之乎？贵为天子,富有天下,不能行道,适足以为父母之羞。况一甲科通判,苟粗知为辞赋,虽市井小人①,皆可以得之,何足道哉？何足道哉？故铭以谓"闾巷之士以为太夫人荣",明天下有识者不以置悲欢荣辱于其心也。太夫人能异于闾巷之士,而与天下有识同,此其所以为贤而宜铭者也。至于诸孙,亦不足列。孰有五子而无七孙者乎？七孙业文有可道,固不宜略。若皆儿童,贤不肖未可知,列之于义何当也？诸不具道②,计足下当与有识者讲之③。南去愈远④,君子惟慎爱自重⑤。

答段缝书⑥

段君足下：某在京师时,尝为足下道曾巩善属文⑦,未尝及其为人也⑧。

---

① 市井小人,指平民百姓。
② 诸不具道,种种不一一细说。
③ 计,料想。
④ 南去,指钱公辅到越州(今浙江绍兴)任通判,地在北宋首都汴京之南,而作者写此文是在京任群牧判官。
⑤ 惟,只有。
⑥ 本文写作时间约是皇祐三年(1051年),是为了驳斥段缝对挚友曾巩的诽谤而作,是一篇有名的驳论。这篇文章充满了仗义直言的阳刚之气,表面显得客气周到,但骨子里却是一篇有理有节、饱含激情的辩护状,口气坚定,不容置疑,体现出一位成熟政治家的风范。段缝,字约之,官至朝散大夫。
⑦ 属文,写文章。
⑧ 及,提及、道及。

还江南，始熟而慕焉友之，又作文粗道其行①。惠书以所闻诋巩行无纤完②，其居家，亲友惮畏焉，怪某无文字规巩，见谓有党。果哉，足下之言也？

巩固不然③。巩文学论议④，在某交游中，不见可敌⑤。其心勇于适道，殆不可以刑祸利禄动也。父在困厄中，左右就养无亏行⑥，家事铢发以上皆亲之⑦。父亦爱之甚，尝曰："吾宗敝，所赖者此儿耳。"此某之所见也。若足下所闻，非某之所见也。巩在京师，避兄而舍⑧，此虽某亦罪之也，宜足下之深攻之也。于罪之中有足矜者⑨，顾不可以书传也。事固有迹，然而情不至是者，如不循其情而诛焉，则谁不可诛耶？巩之迹固然耶？然巩为人弟，于此不得无过。但在京师时，未深接之⑩，还江南，又既往不可咎，未尝以此规之也。巩果于从事，少许可，时时出于中道，此则还江南时尝规之矣。巩闻之，辄瞿然。巩固有以教某也。其作《怀友书》两通，一自藏，一纳某家，皇皇焉求相切劘⑪，以免于悔者略见矣。尝谓友朋过差，未可以绝，固且规之。规之从则已，固且为文字自著见然后已邪，则未尝也。凡巩之行，如前之云，其既往之过，亦如前之云而已，岂不得为贤者哉？

天下愚者众而贤者希，愚者固忌贤者，贤者又自守，不与愚者合，

---

① 粗道，约略介绍。
② 无纤完，连小节、细节都不放过。
③ 巩固不然，曾巩本来就不是你说的那个样子。
④ 论议，指口才。
⑤ 敌，匹敌。
⑥ 左右就养，侍奉在父亲的左右。
⑦ 铢发，指极小的事情。
⑧ 避兄而舍，避开兄长而另外居住。此处指二兄弟不住在一起。
⑨ 矜，同情。
⑩ 深接，深入交往。
⑪ 皇皇，通"惶惶"，惊恐不安的样子。切劘(mó)，切磋。

愚者加怨焉。挟忌怨之心,则无之焉而不谤,君子之过于听者,又传而广之,故贤者常多谤,其困于下者尤甚。势不足以动俗,名实未加于民,愚者易以谤,谤易以传也。凡道巩之云云者,固忌固怨固过于听者也。家兄未尝亲巩也,顾亦过于听耳。足下乃欲引忌者、怨者、过于听者之言,县断贤者之是非,甚不然也。孔子曰:"众好之,必察焉;众恶之,必察焉。"①孟子曰:"国人皆曰可杀,未可也,见可杀焉,然后杀之。"②匡章,通国以为不孝③,孟子独礼貌之以为孝。孔、孟所以为孔、孟者,为其善自守,不惑于众人也④。如惑于众人,亦众人耳,乌在其为孔、孟也⑤?足下姑自重⑥,毋轻议巩!

繁昌县学记⑦

奠先师先圣于学而无庙⑧,古也。近世之法⑨,庙事孔子而无学。

---

① 此句见《论语·卫灵公》,意思是亲自考察很重要,只有亲自考察后才能判断好坏。

② 此句见《孟子·梁惠王下》,此句意思是要经过考察后才能判断一个人是否有罪,要谨慎,不能盲听判罪。

③ 匡章,战国齐人,曾为齐威王将,率领部队防御秦兵入侵,打了大胜仗。

④ 不惑,不受迷惑。

⑤ 乌,何。

⑥ 姑,姑且。

⑦ 本文虽为一篇学记,但是将古今庙学的兴废离合情况都写了出来,这不仅需要广博的知识,同时也需要高超的语言驾驭能力,文章由古论今,夹叙夹议,谈事论人,不失醇正。繁昌,今安徽省繁昌县。

⑧ 奠,祭祀。先师先圣,魏正始(240—249)到隋大业(605—617)年间,以孔子为先圣,以颜回为先师。唐初以周公为先圣,以孔子为先师,旋复旧。

⑨ 近世之法,《新唐书·礼乐制第五》:"武德二年(619年),始诏国子学立于周公、孔子庙。贞观二年(628年),左仆射房玄龄、博士朱子奢建言:'周公、尼父(孔子)俱圣人,然释奠于学,以夫子也。大业以前,皆孔子为先圣,颜回为先师。'乃罢周公,升孔子为先圣,以颜回为配。四年,诏州县学皆作孔子庙。"庙事,立庙侍奉。

古者自京师至于乡邑,皆有学,属其民人相与学道艺其中①,而不可使不知其学之所自,于是乎有释菜、奠币之礼②,所以著其不忘。然则事先师先圣者,以有学也。今也无有学而徒庙事孔子,吾不知其说也。而或者以谓孔子百世师,通天下州邑为之庙,此其所以报且尊荣之。夫圣人与天地同其德,天地之大,万物无可称德,故其祀,质而已,无文也。通州邑庙事之,而可以称圣人之德乎?则古之事先圣,何为而不然也?

宋因近世之法而无能改,至今天子,始诏天下有州者皆得立学③,奠孔子其中,如古之为。而县之学士满二百人者④,亦得为之。而繁昌,小邑也,其士少,不能中律⑤,旧虽有孔子庙,而庳下不完⑥,又其门人之象,惟颜子一人而已。今夏君希道太初至⑦,则修而作之,具为子夏、子路十人像。而治其两庑⑧,为生师之居,以待县之学者。以书属其故人临川王某⑨,使记其成之始。夫离上之法⑩,而苟欲为古之所为者无法,流于今欲而思古者,不闻教之所以本,又义之所去也。太初是无变今之法,而不失古之实,其不可以无传也。

---

① 道义,学问和技艺。
② 释菜,古代学者入学祭祀先圣先师的一种典礼,指以芹藻之类祭祀先师。奠币,进献缯帛。
③ 诏,《宋史·仁宗纪》庆历四年(1044年):"三月乙亥(十四日),诏天下州县立学。"
④ 学士,在国学读书的学生。
⑤ 中律,合乎法度。
⑥ 庳(bì),低矮。
⑦ 夏君希道太初,夏希道,字太初,庆历七年为繁昌县令。
⑧ 庑(wǔ),堂周的廊屋。
⑨ 临川王某,作者自称。
⑩ 离上,背离君上。

芝阁记[1]

祥符时[2],封泰山[3],以文天下之平,四方以芝来告者万数。其大吏,则天子赐书以宠嘉之[4];小吏若民,辄锡金帛。方是时,希世有力之大臣,穷搜而远采;山农野老,攀缘狙杙[5],以上至不测之高,下至涧溪壑谷,分崩裂绝,幽穷隐伏,人迹之所不通,往往求焉。而芝出于九州、四海之间,盖几于尽矣。

至今上即位,谦让不德。自大臣不敢言封禅,诏有司以祥瑞告者皆勿纳。于是,神奇之产,销藏委翳于蒿藜榛莽之间[6],而山农野老不复知其为瑞也。

则知因一时之好恶,而能成天下之风俗,况于行先王之治哉?

太丘陈君,学文而好奇。芝生于庭,能识其为芝,惜其可献而莫售也,故阁于其居之东偏,掇取而藏之。盖其好奇如此。

噫!芝一也,或贵于天子,或贵于士,或辱于凡民,夫岂不以时乎

---

[1] 此篇杂记写于宋仁宗皇祐五年(1053年),作者三十三岁,时任舒州通判。王安石应友人之托所写。芝阁顾名思义是一个藏有灵芝的楼阁,据说是王安石陈姓友人偶然在自己的庭院里发现了一颗灵草,于是便建造了一座楼阁专门盛放灵草,并请王安石写作此文。
[2] 祥符,全称"大中祥符",为北宋真宗赵恒的年号,共五年(1008—1012)。
[3] 封,封禅。指历代帝王祭天地的典礼。
[4] 宠嘉,宠爱嘉奖。
[5] 狙杙(yì),像猿猴一样攀援。
[6] 委翳,丢弃隐蔽。蒿藜榛莽,泛指深山老林、草木丛生之处。榛,一种落叶乔木。

哉？士之有道，固不役志于贵贱，而卒所以贵贱者①，何以异哉？此予之所以叹也。

皇佑五年十月日记。

游褒禅山记②

褒禅山亦谓之华山，唐浮图慧褒始舍于其址③，而卒葬之；以故其后名之曰"褒禅"。今所谓慧空禅院者，褒之庐冢也④。距其院东五里，所谓华山洞者，以其乃华山之阳名之也。距洞百余步，有碑仆道，其文漫灭⑤，独其为文犹可识曰"花山"。今言"华"如"华实"之"华"者，盖音谬也。

其下平旷，有泉侧出，而记游者甚众，所谓前洞也。由山以上五六里，有穴窈然⑥，入之甚寒，问其深，则其好游者不能穷也，谓之后洞。余与四人拥火以入，入之愈深，其进愈难，而其见愈奇。有怠而欲出者⑦，曰："不出，火且尽。"遂与之俱出。盖余所至，比好游者尚不

---

① 卒，结果。
② 该文作于至和元年（1054年），当时作者三十四岁，任通判（今安徽潜山县），本文是一篇游记，王安石极少写游记，此文是其仅存的两篇游记之一。该文行文严谨，用墨极为简省，语言精要得当。文章安排布局不同于前人，因事见理，夹叙夹议，其中阐述了诸多思想，有着深远的现实意义。褒禅山，在今安徽含山县北十五里。旧名华山，有起云峰、龙洞等名胜。
③ 唐浮图，唐代僧人，此处指慧褒。
④ 庐冢，生活与安葬之所。
⑤ 漫灭，模糊不清。
⑥ 窈然，幽深的样子。
⑦ 怠，懈怠、懒惰。

能十一,然视其左右,来而记之者已少。盖其又深,则其至又加少矣。方是时,余之力尚足以入,火尚足以明也。既其出,则或咎其欲出者,而余亦悔其随之,而不得极夫游之乐也。

于是余有叹焉。古人之观于天地、山川、草木、虫鱼、鸟兽,往往有得,以其求思之深而无不在也。夫夷以近,则游者众;险以远,则至者少。而世之奇伟、瑰怪,非常之观,常在于险远,而人之所罕至焉,故非有志者不能至也。有志矣,不随以止也,然力不足者,亦不能至也。有志与力,而又不随以怠,至于幽暗昏惑而无物以相之①,亦不能至也。然力足以至焉,于人为可讥,而在己为有悔;尽吾志也而不能至者,可以无悔矣,其孰能讥之乎?此余之所得也!

余于仆碑,又以悲夫古书之不存,后世之谬其传而莫能名者,何可胜道也哉!此所以学者不可以不深思而慎取之也。

四人者:庐陵萧君圭君玉②,长乐王回深父③,余弟安国平父、安上纯父。

至和元年七月某日④,临川王某记。

---

① 相,帮助,扶持。
② 庐陵,今江西吉安。
③ 长乐,今福建长乐。
④ 至和元年,即1054年。至和,宋仁宗的年号。

255

祭欧阳文忠公文①

夫事有人力之可致,犹不可期;况乎天理之溟溟②,又安可得而推③?惟公生有闻于当时,死有传于后世。苟能如此足矣,而亦又何悲?

如公器质之深厚,智识之高远,而辅以学术之精微,故充于文章,见于议论,豪健俊伟,怪巧瑰琦④。其积于中者⑤,浩如江河之停蓄;其发于外者,灿如日星之光辉。其清音幽韵,凄如飘风急雨之骤至;其雄辞闳辩⑥,快如轻车骏马之奔驰。世之学者,无问乎识与不识,而读其文,则其人可知。

呜呼,自公仕宦四十年,上下往复,感世路之崎岖。虽屯遭困踬⑦,窜斥流离,而终不可掩者,以其公议之是非。既压复起,遂显于世,果敢之气,刚正之节,至晚而不衰。

---

① 欧阳修过世后,很多人为他写了祭文。王安石这篇祭文被明代散文家茅坤评价甚高,认为"欧阳公祭文以此为第一"。欧阳修是一位在北宋政坛、文坛都颇具影响力的人物,王安石在政治上曾受到过欧阳修的推荐与赏识,因此欧阳修对王安石有知遇之恩,然而欧阳修在晚年时因变法一事与王安石产生分歧,成为变法改革的阻碍。这种政治上的分歧,无疑为这篇祭文的写作带来了难度,王安石却巧妙地避开了二人嫌隙的部分,而是对欧阳修的人品、学识给予肯定与赞扬,体现出王安石作为一名政治家的卓越气度。欧阳文忠公,指欧阳修,宋代杰出政治家、文学家,谥号文忠。
② 天理,天道。溟溟,晦暗的样子。
③ 推,推测。
④ 瑰玮,瑰丽奇伟。
⑤ 积于中者,蓄积在内心。
⑥ 闳(hóng)辩,宏伟的议论。
⑦ 遭(zhān),难行不进。踬(zhì),事情不顺。

方仁宗皇帝临朝之末年,顾念后事,谓如公者,可寄以社稷之安危。及夫发谋决策,从容指顾,立定大计,谓千载而一时。功名成就,不居而去,其出处进退①,又庶乎英魄灵气,不随异物腐散,而长在乎箕山之侧,与颍水之湄②。然天下之无贤不肖③,且犹为涕泣而歔欷④,而况朝士大夫,平昔游从,又予心之所向慕而瞻依。

呜呼,盛衰兴废之理,自古如此,而临风想望不能忘情者,念公之不可复见,而其谁与归⑤?

王逢原墓志铭⑥

呜呼!道之不明邪⑦,岂特教之不至也⑧,士亦有罪焉⑨。呜呼!道之不行邪,岂特化之不至也,士亦有罪焉。盖无常产而有常心者⑩,

---

① 出,出仕。处,隐退。
② 颍水,源出今登封西南。
③ 不肖,不贤。
④ 歔欷(xū xī),悲叹。
⑤ 其谁与归,该追随谁。
⑥ 本文写于宋仁宗嘉祐四年(1059年),当时作者三十九岁,友人王令离世,王安石怀着无比悲痛的心情写作此文对好友进行凭吊。除本文外,作者还创作了一系列诗文来缅怀故友,如《王逢原挽辞》《思王逢原》等。该文虽为墓志铭,却不同于普通墓志铭记述死者生平、歌颂死者功德的写法,全文对死者仅在结尾部分交代死者的一些情况。全文多用议论的手笔侧面写人,情感充沛,意味悠长。王逢原,即王令,广陵(今江苏扬州)人,一生以教徒为业,未曾出仕,王安石与其为挚交亦为连襟,王令与王安石的妻妹结婚。
⑦ 道,理想的政治或人生。
⑧ 教,教化。
⑨ 士,士人、读书人。
⑩ 常产,恒产,固定家产。常心,恒心。

古之所谓士也。士诚有常心以操圣人之说而力行之，则道虽不明乎天下，必明于己；道虽不行于天下，必行于妻子。内有以明于己，外有以行于妻子，则其言行必不孤立于天下矣。此孔子、孟子、伯夷、柳下惠、扬雄之徒所以有功于世也。①

呜呼！以予之昏弱不肖，固亦士之有罪者，而得友焉。余友字逢原，讳令，姓王氏，广陵人也。始予爱其文章，而得其所以言，中予爱其节行，而得其所以行，卒予得其所以言，浩浩乎其将沿而不穷也；得其所以行，超超乎其将追而不至也②。于是慨然叹，以为可以任世之重而有功于天下者，将在于此，余将友之而不得也③。呜呼！今弃予而死矣，悲夫！

逢原，左武卫大将军讳奉涆之曾孙，大理评事讳珙之孙，而郑州管城县主簿讳世伦之子。五岁而孤，二十八而卒，卒之九十三日，嘉祐四年九月丙申，葬于常州武进县南乡薛村之原。夫人吴氏，亦有贤行，于是方娠也，未知其子之男女。铭曰：

寿胡不多？天实尔啬④。曰天不相⑤，胡厚尔德？厚也培之，啬也推之。乐以不罢⑥，不怨以疑。呜呼天民⑦，将在于兹！

----

① 伯夷，商代孤竹君之子。相传孤竹君欲立次子叔齐，孤竹君死后，叔齐让位给伯夷，伯夷不受，而叔齐也不愿意登位，二人先后逃往周国。周武王伐纣，二人叩马谏阻。商灭后，他们耻食周粟，逃往首阳山采薇而食，最终双双饿死。柳下惠，春秋时鲁国大夫展禽，三次被黜，不愿离开故土，与伯夷并称"夷惠"。扬雄，汉代辞赋家，王莽时为大夫，以事被株连，投阁自杀，几死。
② 超超，高远的样子。
③ 友，用作动词。
④ 天实尔啬，上天待你实在太吝啬了。
⑤ 相，察。
⑥ 罢，通"疲"。
⑦ 天民，先知先觉的人。

周礼义序[1]

  士弊于俗学久矣[2],圣上闵焉[3],以经术造之,乃集儒臣,训释厥旨[4],将播之学校[5],而臣安石实董《周官》[6]。

  惟道之在政事,其贵贱有位,其先后有序,其多寡有数,其迟数有时[7]。制而用之存乎法,推而行之存乎人。其人足以任官,其官足以行法[8],莫盛乎成周之时;其法可施于后世,其文有见于载籍,莫具乎《周官》之书。盖其因习以崇之,赓续以终之,至于后世,无以复加。则岂特文、周公之力哉! 犹四时之运[9],阴阳积而成寒暑[10],非一日也。

  自周之衰,以至于今,历岁千数百矣。太平之遗迹,扫荡几尽,学

---

[1] 熙宁六年(1073年)三月,王安石等人受命对《周礼》《诗》《书》三部典籍重新进行注释,以为变法寻求理据,该文是王安石对《周礼》所作的序,作于熙宁八年(1075年)。文章相当简练,仅有三百余字,但简而能庄,余味邈然。《周礼》相传是周公所作,原名为《周官》,因与《尚书·周官》篇名相混,改称《周官经》,西汉刘歆列为经而属于礼,改称《周礼》。

[2] 俗学,世俗流传之学。
[3] 闵,担心忧虑。
[4] 训释,注解解释。
[5] 播,传布、传授。
[6] 董,主持、安排。
[7] 数,同"速"。
[8] 行法,实行的法度。
[9] 运,运转、周转。
[10] 阴阳积而成寒暑,阴气、阳气的积累造成天气的冷热。

者所见，无复全经。于是时也，乃欲训而发之①，臣诚不自揆②，然知其难也。以训而发之之为难，则又以知夫立政造事追而复之之为难③。然窃观圣上，致法就功，取成于心，训迪在位④，有冯有翼，亹亹乎向六服承德之世矣⑤。以所观乎今，考所学乎古，所谓见而知之者，臣诚不自揆，妄以为庶几焉⑥。故遂冒昧自竭，而忘其材之弗及也。

谨列其书，为二十有二卷，凡十余万言。上之御府⑦，副在有司⑧，以待制诏颁焉⑨。谨序。

张刑部诗序⑩

刑部张君诗若干篇，明而不华⑪，喜讽道而不刻切⑫，其唐人善诗者之徒欤！

---

① 训而发之，解释并发扬光大。
② 揆（kuí），度量、揣度。
③ 追而复之，追考并复原它。
④ 训迪，教导启迪。在位，在官位上的人。
⑤ 亹亹（wěi），勤勉不倦的样子。六福承德，远近各国都承受恩德，语出《尚书·周官》。
⑥ 庶几，差不多。
⑦ 上，献。御府，即御史台。
⑧ 副，副本。
⑨ 制诏，皇帝的命令。
⑩ 本文写于宋仁宗庆历三年（1043年），当时王安石任淮南判官，因公回到家乡临川，与张刑部之子张彦博相识，并应张彦博之请，为张刑部诗集作序。王安石在序中肯定张刑部的性格及其自守不污的人品，并以此为契机来发表自己的文学主张，批判宋初西昆体诗风。张刑部，名雍，字粹之，时任太常博士、刑部郎中等职。
⑪ 明而不华，鲜明而不浮华。
⑫ 讽道，讽谕。刻切，尖刻、刻薄。

君并杨、刘生①,杨、刘以其文词染当世②,学者迷其端源,靡靡然穷日力以摹之,粉墨青朱,颠错丛庞,无文章黼黻之序③,其属情藉事,不可考据也。方此时,自守不污者少矣。君诗独不然,其自守不污者邪?

子夏曰:"诗者,志之所之也。"观君之志,然则其行亦自守不污者邪?岂惟其言而已!

畀予诗而请序者④,君之子彦博也。彦博字文叔,为抚州司马⑤,还自扬州识之⑥,日与之接云。庆历三年八月序。

书李文公集后⑦

文公非董子作《士不遇赋》,惜其自待不厚⑧。以予观之,《诗》三

---

① 杨、刘,指西昆体创始人杨亿、刘筠等人。
② 染,感染、影响。
③ 黼黻(fǔ fú),古代礼服上所刺绣的一种花纹,对色彩与图案有所要求。
④ 畀,付与。
⑤ 抚州,古州名,治所在临川(今江西抚州市)。
⑥ 扬州,古州名,治所在今江苏境内。
⑦ 该文是作者所写的一篇书后,书后是一种文体,近似跋,但形式与内容上更加自由。本文就是王安石阅读《李文公集》后所作。本文并未对李翱文集内容作评述,而是通过作品对李翱的人品进行了辨析,赞颂李翱善恶分明的个性及求贤若渴的高尚品德。《李文公集》,李翱所撰,李翱,字习之,陇西成纪(今甘肃秦安)人,曾从韩愈学古文。
⑧ 文公非董子,西汉著名思想家董仲舒作《士不遇赋》,而慨叹生不逢时之感。李翱在《答独孤舍人书》中谓:"仆尝怪董生大贤,而著《士不遇赋》,惜其自待不厚。凡人之蓄道德才智于身,以待时用,盖将以代天理物,非为衣服饮食之鲜肥而为也。董生道德备具,武帝不用为相,故汉德不如三代,而生人受其憔悴,于董生何苦,而为《士不遇》之词乎?"非,责难。厚,优厚。

百,发愤于不遇者甚众①。而孔子亦曰:"凤鸟不至,河不出图,吾已矣夫!"②盖叹不遇也。文公论高如此,及观于史,一不得职,则诋审相以自快。今吾于人也,听其言而观其行,言不可独信久矣。虽然,彼宰相名实固有辩。彼诚小人也,则文公之发,为不忍于小人可也。为史者,独安取其怒之以失职耶?世之浅者,固好以其利心量君子③,以为触宰相以近祸④,非以其私,则莫为也。夫文公之好恶,盖所谓皆过其分者耳⑤。

方其不信于天下,更以推贤进善为急。一士之不显,至寝食为之不甘。盖奔走有力,成其名而后已。士之废兴,彼各有命。身非王公丈人之位,取其任而私之,又自以为贤,仆仆然忘其身之劳也⑥,岂所谓知命者耶!《记》曰:"道之不行,贤者过之,不肖者不及也。"⑦夫文公之过,抑其所以为贤欤!

---

① 该句见《史记·太史公自序》:"《诗》,三百篇,大抵贤圣发愤之所为作也。"
② 该句见《论语·子罕》,孔子出此语是对生不逢盛时的慨叹。凤鸟,神鸟,在舜与周文王时都出现过,凤鸟的出现象征"圣王"要出现。河出图,上古伏羲氏时代,黄河中有龙马背负八卦图而出,也象征"圣王"要出现。
③ 利心,功利之心。
④ 近祸,招惹祸端。
⑤ 过其分,超过界限。
⑥ 仆仆然,奔走劳顿的样子。
⑦ 该句见《礼记·中庸》:"道之不行也,我知之矣;知者过之,愚者不及也。道之不明也,我知之矣;贤者恰逢过之上,不肖者不及也。人莫不饮食也,鲜能知味也。"

读《孟尝君传》①

世皆称孟尝君能得士,士以故归之,而卒赖其力以脱于虎豹之秦②。嗟乎!孟尝君特鸡鸣狗盗之雄耳③,岂足以言得士?不然,擅齐之强,得一士焉,宜可以南面而制秦④,尚何取鸡鸣狗盗之力哉?夫鸡鸣狗盗之出其门⑤,此士之所以不至也。

读《孔子世家》⑥

太史公叙帝王则曰"本纪"⑦,公侯传国则曰"世家"⑧,公卿特起

---

① 该文是一篇读后感,是王安石读《史记·孟尝君列传》的新的体会。王安石长于议论,常作翻案文章,但是论说部分往往有理有据,绝不牵强附会。该文就是从"士"的标准来入手,探索孟尝君的"得士",结果便露出破绽。全文仅有九十字,却有四处转折腾挪,笔力简健如铁,显示出作者的自负与坚定。孟尝君,姓田,名文,战国时齐国公子,好养士,与赵国平原君、楚国春申君、魏国信陵君统称战国四公子。
② 虎豹之秦,像虎豹一样残暴的秦国。
③ 特,只不过。鸡鸣狗盗,战国时秦昭王囚孟尝君,打算加以杀害。孟尝君的门客,一个装狗入秦宫偷狐白裘;另一个学鸡叫使函谷关门早开,孟尝君因此而脱难。雄,头领。
④ 南面而制秦,使秦王向齐称臣。南面,古代帝王听政时坐北朝南。
⑤ 出其门,指出自孟尝君门下。
⑥ 该文是王安石读《史记·孔子世家》的一些想法,自古人们就对司马迁将孔子归入世家,有颇多理解。王安石此文就孔子归入世家的合理性进行讨论,虽文字不多,却长于转折。转折虽多,却前后呼应,法度谨严。
⑦ 本纪,纪传体中为帝王所写的传记称为"本纪",为司马迁所创。
⑧ 传国,指世代相传为诸侯的国君。世家,《史记》中用以记载王侯世家的传记。因王侯开国,子孙世代承袭,故称世家。

则曰"列传",此其例也。其列孔子为世家,奚其进退无所据耶①?

孔子,旅人也②,栖栖衰季之世③,无尺土之柄④,此列之传宜矣,曷为世家哉?岂以仲尼躬将圣人之资,其教化之盛,舃奕万世⑤,故为之世家以抗之⑥?

又非极挚之论也⑦。夫仲尼之才,帝王可也,何特公侯哉?仲尼之道,世天下可也,何特世其家哉?处之世家,仲尼之道不从而大;置之列传,仲尼之道不从而小。而迁也自乱其例,所谓多所抵牾者也⑧。

---

① 奚,何。进退,升降。
② 旅人,奔走在外的人。
③ 栖栖,忙碌不安的样子。
④ 柄,权力。
⑤ 舃奕,连绵不绝。
⑥ 抗,相当,匹配。
⑦ 极挚,最高程度。
⑧ 抵牾,抵触。